GW01018975

SAS

LE DÉFECTEUR
DE PYONGYANG t. II

ABONNEMENT / RÉABONNEMENT 2007

Je souhaite m'abonner aux collections suivantes

Merci de nous préciser à partir de quel numéro vous vous abonnez
Remise 5 % incluse par abonnement

☐ **BLADE**
   6 titres par an - 40,56 € port inclus

☐ **INTÉGRALES DE BRUSSOLO**
   6 titres par an - 53,10 € port inclus

☐ **BRIGADE MONDAINE**
   11 titres par an - 74,36 € port inclus

☐ **L'EXÉCUTEUR**
   10 titres par an - 72,38 € port inclus

☐ **LE CELTE**
   6 titres par an - 40,56 € port inclus

☐ **HANK LE MERCENAIRE**
   6 titres par an - 40,56 € port inclus

☐ **POLICE DES MŒURS**
   6 titres par an - 40,56 € port inclus

☐ **ALIX KAROL**
   6 titres par an

Paiement par chèque à l'ordre de :

GECEP

15, chemin des Courtilles - 92600 Asnières

☐ **S.A.S.**
4 titres par an - 31,56 € port inclus

Paiement par chèque à l'ordre de :
EDITIONS GÉRARD DE VILLIERS
14, rue Léonce Reynaud - 75116 Paris

Frais de port EUROPE : 3,50 € par livre

Nom : .... Prénom : ....

Adresse : ....

....

Code postal : .... Ville : ....

DU MÊME AUTEUR

(* TITRES ÉPUISÉS)

AUX ÉDITIONS GÉRARD DE VILLIERS

COMPILATIONS DE 5 SAS

AUX ÉDITIONS VAUVENARGUES

GÉRARD DE VILLIERS

LE DÉFECTEUR
DE PYONGYANG t. II

Éditions Gérard de Villiers

COUVERTURE
Photographe : Thierry VASSEUR
Armurerie : Courty et fils
44 rue des Petits-Champs 75002 PARIS
maquillage/coiffure : Marion MAZO

© Éditions Gérard de Villiers, 2007.
ISBN 978-2-84267-836-4

CHAPITRE PREMIER

Un véritable mur lumineux surgit soudain, dissipant la brume qui tombait sur la mer de Chine, lorsque le gros hélicoptère Westland amorça son virage pour se poser sur l'hélipad du *Macao Ferry Terminal*. Des dizaines de pubs lumineuses en caractères chinois ou latins ornaient les façades des nouveaux casinos qui avaient poussé le long de l'Avenida de Amizade. Des néons kitsch du *Grand Lisboa* au mur étincelant du *Sands*, en passant par une étrange tour auréolée de bleu, la ville scintillait.

C'était le « strip » de Las Vegas !

Macao, depuis 2002, comptait déjà vingt-huit casinos, plus ceux en construction. Le tout sur vingt kilomètres carrés, avec plus d'églises qu'au Vatican !

La dernière fois que Malko y était venu[1], la colonie portugaise, grande comme un placard à balais, n'était qu'une petite ville provinciale assoupie, aux ravissantes maisons coloniales, où on se couchait à neuf heures du soir.

Macao, revenu à la Chine en 1999, était devenu pour

1. Voir SAS n° 127 : *Hong Kong Express*.

cinquante ans une zone spéciale, comme Hong Kong. Depuis 2002, ce confetti portugais du bout du monde, à soixante kilomètres à l'ouest de Hong Kong, à l'embouchure de la rivière des Perles, recevait vingt-deux millions de visiteurs par an.

Pour un seul objectif : le jeu.

L'hélicoptère se posa doucement sur le toit du terminal. Les formalités de police étaient réduites au minimum et Malko se retrouva très vite dans un taxi, en route pour le *Mandarin Oriental*, un des hôtels-casinos les plus luxueux de Macao, où la station de la CIA de Hong Kong lui avait retenu une chambre.

Des buildings imposants de trente étages avaient remplacé les petites maisons de bois, mais, curieusement, toutes les inscriptions dans les lieux publics étaient bilingues, en portugais et en chinois, alors que personne ne parlait plus portugais depuis longtemps.

Une nuée de boys l'installèrent dans une chambre donnant sur le jardin tropical et la piscine et, plus loin, sur la *reclamation area*, les terrains reconquis sur la mer. Patients comme des fourmis, les Chinois grignotaient tous les jours quelques mètres carrés sur les eaux brunes de la mer de Chine.

Malko n'avait pas faim, ayant dîné dans l'avion Bangkok-Hong Kong, avant de sauter dans l'hélicoptère, beaucoup plus rapide que les « turbo-cats ».

Il descendit au premier étage et découvrit un bar lambrissé d'acajou, élégant et désert. Bon point : le barman lui proposa une dizaine de vodkas différentes. Après le stress des derniers jours, il éprouvait une curieuse sensation de vide.

En laissant l'alcool glisser sur sa langue, il ne put

s'empêcher de penser à l'homme à cause duquel il se trouvait à Macao.

Kim Song-hun, le défecteur nord-coréen du Bureau 39, la structure financière destinée à financer le programme nucléaire de la Corée du Nord. Ce dernier était à Pyongyang depuis la veille et personne ne le reverrait jamais plus. Fusillé ou envoyé dans un camp du goulag nord-coréen. C'est pourtant lucidement qu'il avait choisi son sort. En s'échangeant contre sa fille, retenue en Corée du Nord. Celle-ci, Eun-Sok, se trouvait désormais à Bangkok, essayant de s'acclimater à un monde inconnu pour elle. Elle finirait probablement, comme la plupart des transfuges, en Corée du Sud, mais n'oublierait jamais son père.

Malko reverrait longtemps Kim Song-hun, encadré par les « diplomates » nord-coréens, se retourner vers lui avec un sourire, avant de s'embarquer pour l'enfer.

Malko avait passé ses dernières heures à Bangkok avec Ling Sima, la Chinoise agente du *Guoambu* [1], sans qui il n'aurait jamais pu arracher Kim Song-hun aux Nord-Coréens.

Il lui avait proposé de l'accompagner à Macao. Mais la Chinoise avait objecté :

– Si le *Guoambu* l'apprend – et il l'apprendra –, je serai soupçonnée de trahison au profit de la CIA. Tu sais ce que cela veut dire…

Malko le savait et n'avait pas insisté. La Chine n'était pas encore vraiment une démocratie…

Ils avaient passé les heures qui leur restaient à faire l'amour dans sa suite du *Shangri-La*. Des étreintes

1. Service de renseignements chinois.

comme il n'en avait pas connu depuis longtemps. Lorsqu'il s'était enfoncé dans ses reins pour la dernière fois, Ling Sima s'était ouverte pour l'accueillir, le massant avec ses membranes les plus intimes. C'est elle qui avait déclenché son plaisir.

Ce n'était pas seulement la femme amoureuse qui lui manquait, mais aussi l'amie du colonel Imalai Yodang, le puissant « Étendard rouge » de la triade Sun Yee On, qui avait énormément coopéré avec la CIA pour l'exfiltration du défecteur Kim Song-hun[1].

Moyennant finances, évidemment.

Or, cette exfiltration, aux yeux des Américains, n'avait qu'un seul but : recueillir auprès du Nord-Coréen assez d'informations pour démanteler les filières clandestines de Pyongyang destinées à financer son programme nucléaire militaire. Hélas, au cours de son odyssée de Pyongyang à Bangkok, en traversant toute la Chine et le Laos, Kim Song-hun avait perdu tous les documents qu'il avait emportés.

Heureusement, il lui restait sa mémoire. Avant d'être remis aux Nord-Coréens, la CIA l'avait débriefé en profondeur.

C'était à Malko d'exploiter les éléments qu'il avait fournis et cette « croisade » commençait à Macao. D'après le responsable du Bureau 39 du Parti des travailleurs nord-coréens, Macao abritait le premier maillon de la chaîne. Le pivot de l'opération était la banque Delta Asia, filiale du groupe coréen Daesong. Depuis longtemps, le *Financial Crimes Enforcement Network* des Américains soupçonnait cet orga-

1. Voir SAS nº 168 : *Le défecteur de Pyongyang*, t. I.

nisme de blanchiment, sans pouvoir en apporter la preuve.

Kim Song-hun avait fourni deux éléments cruciaux. Les Nord-Coréens importaient clandestinement à Macao des dizaines de millions de faux dollars en billets de cent, parfaitement imités par eux, surnommés les « Super K ». Ils utilisaient pour les fabriquer les mêmes machines que les États-Unis, des Interlio Colour et Inataglio, qu'ils s'étaient procurées par des circuits parallèles. Le rôle de la mission nord-coréenne à Genève était de se procurer une encre spéciale élaborée en Suisse, pour fabriquer les hologrammes inclus dans ces « Super K ». Avec de tels procédés, il fallait agrandir les billets quatre cents fois pour y déceler des défauts !

La plupart des machines ne les détectaient pas.

Rien que cet écoulement de fausse monnaie procurait plus de deux cents millions de dollars à la Corée du Nord, chaque année.

N'ayant plus ses documents, Kim Song-hun n'avait pu communiquer que deux noms à la CIA. Ceux des membres de la Delta Asia Bank complices des Nord-Coréens qui injectaient les faux dollars dans le circuit bancaire « ouvert ». Sun Yat-van et son épouse, Cheo Yat-van. Des Chinois de Macao acquis à la cause nord-coréenne par intérêt. N'étant jamais allé à Macao, le défecteur n'avait pu donner leur adresse personnelle, ni les détails des comptes qu'ils géraient.

Mais parmi ces derniers, il y avait celui de Kim Jong-nam, le fils aîné de Kim Jong-il, le « Cher Leader » de Corée du Nord. Détaché de la politique, Kim Jong-nam résidait à Macao avec sa famille. Personnage fantasque, il s'était fait prendre trois ans plus tôt à l'aéroport de

Tokyo, alors qu'il essayait d'entrer sur le territoire japonais avec un faux passeport de la République dominicaine.

Pas pour espionner : il voulait tout simplement aller visiter le Disneyland japonais ! Expulsé vers la Chine, il avait regagné Macao où il passait le plus clair de son temps à jouer au baccara dans certains casinos.

Kim Song-hun avait apporté une précision précieuse. C'était la banque Delta Asia qui le ravitaillait en argent liquide, sur place.

Ce n'était pas par hasard que Malko s'était installé au *Mandarin Oriental* : Kim Jong-nam y avait une suite à l'année et fréquentait assidûment son casino. Sa femme et ses deux enfants, eux, demeuraient dans une maison sur l'île de Coloane, au sud, reliée à Macao par trois ponts immenses. Une oasis de verdure loin des casinos.

Malko était arrivé seul à Macao, mais derrière lui, il y avait toute la puissance américaine, prête à intervenir : la CIA, présente à Hong Kong, le *Treasury Department* US, et la Maison Blanche ! Même le Mossad avait accepté de collaborer ! Malko avait découvert par Gordon Backfield, le chef de station de l'Agence à Bangkok, que la Centrale israélienne, elle aussi intéressée par la Corée du Nord, était implantée à Macao. Il avait un nom et un numéro de téléphone : Oren, 790 6939.

Il le composa et laissa un message donnant son nom et son portable. L'agent du Mossad avait dû être averti.

Seulement, avant de déclencher sa puissante « force de frappe », il fallait un objectif précis.

Pour cette singulière mission, Malko se sentait encore un peu plus concerné que d'habitude. La Corée du Nord était un régime abominable, clone stalinien qui avait laissé mourir de faim ses propres citoyens et menaçait le monde de sa puissance nucléaire naissante.

Ce qu'on appelait un État-voyou.

Et puis, il y avait le sourire courageux et misérable de l'homme reparti lucidement vers la mort. Échangeant sa vie contre celle de sa fille. Malko s'était juré de faire en sorte que son sacrifice ne soit pas inutile.

Il consulta sa Breitling : dix heures dix. Impossible de s'attaquer à la banque Delta Asia à cette heure. Dans le rapport de Kim Song-hun, il avait trouvé un élément qu'il pouvait, par contre, tenter d'utiliser immédiatement. Kim Jong-nam jouait fréquemment au Fortune View VIP Circle, au troisième étage du casino *Golden Dragon*.

Il consulta la carte : c'était dans l'Avenida Gonzaga-Gomes, à deux blocs du *Mandarin*. Il termina sa vodka et gagna le rez-de-chaussée.

* *
*

Le *Golden Dragon*, très kitsch, était nettement plus populaire que le *Mandarin*, avec une décoration criarde à base de dragons de toutes les formes et de toutes les couleurs. Malko s'engagea dans l'escalator, passa le premier et le deuxième où s'agitait une foule bruyante devant des tables de black-jack et de *Dai Siu*[1]. Peu de roulettes : les Chinois n'aimaient pas. Il prit le dernier escalator. Sur le palier, un vigile lui barra la route :

— *Sir, this is a private club.*

Malko sortit sa carte magnétique du *Mandarin* et le Chinois s'écarta aussitôt. En plus, il ne voyait pas beau-

---

1. Jeu de dés chinois, appelé aussi « Big and Small ».

coup de *gwailos* [1]... La foule était cent pour cent asiatique, avec beaucoup de femmes.

Le Fortune View VIP Circle n'évoquait pas les *Mille et Une Nuits*... Une pièce riquiqui avec une demi-douzaine de tables de baccara, des murs tendus de velours rouge, quelques croupières hiératiques attendant le client et une forte odeur de tabac.

Il parcourut la pièce des yeux. Une seule table était animée, toutes les chaises occupées et plusieurs rangs de badauds se pressant derrière les joueurs, à l'exception d'un seul, face à lui, que trois gorilles asiatiques impassibles protégeaient.

Entre eux et le joueur, s'interposait une femme de type européen, avec de longs cheveux bruns, un visage régulier. Une main posée sur l'épaule du joueur, comme pour lui communiquer son fluide, elle montrait le décolleté vertigineux de sa robe, plongeant entre deux seins magnifiques, généreusement découverts. Cette inconnue dégageait une sexualité hors du commun. Ce qui n'était pas le cas de l'Asiatique joufflu, le cou dans les épaules, vêtu d'un blouson marron muni d'un Zip.

Il tira deux cartes du sabot et en releva précautionneusement les coins pour les identifier, les cachant aussitôt comme s'il craignait qu'on les aperçoive. Il poussa une pile de jetons jaunes sur le tapis, le croupier lança une onomatopée et il tira une troisième carte. Qu'il retourna aussitôt en poussant un cri de fureur ! Il avait un trois et un dix, qui au baccara ne compte que zéro, et venait de tirer un huit. Or, pour gagner, il faut avoir neuf !

1. Blancs.

Jetant ses cartes, il se leva brusquement et passa à côté de Malko, la brune sur ses talons, ses trois gardes du corps dans son sillage. Au passage, Malko constata que l'inconnue avait une croupe callipyge absolument inouïe, moulée par sa robe très ajustée. Il avait regardé assez de photos pour être certain que le mauvais perdant, petit et joufflu, était Kim Jong-nam, le fils aîné du dictateur de la Corée du Nord.

Lorsqu'il sortit du *Golden Dragon*, le Nord-Coréen avait disparu. Il n'avait plus qu'à regagner le *Mandarin*.

**<center>*
* *</center>**

L'immeuble de la banque Delta Asia était un des plus modernes de la Rua do Campo, avec sa façade blanc et noir de trois étages, au croisement de la Rua do Campo et de l'Avenida de Praia-Grande, en plein cœur du vieux Macao. Juste en face, il y avait une petite cabine téléphonique rouge. Malko regarda, perplexe. Comment attaquer ?

Le mieux était de donner un coup de pied dans la fourmilière. Ils se présenta à la réception et l'hôtesse souriante lui demanda aussitôt en anglais :

– Qui cherchez-vous, *sir* ?

– Je voudrais rencontrer M. Sun Yat-van. Je suis journaliste et je désire m'entretenir avec lui de l'activité de la banque.

La réceptionniste passa plusieurs appels, en chinois, puis revint vers Malko.

– Désolé, *sir*, M. Sun Yat-van n'est pas à Macao en ce moment. Désirez-vous voir quelqu'un d'autre ?

— Quand sera-t-il de retour ?
— Je ne sais pas.
— Très bien, je reviendrai.

Il dut attendre un quart d'heure avant de trouver un taxi. Ils étaient très peu nombreux à Macao, et il y en avait encore moins à cause du Nouvel An chinois. Dans l'annuaire téléphonique, il avait relevé l'adresse de Sun Yat-van, 26 Rua Estrada-da-Ponha, sur la colline dominant le lac Saivan. Un des coins les plus chics de Macao. Cela valait la peine d'aller voir. Son taxi escalada les lacets de Bana Hill qui s'élevaient au-dessus de la vieille ville, bordés de magnifiques maisons portugaises jouissant d'une vue imprenable. Il s'arrêta en face d'une énorme maison blanche au toit de tuiles rouge vif, entourée d'un petit parc.

— C'est ici, *sir*, annonça-t-il.

Malko abandonna quelques patacas[1] et fit le tour de la bâtisse. Elle paraissait inhabitée. Il sonna à la grille et, au bout d'un certain temps, un vieux Chinois sortit de la villa et vint parlementer.

— M. Sun Yat-van ? demanda Malko à travers la grille.

Le Chinois bredouilla en mauvais anglais :
— *Not here. Long time no see. Gone Zuhai*[2].

La « Zuhai Special Economic Zone » était en Chine, juste de l'autre côté de la frontière. Après la défection de Kim Song-hun, tous les gens « sensibles » avaient dû se mettre aux abris. Ce qui confirmait le tuyau du Nord-Coréen.

---

1. Un pataca : 0,12 euro environ.
2. Pas ici. Pas vu depuis longtemps. Parti à Zuhai.

– *No telephone ?* insista Malko.

– *No.*

Le Chinois repartit en trottinant dans le jardin, laissant Malko sur sa faim. Impossible d'enquêter de l'autre côté de la frontière : c'était la Chine continentale… Il était en train de redescendre vers le centre à pied, faute de taxi, quand son portable sonna.

– C'est Oren, dit une voix à l'accent indéfinissable. Vous m'avez appelé ?

– Oui, confirma Malko. Je suis journaliste à Hong Kong et je m'intéresse à la construction de votre casino. Votre groupe m'a dit de m'adresser à vous.

– Qui vous a envoyé à moi ?

– M. Nathan.

– O.K. Vous connaissez le *Clube Militar*, Avenida de Praia-Grande ?

– Je trouverai.

– O.K. À huit heures ce soir. Demandez la table du *Venetian Casino*. Je vous apporterai de la doc.

Nathan était le nom de code du chef de la mission israélienne à Bangkok. D'ici le soir, l'agent israélien aurait le temps de vérifier.

*
* *

Le général Kim Shol-su, responsable des Services nord-coréens, vibrait de rage contenue. On venait de le prévenir qu'un inconnu s'était présenté à la banque Delta Asia de Macao en demandant Sun Yat-van. Ce qui confirmait que Kim Song-hun, avant de revenir en Corée du Nord, avait renseigné les Américains. Bien sûr, le général avait anticipé cette nouvelle trahison, en

« faisant le ménage », mais la présence de l'agent de la CIA à Macao était inquiétante.

Heureusement, il avait des agents sur place pour le contrôler et, éventuellement, l'éliminer.

Il rédigea immédiatement un télégramme à l'intention de Pak Shipyon, directeur d'une société coréenne installée à Macao, la Zokwang Trading. Cette société dépendait du Bureau 35 du Parti des travailleurs – la 3e section, responsable de l'Asie du Sud-Est –, chargé des opérations financières extérieures, mais Pak Shipyon était *aussi* sous l'autorité du Bureau 39 et gérait un certain nombre d'agents de sécurité.

Le *Clube Militar* semblait sortir d'une rétrospective. Au rez-de-chaussée d'un bâtiment aux murs écarlates, c'était le dernier témoin de l'occupation portugaise. L'intérieur avait un petit air suranné avec ses meubles en bois sombre, son décor colonial et ses serveuses chinoises qui parlaient encore portugais.

Malko venait à peine de s'installer qu'un homme jeune, plutôt blond, les cheveux en broussaille, vêtu d'un blouson de toile et d'un jean, le rejoignit.

– Je suis Oren Katras, annonça-t-il. Bienvenue à Macao.

Il parlait anglais avec un lourd accent hébreux.

– L'Institut [1] m'a envoyé un message. Nous sommes heureux que vous vous intéressiez sérieusement à la Corée du Nord. Ils sont très nuisibles.

1. Le Mossad.

– Quelle est votre couverture à Macao ?

– J'appartiens à l'équipe qui dirige la construction du casino *Venetian*, et un hôtel de quatre mille chambres. Douze mille ouvriers y travaillent jour et nuit. En quoi puis-je vous être utile ?

Malko lui expliqua en gros sa mission, mentionnant le nom de Cheo et Sun Yat-van. Ainsi que leur disparition.

L'Israélien n'eut pas l'air étonné.

– Pyongyang les a certainement prévenus. Cela sera difficile de les retrouver. En plus, ils sont plus ou moins protégés par le *Guoambu*. Leurs bureaux sont au premier étage de cet immeuble, là où il y avait jadis la Policia de Seguranza Publica portugaise. Je ne suis pas certain qu'ils nous aient détectés et il faut que cela continue. Ici, notre job est à long terme. Il y a beaucoup à faire en Chine.

– Qu'est devenu Tang Ho, l'ancien roi des casinos de Macao ? demanda Malko. Il doit être furieux d'avoir été dépossédé [1].

Oren eut un sourire ironique.

– Il va très bien. Il a toujours le *Lisboa Casino*, il construit en face le *Grand Lisboa* et nous lui avons donné des parts dans le *Sands* et le *Venetian*. Nous sommes en très bons termes. Il habite Hong Kong maintenant. D'ailleurs, il y a quelqu'un qui pourrait vous donner des informations : Mme Lan Kwai.

– Qui est-ce ?

– Une Chinoise, la directrice des jeux de Tang Ho. Elle sait tout ce qui se passe à Macao.

– Elle me parlera ?

1. Voir SAS n° 127 : *Hong Kong Express*.

– Oui. Je vais vous donner un mot pour elle. Elle est toujours au *Grand Lisboa*.

Ils commandèrent : *bolinhos de bacalhau* et *caranguejos*[1].

– Il faudra venir me voir sur le chantier, dit plus tard l'Israélien. Pour votre «légende». Appelez et demandez Mikie. Ici, tout le monde croit que je suis américain.

Il avait mangé à toute vitesse et regardait déjà sa montre. Speedé.

Pendant qu'il réglait l'addition, Malko remarqua :

– Hier, au *Golden Dragon*, j'ai aperçu Kim Jongnam. Il avait l'air très nerveux.

L'Israélien haussa les épaules.

– C'est un *schmuck*[2].

– Il avait une brune splendide près de lui…

– Oh, il a toujours de jolies filles ! laissa tomber Oren. Il aime bien les femmes spectaculaires. Il laisse sa famille dans un appartement à Coloane. O.K. *We keep in touch*.

Il était déjà parti. Malko réalisa qu'il ne lui avait pas demandé les horaires de Mme Lang Kwai.

Il n'était que neuf du soir et il décida d'aller tenter sa chance. À Macao comme à Las Vegas, les casinos tournaient vingt-quatre heures sur vingt-quatre.

Le *Grand Lisboa*, une fois terminé, ressemblerait à un ananas géant de soixante mètres de haut. Pour l'ins-

1. Beignets de morue et crabes.
2. Minable, en yiddish.

tant, seuls les quatre étages de salles de jeu fonctionnaient.

Situé juste en face du modeste *Lisboa*, jadis la perle de Macao, il l'écrasait de tout son luxe tapageur.

Une nuée de vigiles en jaune canalisaient la foule des joueurs vers les escalators. Autant de femmes que d'hommes. Des Chinois, pas très bien habillés, qui se bousculaient pour accéder au Nirvana. Malko atterrit au premier étage. La musique n'arrivait pas à couvrir le brouhaha des joueurs. À côté de l'escalator, un groupe bruyant entourait une table de *Dai Siu*. En rangs serrés, ils essayaient de se rapprocher de la table pour placer leurs mises.

Malko tenta de se renseigner auprès d'un vigile qui ne parlait que le chinois, puis d'un croupier de blackjack et, enfin, se dirigea vers les caisses protégées par des barreaux. Là, il put enfin trouver quelqu'un parlant anglais et qui savait qui était Mme Lan Kwai.

Au bout de dix minutes, la caissière lui adressa un délicieux sourire :

— Mme Lan Kwai n'est pas disponible… Elle viendra plus tard.

Déjà, elle happait une énorme liasse de billets de mille yuans chinois pour les transformer en jetons. Ici, tout avait cours : le yuan, le dollar Hong Kong et même le pataca, utilisé seulement à Macao. Malko se mit à flâner dans la salle. À toutes les tables c'était la même frénésie. Comme à Vegas, pas de pendules, mais les joueurs semblaient encore plus accros.

Seule la roulette n'excitait pas les foules. Il faut dire que la plupart des tables avaient des croupières virtuelles, des icônes électroniques sur un écran. Tout le jeu était automatisé... Pas très gai. Au baccara par contre, c'était de la folie. Chaque donne déclenchait des hurlements et des cris de déception.

Il observait une table de *Dai Siu* lorsqu'une voix dit derrière lui :

— *You want to see me, sir ?*

Il se retourna, découvrant une Chinoise très maigre, à l'exception d'une poitrine plus très fraîche offerte sur un décolleté carré, arborant des lunettes d'écaille et l'air d'une institutrice. Mais une institutrice qui n'avait pas dû dédaigner les plaisirs de la chair.

— Vous êtes madame Lan Kwai ?

— Oui.

Il lui tendit le mot remis par l'agent du Mossad. Après l'avoir lu, elle hocha la tête.

— O.K., suivez-moi.

Il ne se demanda pas comment elle l'avait retrouvé dans l'immense casino : il était le seul *gwailo*...

Ils montèrent à l'étage supérieur, salués par tous les vigiles, puis suivirent un couloir pour se retrouver dans un petit bureau où régnait une température étouffante, entre les murs couverts de gravures chinoises. Mme Lan Kwai ferma soigneusement la porte et s'installa dans un fauteuil face à Malko.

— Que voulez-vous savoir, Mister Linge ?

Sa bouche épaisse et quelque chose d'indéfinissable féminisait sa silhouette sèche, mais c'était ce que les Chinois appellent une « *dragon Lady* [1] ».

— Je cherche à entrer en contact avec M. et Mme Sun Yat-van.

---

1. Femme de fer.

Mme Lan Kwai ne cilla pas.

— Vous êtes allé à la Delta Asia ?

— Oui, ils n'y sont pas. Chez eux, on m'a dit qu'ils n'habitaient plus là.

— Bien, conclut la Chinoise, je vais voir si je peux les localiser. Revenez demain, vers trois heures de l'après-midi.

Elle était déjà debout. Malko demanda :

— M. Kim Jong-nam ne fait pas partie de vos clients ?

La Chinoise esquissa un léger sourire.

— Parfois, reconnut-elle, mais nous ne recherchons pas sa clientèle. Il est trop nerveux.

— Je l'ai aperçu au *Golden Dragon* hier soir, avec une très jolie femme.

— Il aime les jolies femmes, laissa tomber la Chinoise. Vous vous intéressez à lui ?

— Non, pas vraiment, reconnut Malko.

Dans le couloir, au moment de regagner la salle, elle proposa :

— Si vous souhaitez jouer gros, prévenez-moi. Je vous donnerai accès à un salon VIP, au quatrième étage. À demain.

— Où ?

— Ici.

Elle lui montrait la porte par laquelle ils venaient de revenir dans le casino, pratiquement invisible sur la laque rouge des murs.

— M. Tang Ho va bien ? demanda Malko.

Elle lui jeta un regard surpris.

— Vous le connaissez ?

— Disons que nous nous sommes croisés, il y a longtemps, lors de son kidnapping.

– Bien, dit-elle, je lui dirai que je vous ai vu.

Lorsqu'il ressortit du *Grand Lisboa*, il pleuvait et il dut poireauter un quart d'heure avant de trouver un taxi pour regagner le *Mandarin*.

*\
* *

Un petit homme à l'apparence chétive, le visage osseux, des cheveux plats et gras, se glissa dans le bureau de Pak Shipyon, le directeur de la Zokwang Trading, et s'assit sur une chaise en face du bureau. En dépit de son apparence malingre, Leoung était le représentant du *General Security Bureau* à Macao et, à ce titre, il inspirait la méfiance.

C'est lui qui avait été chargé, sur l'ordre de Pyongyang, de surveiller un agent de la CIA arrivé deux jours plus tôt à Macao et facilement localisé grâce à l'aide discrète du *Guoambu*. Lorsqu'il apprit que cet homme avait pris contact avec Mme Lan Kwai, Pak Shipyon sentit aussitôt un danger potentiel. Cette femme était une des meilleures « sources » à Macao.

– Continue à le suivre, dit-il à Leoung. Mais pour l'instant, il ne faut pas bouger.

Sun et Cheo Yat-van étaient à l'abri de l'autre côté de la frontière, là où on ne pouvait pas aller les chercher. Pourtant, il se dit qu'il fallait prendre les devants.

*\
* *

La foule était toujours aussi nombreuse au *Grand Lisboa*. Malko avait eu du mal à repérer la porte noyée dans le mur, mais avait quand même retrouvé le bureau de Mme Lan Kwai.

Celle-ci l'avait accueilli d'un regard froid, presque hostile. Les jambes croisées sur ses jambes maigres gainées de bas noirs, elle fumait une cigarette, un verre de cognac devant elle.

Sans préambule, elle lui jeta :

— Vous cherchez des gens dangereux, M. Linge.

Surpris, Malko demanda :

— Comment le savez-vous ?

— Des gens dangereux et bien organisés, souligna la Chinoise. J'ai reçu un coup de téléphone ce matin. «On» m'a conseillé de ne pas vous revoir et de ne rien vous dire.

Malko eut l'impression de recevoir un coup sur la tête.

— Vous avez l'intention d'obéir ?

Mme Lan Kwai eut un mince sourire.

— M. Linge, ce sont des gens dangereux et puissants.

CHAPITRE II

Devant la déception visible de Malko, la Chinoise ajouta aussitôt :

— M. Tang Ho m'a donné pour instruction de vous assister dans la mesure du possible. Nous n'avons pas peur de ces gens.

— Merci, fit Malko, soulagé. Vous avez retrouvé les Yat-van ?

— Oui. Ils sont de l'autre côté de la frontière depuis une dizaine de jours et ne reviennent que ponctuellement à Macao.

Confirmation que Pyongyang avait réagi vite.

— C'est tout ce que vous pouvez me dire ? insista-t-il.

— À peu près. Ils se déplacent dans une Volvo munie d'une plaque leur permettant de franchir la frontière. Les Chinois en délivrent très peu. Voici le numéro de ce véhicule.

Elle lui tendit sa carte, où était inscrit un numéro à quatre chiffres.

— Je n'ai plus qu'à me poster à la frontière et à attendre…, conclut Malko.

Mme Lan Kwai ôta ses lunettes, ce qui lui donnait

l'air moins sévère, et son regard se posa sur Malko avec une expression presque chaleureuse. Comme la veille, elle portait une robe très décolletée, à l'opposé des strictes tenues chinoises. Malko se dit que si elle exposait ainsi la partie la plus attirante de son corps plutôt sec, ce n'était pas sans arrière-pensée.

— Il y a peut-être une autre méthode, dit-elle. Vous m'avez parlé de Kim Jong-nam ?

— Oui.

— Il perd beaucoup d'argent au jeu et a sans doute besoin de cash. Or, la personne qui gère ses fonds à la Delta Asia est Mme Cheo Yat-van. Lorsqu'il jouait au *Lisboa*, je l'ai vue à plusieurs reprises lui en apporter dans un attaché-case...

— Il joue encore au *Lisboa* ?

— Rarement ; il préfère le *Mandarin* et le *Golden Dragon*. Donc, si vous arrivez à le surveiller d'assez près...

Elle laissa sa phrase en suspens et Malko soupira :

— Cela peut prendre beaucoup de temps.

La Chinoise secoua la tête.

— Peut-être pas. « On » m'a dit que, ce matin, Kim Jong-nam a voulu emprunter de l'argent à la caisse du *Mandarin* et qu'on lui a refusé. À mon avis, il a contacté cette femme.

Malko n'était pas convaincu.

— Elle ne veut pas revenir à Macao pour le moment.

— Kim Jong-nam est le fils de Kim Jong-il, remarqua-t-elle. Elle viendra.

— Merci, dit Malko. Je vais essayer.

Mme Lan Kwai se leva et il se demanda comment prendre congé.

Les Chinois ne connaissent pas le baisemain. Une poignée de main serait trop froide. Mme Lan Kwai l'observait, une lueur amusée dans ses yeux sombres, et il eut l'impression que des ondes invisibles voyageaient entre leurs deux corps.

— Je ne sais pas comment vous remercier, dit-il.

Elle ne répondit pas, le fixant d'un regard bizarre, et resta immobile, comme si elle attendait quelque chose.

Le regard de Malko tomba sur sa poitrine et il crut avoir compris. D'un geste naturel, il se rapprocha d'elle. Comme pour un baiser amical. Elle ne bougea pas et, automatiquement, leurs deux corps se trouvèrent en contact.

Leurs visages étaient à quelques centimètres l'un de l'autre, mais la Chinoise semblait ailleurs. Seule la pression de son corps contre celui de Malko exprimait ce qu'elle souhaitait. Soudain, elle se rejeta légèrement en arrière, collant ainsi encore plus son bassin au sien. Sa main droite tâtonnait derrière elle sur le bureau. Malko entendit un claquement sec derrière lui et, en même temps, la rumeur des salles de jeu envahit la pièce. La Chinoise venait de verrouiller la porte et d'activer les haut-parleurs branchés sur les salles.

Elle resta ainsi, collée à lui par le bassin, le toisa, rejetée en arrière, les mains à plat sur le bureau, dans une attitude de provocation sexuelle affichée. Qui ne laissa pas Malko indifférent. Quand elle sentit son désir, elle décolla sa main droite du bureau et la plaqua sur l'alpaga du pantalon. Habilement, d'une seule main, elle descendit le Zip, écarta le slip et l'empoigna. Le masturbant d'abord avec douceur, puis de plus en plus vite, pour s'arrêter brutalement.

Le temps de remonter sa jupe sur ses hanches de garçon, Malko eut le temps d'apercevoir une toison noire et lisse, une peau très claire, puis la Chinoise reprit son sexe à pleine main et le guida jusqu'au sien.

Malko n'eut qu'à donner un léger coup de reins pour s'enfoncer dans un fourreau brûlant. Mme Lan Kwai poussa un cri de chatte en chaleur et ses jambes minces garnies de bas stay-up décollèrent du sol.

Puis, elle se mit à hurler pratiquement sans discontinuer tandis que Malko la pilonnait, scandant chaque coup de reins d'un cri sauvage.

La rumeur du casino couvrait en partie ses cris. Voilà pourquoi elle avait sonorisé la pièce.

Malko se déversa d'une ultime secousse, et on n'entendit plus dans la petite pièce que le brouhaha des joueurs. Malko s'écarta, se rajusta tandis que Mme Lan Kwai rabaissait sa jupe.

— Rappelez-moi si vous avez encore besoin de quelque chose, dit-elle d'une voix égale.

Malko se dit que l'absence de sous-vêtement semblait indiquer une préméditation certaine. Sous son air effacé d'institutrice, Mme Lan Kwai était une créature de feu.

Les *VIP rooms* du *Mandarin* étaient pleines à craquer de joueurs. Hélas, le fils de Kim Jong-il n'en faisait pas partie. Après avoir quitté Mme Lan Kwai, Malko avait réalisé qu'il ignorait à quoi ressemblait Cheo Yatvan. Il avait appelé Gordon Backfield, réclamant une photo du couple. La réponse était arrivée deux heures plus tard. La CIA n'en possédait pas.

Comment s'en procurer une ?

Il eut soudain une idée aussi évidente que simple à mettre en œuvre. Par chance, il trouva un taxi en sortant du *Mandarin* et se fit conduire Rua do Campo, à la banque Delta Asia. La réceptionniste qui l'avait accueilli la veille était à la même place et le reconnut.

— Puisque M. Sun Yat-van n'est pas là, attaqua Malko, pourriez-vous me donner ce que vous avez comme documentation sur votre banque ?

Ravie, l'employée appela son chef qui déboula quelques minutes plus tard avec une pile de documents concernant la Delta Asia. Malko les examina rapidement et tomba sur une plaquette dont la page de garde était occupée par une photo de groupe des dirigeants de la banque. Le chef de service expliqua fièrement :

— Les dirigeants de nos huit succursales sont là. Ainsi que le président, M. Stanley Ho, le directeur, M. Sun Yat-van, et son épouse, Mme Cheo Yat-van, notre directrice financière.

Au fur et à mesure, il désignait du doigt les personnages qu'il nommait.

Malko remercia chaleureusement et repartit avec la précieuse photo. Sous le regard ravi du chef de service.

Rentré au *Mandarin*, Malko examina attentivement la photo. Sun Yat-van semblait grassouillet, avec une face de lune, le crâne dégarni. Sa femme, tout aussi empâtée, avait un chignon, la bouche mince et un triple menton. Il grava son visage dans sa mémoire et repartit à l'assaut des *VIP rooms*.

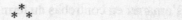

Blême, tremblant, l'employé qui avait remis à Malko la documentation bégayait devant les hurlements de Pak Shipyon, le directeur de la Zokwang Trading. Ce dernier avait débarqué après avoir appris par l'agent nord-coréen qui suivait Malko qu'il avait communiqué des documents sur la banque à un journaliste. L'employé essaya de se justifier.

– C'étaient des documents *publics*, sans aucune information confidentielle. J'ai cru bien faire... Cet homme est journaliste.

Le Nord-Coréen se calma. Les employés de la Delta Asia ignoraient les véritables liens de leur banque avec la Corée du Nord, et il ne fallait surtout pas les leur expliquer.

– Ça va ! conclut-il. La prochaine fois, prévenez-moi avant de faire quoi que ce soit. Lorsque M. Sun Yat-van est en déplacement, c'est moi qui m'occupe de ce genre de choses.

L'employé acquiesça avec déférence. Il savait que la Zokwang Trading avait des liens étroits avec la banque Delta Asia. Et que Pak Shipyon était un ami intime de leur directeur.

En sortant de la banque, Pak Shipyon fila au Ferry Terminal. Un télégramme lui avait appris que Pyongyang lui envoyait du renfort. Il fallait éviter à tout prix que les opérations de Macao soient mises en péril. C'était le meilleur endroit pour écouler les dizaines de millions de faux dollars imprimés en permanence en Corée du Nord.

Le Turbojet de dix-sept heures venait juste de

s'amarrer en contrebas du terminal. Comme toujours, la foule était incroyablement dense. Les Turbojet partaient ou arrivaient pratiquement tous les quarts d'heure, de Hong Kong et de Shenzhen.

Le directeur de la Zokwang Trading arriva au moment où les premiers passagers commençaient à émerger du bâtiment.

Il repéra tout de suite Chang Sontek, car il l'avait déjà rencontrée. Elle dirigeait d'une main de fer les agents nord-coréens de Hong Kong. En pantalon et canadienne verdâtre, elle ressemblait à toutes les mémères chinoises qui fréquentaient les casinos de Macao.

Ils se rejoignirent dans le hall d'arrivée et elle lui tendit un sac qui lui parut très lourd. Le bon côté des Turbojet, c'est qu'il n'y avait aucun contrôle de sécurité. On pouvait transporter ce qu'on voulait et Chang Sontek paraissait avoir emporté avec elle une véritable armurerie. Dès qu'ils furent dans le taxi, elle sortit une photo de son sac et la mit sous le nez de Pak Shipyon.

— C'est lui ?

— C'est lui, confirma le Nord-Coréen. Il habite au *Mandarin*, chambre 430.

Les lèvres de Chang Sontek parurent soudain encore plus minces. Elle avait hâte de se retrouver en face de l'homme qui lui avait échappé à Hong Kong et avait provoqué la destruction d'une infrastructure qui fonctionnait depuis des années.

— Je vais m'installer au *Waldo*, dit-elle. Tu viendras me voir là.

C'était un grand hôtel, juste en face du *Mandarin*, mais beaucoup moins luxueux.

Le directeur de la Zokwang Trading se sentit rassuré : Pyongyang prenait les choses au sérieux.

* *
*

Enfin, il était là ! À la Kam-wui *VIP room* du *Mandarin*. Entouré de ses trois gardes du corps et sa beauté brune perchée à côté de lui, comme un talisman. Cette fois, elle portait une robe verte longue et fluide qui moulait comme un gant son extraordinaire chute de reins. Malko avait pris des jetons et jouait à la table voisine pour ne pas se faire remarquer.

Chaque fois que Kim Jong-nam tirait de mauvaises cartes, il poussait des glapissements de dépit et jetait parfois ses cartes par terre, vite ramassées par ses gardes du corps, devant les croupières impassibles et souriantes.

À un moment, le regard de Malko croisa celui de la brune qui s'attarda quelques secondes sur lui. Qui pouvait-elle être, à part une pute de casino, avide de grappiller quelques jetons ? Le Coréen, vu son goût du jeu, ne devait pas beaucoup s'en servir, mais c'était une sorte de « status symbol ». Soudain, Kim Jong-nam s'arrêta de jouer et quitta la table pour aller s'installer sur une banquette. Boudeur. La brune s'assit à côté de lui et ils se mirent à bavarder. Une demi-heure se passa sans qu'il revienne à la table de baccara. Il se fit servir une bière, mais son visage demeurait aussi renfrogné.

Malko, sans le quitter des yeux, jouait machinalement à une table de black-jack. Il était le seul non-Asiatique de la pièce et, à plusieurs reprises, il surprit le regard de la brune posé sur lui. Il devait l'intriguer.

Soudain, les traits de Kim Jong-nam s'éclairèrent. Une grosse femme plutôt mal habillée venait de pénétrer dans la *VIP room*. Elle s'approcha du Nord-Coréen et le salua, cassée en deux, trois fois ! Malko sentit son pouls s'envoler : c'était la femme de la photo, Cheo Yat-van, la directrice financière de la banque Delta Asia !

Elle s'était accroupie en face de Kim Jong-nam et discutait à voix basse avec lui. Très vite, la discussion s'envenima. Le petit Coréen joufflu semblait l'insulter d'une voix aiguë. Visiblement furieux. Cheo Yat-van, la tête baissée, courbée en deux, bredouillait des excuses. Malko comprit soudain : il lui reprochait d'être venue les mains vides !

Déjà, elle battait en retraite, ponctuant sa marche arrière de multiples courbettes. Malko prit l'escalator derrière elle et la vit monter dans une Volvo. Son numéro était celui communiqué par Mme Lan Kwai...

Bien entendu, il n'y avait pas de taxis. Il vit la voiture s'éloigner dans l'Avenida de l'Amizade, vers le nord. Elle retournait dans sa planque, de l'autre côté de la frontière.

Une seule consolation : il était pratiquement certain qu'elle allait revenir très vite porter de l'argent au Coréen. Il fallait qu'il s'organise d'ici là.

*   *
*

Comment l'intercepter ? Il n'avait pas de force de frappe. Les Américains de la station de la CIA de Hong

Kong ne voudraient pas intervenir à Macao. Il retourna dans sa chambre et sur son Blackberry codé appela Gordon Backfield.

Il n'aurait pas beaucoup d'occasions de revoir Cheo Yat-van. Sauf en restant des mois à Macao.

– Demandez aux Israéliens, conseilla l'Américain, je me mets en contact avec leur Centrale. Eux ont du monde sur place...

– Au minimum, il faut la localiser.

Malko appela aussitôt Oren, l'agent du Mossad, toujours sur répondeur. Lequel rappela cinq minutes plus tard.

– Je veux vous voir, dit Malko.

– Pas de problème, fit l'Israélien. Rejoignez-moi au chantier du *Venetian*. Devant la porte n° 3.

Malko mit dix minutes à trouver un taxi qui veuille bien l'emmener hors de la ville. Le chantier du *Venetian* se trouvait entre les deux îles de Taipa et Coloane, en face de l'aéroport construit sur la mer. Lorsqu'il y arriva, il fut frappé par son gigantisme. Des nuées d'ouvriers s'affairaient sur une forêt d'échafaudages, à perte de vue. Oren était là, coiffé d'un casque de chantier. Il en tendit un à Malko et ils montèrent dans le 4×4 de l'Israélien. Le chantier était un champ de boue.

– On ne sera jamais prêts à temps ! soupira Oren. Même pour ouvrir le casino. Alors, vous vouliez me voir ?

Malko lui expliqua pourquoi.

– J'ai été prévenu, dit l'Israélien, mais je ne peux pas vous aider.

– Il faut s'attaquer à ce couple, plaida Malko. C'est

par eux que transitent les millions de dollars de faux billets.

– Vous voulez les kidnapper?

– Éventuellement.

L'Israélien eut un sourire ironique.

– Impossible à Macao. Les Nord-Coréens sont protégés par les Chinois du *Guoambu*. Je ne vois pas votre Division des Opérations mener une opération ici. Jamais sur le sol chinois.

– Qu'est-ce qu'on peut faire, alors? demanda Malko.

Oren arrêta son 4×4 au milieu du chantier et eut un geste expressif, braquant deux doigts sur le visage de Malko.

– *Pan! Pan!* Comme on fait avec le Hamas. Un terroriste mort est un terroriste de moins. Pour ça, on peut trouver de la main-d'œuvre, ici.

– Les Nord-Coréens les remplaceront, objecta Malko.

– Pas si facilement. Et cela prendra du temps. Si vous voulez de la quincaillerie *safe*, j'en ai, et je suis autorisé à vous en donner.

Ce n'était pas la solution préconisée par la CIA... L'Israélien jeta un regard ironique à Malko.

– Je peux *quand même* vous donner une information. La femme que vous avez vue aujourd'hui a rendez-vous demain à midi avec Kim Jong-nam pour lui remettre un million de yuans [1].

1. 80 000 dollars US environ.

CHAPITRE III

Malko en resta sans voix. Comment l'agent du Mossad savait-il cela ? Comme s'il avait lu sa pensée, Oren précisa aussitôt :

— Nous avons introduit un *katza* [1] dans l'entourage très proche de Kim Jong-nam. Là aussi, du travail de longue haleine. Nous avons donc beaucoup d'informations…

— C'est la superbe brune qui se tient à côté de lui ? L'Israélien esquissa un sourire.

— Puisque *vous* le dites. Mais je vous demande de n'en faire état à personne, même pas dans votre Maison ; c'est un *very*, *very long shot*.

— Comment avez-vous fait ? demanda Malko, impressionné.

— Notre « cible », Kim Jong-nam, comme son père et son grand-père, est féru de cinéma. Nous avons construit une belle « légende ». Celle que nous avons appelée Dalila est supposée être une star montante du cinéma et de la chanson israélienne… Venue ici pour donner des spectacles dans les casinos de notre groupe. Il a suffi de la mettre sur le chemin de ce jeune homme.

1. Taupe.

Avec un bon *press-book* fabriqué par nos soins… Kim Jong-nam rêve désormais de produire un film avec elle et la quatrième fille de Stanley Ho qui est, elle, réellement actrice.

– Bravo, conclut Malko. Où Kim Jong-nam doit-il rencontrer Cheo Yat-van ?

– Dans sa suite, au dernier étage du *Mandarin*. Hier, il était furieux qu'elle ne lui ait rien apporté. Elle a expliqué qu'en ce moment, elle devait être très prudente et a promis de lui apporter un million de yuans.

– Où va-t-elle prendre cet argent ?

– Je ne sais pas. Ou à la Delta Asia, ou ailleurs. À vous de jouer. Bonne chance.

Ils se quittèrent assez froidement. Malko était à la fois satisfait et frustré. Comment exploiter cette information précieuse ?

Grâce à Mme Lan Kwai, il connaissait le numéro de la voiture utilisée par le couple Yat-van. Cependant, seul, il ne pouvait rien faire. Planté au bord du trottoir en attendant un taxi, il se dit qu'il n'avait qu'une seule possibilité. Faire de nouveau appel à la Sun Yee On. Pour ce faire, il fallait passer par Ling Sima. Si elle acceptait de l'aider.

**

Malko était resté longtemps au téléphone. D'abord avec Gordon Backfield, le chef de station de la CIA à Bangkok. Une conversation cryptée sur son Blackberry. Avant de s'adresser à la Sun Yee On, *via* Ling Sima, il fallait définir l'objectif. Élimination du couple Yat-van ou neutralisation sous une forme qui restait à définir ?

Langley avait tranché pour la seconde solution.

Ensuite, il avait appelé Ling Sima, en « ouvert ». La Chinoise s'était montrée toujours aussi chaleureuse et Malko lui avait simplement demandé s'il pouvait contacter à Macao un membre de la triade, afin de le « consulter » sur un problème urgent. La Chinoise avait parfaitement compris le message et promis d'en référer immédiatement à Imalai Yodang, le représentant de la Sun Yee On en Thaïlande.

En attendant sa réponse, Malko fantasmait sur la superbe Israélienne introduite dans l'intimité du Nord-Coréen. Comment une femme aussi sexy acceptait-elle ce genre de mission ? Les Israéliens l'étonneraient toujours.

Le portable l'arracha à sa rêverie. C'était Ling Sima.

— Tu as rendez-vous ce soir à sept heures au casino *Golden Dragon*, annonça-t-elle. Monte au troisième étage, là où se trouvent les *VIP rooms*, et demande M. Fung Ho. C'est le représentant à Macao de la personne que tu as rencontrée à Hong Kong.

Dong Baojung, à qui Malko avait fait gagner cinq millions de dollars en convoyant Kim Song-hun à travers la Chine. Il devait avoir un préjugé favorable à son égard...

— Il parle autre chose que le chinois ? s'inquiéta-t-il.

— Le portugais et l'anglais. Surtout, ne prononce pas mon nom. Il n'a pas un grade assez élevé pour le connaître. Et pense à moi de temps en temps. Je porte toujours ton cœur...

*
* *

Pak Shipyon, le directeur de la Zokwang Trading, était entré dans une fureur noire en recevant le message de Mme Cheo Yat-van demandant de faire préparer un million de yuans qu'elle passerait prendre le lendemain.

Sachant que la CIA cherchait à pénétrer l'organisation nord-coréenne à Macao, c'était de la folie !

La force de la Zokwang Trading, c'est que personne ne soupçonnait son rôle, à part le *Guoambu*. Important de Corée du Nord différentes marchandises transitant par la Chine, ses envois massifs de faux dollars passaient inaperçus, noyés dans la masse. Des cartons entiers de gants transitaient ainsi par Macao, fabriqués en Corée du Nord par des prisonniers ou des enfants, et en repartaient avec le label « *made in Macao* ».

Justement, Leoung, le représentant de la Sécurité d'État nord-coréenne à la Zokwang Trading, frappa à la porte du bureau et passa la tête.

— Quelqu'un est là qui arrive de Gongbei.

La frontière avec la Chine.

Pak Shipyon descendit aussitôt. On était en train de décharger deux énormes ballots enveloppés de plastique noir. Avec un cutter, il fendit le plastique, révélant des liasses de billets de cent dollars, en « briques » de mille. Des billets neufs, tout juste sortis des imprimeries d'État de la Corée du Nord.

Le « courrier », un membre du Bureau 39 accrédité auprès du *Guoambu* pour le passage de la Zuhai Special Economic Zone à Macao, attendait qu'il ait compté les liasses pour repartir avec le reçu. À partir de ce moment, c'était Pak Shipyon qui était responsable des fonds. Ceux-ci ne restaient jamais longtemps dans ses locaux, transférés ensuite à la banque Delta Asia où Cheo Yat-van les enfouissait dans ses coffres avant de les mettre en circulation progressivement.

Depuis l'incident Kim Song-hun, le processus était grippé et l'argent s'accumulait dans le sous-sol de la Zokwang Trading qui n'était pas équipée de systèmes de sécurité pour conserver ces millions de dollars. Or, Pak Shipyon en répondait sur sa vie. Dès qu'il eut signé, le courrier s'esquiva et il fit descendre l'argent au sous-sol puis regagna son bureau.

*
* *

Malko s'engagea dans l'escalator du *Golden Dragon* menant aux salles de jeu, gagnant l'étage où il avait vu pour la première fois Kim Jong-nam. Il y avait peu de monde : là, on jouait trop cher pour les joueurs normaux.

Les croupières bavardaient entre elles. Quelques Chinois mal habillés misaient mollement à une table de baccara. Il aborda un des vigiles qui paraissait plus éveillé que les autres et demanda M. Fung Ho. Après quelques échanges téléphoniques, une hôtesse qui semblait fragile comme de la porcelaine redescendit avec lui au deuxième jusqu'à une petite salle de restaurant où un Chinois fluet, les cheveux lisses rejetés en arrière, examinait des listes de chiffres. Il se leva aussitôt, se courba profondément, et dit dans un anglais un peu heurté :

— Je suis extrêmement honoré de votre visite à Macao. Voulez-vous partager mon modeste repas ?

Ils longèrent un couloir pour s'installer au fond d'une salle richement décorée, presque vide. C'était un buffet où ils firent leur choix. Lorsqu'ils eurent attaqué les nouilles chinoises, Fung Ho posa ses baguettes et annonça :

— J'ai reçu un message du très honoré Dong Baojung

me demandant de vous traiter comme mon père. Que
puis-je pour vous ?

C'était beaucoup.

– J'ai un problème, expliqua Malko. Je veux faire
suivre partout où ils iront des gens qui vont arriver
demain matin de Zuhai.

Il préférait, pour l'instant, s'en tenir là. Fung Ho eut
un petit rire sec.

– Cela n'est pas très difficile. Bien évidemment, je
peux vous aider. Il me faut seulement quelques préci-
sions.

Malko lui communiqua le numéro de la Volvo des
Yat-van et le signalement du couple, concluant :

– Je voudrais suivre cette filature en temps réel mais
je ne veux pas me montrer. Nous pourrons rester en liaison par portable ?

– Certainement, affirma le Chinois. Si vous voulez
bien, je vais mettre en route le dispositif. À partir de
quelle heure ?

– Sept heures du matin ?

– Parfait. Rendez-vous un quart d'heure avant au
poste frontière de Gongbei, avant l'arc de triomphe des
Portugais. Beaucoup d'étrangers le photographient ! On
ne vous remarquera pas.

C'était un monument commémorant la bataille
héroïque, au XIXᵉ siècle, d'un groupe de soldats portugais qui avaient bouté les Chinois hors de Macao.
Ceux-ci n'étaient pas rancuniers…

Comme la plupart des Chinois, Fung Ho mangeait à
toute vitesse.

– Je dois remonter au troisième, expliqua-t-il. Nous

attendons des joueurs importants venus de Shanghai. À demain matin.

* *

Chang Sontek traversa l'Avenida da Amizade sans se presser et pénétra dans le hall de l'hôtel *Mandarin*. Dans son sac en bandoulière, elle avait un pistolet automatique Black Star muni d'un silencieux, apporté de Hong Kong pour liquider l'agent de la CIA Malko Linge. Pak Shipyon, le directeur de la Zokwang Trading, l'avait suppliée d'agir avant le lendemain matin, à cause de la venue de Cheo Yat-van. L'exécutrice avait déjà en poche son billet de retour sur le Turbojet de dix heures pour Hong Kong.

Elle connaissait le numéro de la chambre de sa « cible » et savait aussi, grâce aux hommes de Pak Shipyon, qu'il était sorti et se trouvait au casino *Golden Dragon*.

La Nord-Coréenne gagna le premier étage et s'installa dans un fauteuil à l'entrée du restaurant chinois, surveillant de là l'entrée du *lobby*. Sa « cible » la connaissait et elle devait être prudente. S'il gagnait une des salles de jeu, elle le guetterait dans un couloir et l'abattrait.

Si elle le voyait se diriger vers les ascenseurs pour rejoindre sa chambre, elle appellerait la cabine du premier étage et s'y retrouverait avec lui. Grâce à l'effet de surprise, elle aurait le temps de l'abattre et de redescendre ensuite.

Cela faisait vingt minutes qu'elle patientait lorsqu'elle aperçut enfin celui qu'elle attendait franchir la porte à tambour puis se diriger vers les ascenseurs. Il était seul. Il était neuf heures et demie et elle aurait juste le temps d'attraper son Turbojet.

Chang Sontek se leva et alla appuyer sur le bouton d'appel des *deux* ascenseurs, ne sachant pas lequel il allait prendre.

* *

Malko avait déjà appuyé sur le bouton d'appel lorsqu'il vit surgir de la galerie marchande la compagne israélienne de Kim Jong-nam, éblouissante dans un haut argenté qui moulait ses seins comme une seconde peau et un pantalon noir de smoking. Un Coréen aussi large que haut, les yeux presque invisibles tant ils étaient plissés, l'escortait.

Malko croisa le regard de la jeune femme, qui fit comme si elle ne l'avait pas vu. Il s'effaça pour les laisser entrer et se plaça ensuite au fond, afin de pouvoir contempler l'extraordinaire chute de reins de la brune. Petit plaisir fugitif et gratuit.

La cabine s'arrêta tout de suite au premier étage. Une femme, un grand sac accroché à l'épaule, l'avait appelée.

En une fraction de seconde, Malko la reconnut. C'était elle qui avait voulu lui faire avouer, à Hong Kong, où se trouvait Kim Song-hun et avait commencé à le mutiler[1] ! Il portait encore la cicatrice au petit doigt.

Leurs regards se croisèrent et elle comprit sûrement qu'il l'avait reconnue. En plus, elle était surprise de ne pas le voir seul. Seulement, de son poste d'observation,

---

1. Voir SAS n° 168 : *Le Défecteur de Pyongyang*, t. I.

elle ne voyait pas le couloir du bas menant à la galerie marchande. Elle fit un pas de côté avec un sourire d'excuse, comme si ce n'était pas elle qui avait appelé l'ascenseur.

Les artères de Malko charriaient des flots d'adrénaline : ce ne pouvait *pas* être une coïncidence. Les Nord-Coréens avaient découvert sa présence à Macao et passaient à l'offensive. Brutalement, à leur habitude. Il descendit au quatrième, laissant les deux autres continuer, et gagna sa chambre. Après une brève hésitation, il composa le numéro de l'agent du Mossad, demandant à être rappelé d'urgence. Ce que fit l'Israélien moins d'une minute plus tard.

— J'ai un problème, expliqua Malko. Les Coréens ont envoyé une tueuse pour me liquider. Je l'ai croisée dans l'hôtel. J'ai besoin de quincaillerie.

— Maintenant ?

— Oui.

La tueuse pouvait le guetter dans le couloir et l'abattre quand il sortirait.

— O.K., dit Oren. Je vous rappelle très vite.

Malko réalisa qu'il n'avait pas le numéro de Fung Ho, à qui il aurait pu demander le même service. Oren le rappela dix minutes plus tard.

— Ne bougez pas de votre chambre, dit-il, on va vous apporter ce qu'il faut.

Malko attendit, le cœur battant. Désagréable sensation de se sentir gibier. Le coup de sonnette à sa porte le fit sursauter. Il colla son œil à l'œilleton et son pouls grimpa en reconnaissant la « taupe » israélienne placée auprès de Kim Jong-nam. Il ouvrit et quasiment sans le regarder, elle lui tendit un sac du soir en perles de couleur. À son poids, il comprit ce qu'il contenait. La brune s'éloignait déjà dans le couloir, sans un mot, sans un sourire.

Un somptueux robot.

Il ouvrit le sac et découvrit un petit revolver « deux pouces » noir, le barillet plein. Il se dit qu'en le lui restituant, il aurait peut-être l'occasion de lui parler.

Après avoir glissé l'arme dans sa ceinture, il se sentit plus tranquille. Se souvenant de Napoléon, il se dit que le secret de la défense était dans l'attaque… Il allait donc partir à la recherche de celle qui était venue le tuer.

Après ce qui s'était passé à Bangkok, il n'avait aucun scrupule. C'était une chasse au nuisible.

CHAPITRE IV

Installée au *Bellavista*, la cafétéria du *Mandarin*, Chang Sontek était prise dans un dilemme. Pak Shipyon lui avait donné l'ordre d'éliminer l'agent de la CIA avant que les Yat-van reviennent à Macao le lendemain matin. Déjà, il était neuf heures quarante-cinq du soir et il fallait vingt minutes pour gagner le Ferry Terminal. Certes, elle pouvait prendre un bateau plus tard, mais désormais sa « cible » était sur ses gardes. La raison conseillait de laisser passer un peu de temps.

Hélas, ce n'était pas les ordres...

Or, en Corée du Nord, quand on désobéissait aux ordres, on ne vivait pas longtemps... Elle appela le garçon et régla son café avec un billet de dix patacas. Sa décision était prise. Elle allait tout simplement sonner à la porte de sa « cible » et l'abattre lorsqu'il ouvrirait. Filant ensuite au Ferry Terminal.

Dans les toilettes, elle fit monter une balle dans le canon du Black Star « *made in China* », puis se dirigea vers l'ascenseur.

*
* *

Malko se glissa hors de sa chambre et fila vers l'escalier. Il avait décidé de retrouver la tueuse nord-coréenne et de la suivre. À cette heure, le *Mandarin* était vide, à l'exception des salles de jeu. Il les explora rapidement sans la voir. Il redescendait par l'escalator vers le premier étage lorsqu'il l'aperçut en train de traverser le *lobby*, se dirigeant vers la sortie.

Il attendit qu'elle ait disparu pour sortir à son tour. Il l'aperçut, un peu plus loin, plantée au bord du trottoir, essayant de trouver un taxi. N'en voyant pas, elle s'éloigna à pied en direction du nord et il décida de la suivre.

Chang Sontek réalisa qu'elle était suivie, après s'être retournée plusieurs fois.

Il y avait très peu de piétons et, en plus, il pleuvait… Elle s'était résignée à repartir pour Hong Kong après avoir frappé à la porte de la chambre de sa « cible » sans obtenir de réponse. S'entêter eût été stupide. Et voilà que celui qu'elle avait guetté toute la soirée était peut-être à ses trousses !

Elle n'hésita pas et fit brusquement demi-tour, repartant en direction du *Mandarin*, et de l'homme qui continuait à avancer dans sa direction. Ce dernier s'arrêta soudain, comme s'il attendait qu'elle le rejoigne.

Chang Sontek s'appliqua à ne pas ralentir, comme si elle ne l'avait pas vu. Son pistolet était dans le sac pendu à son épaule, une balle dans le canon. Quelques instants plus tard, elle arriva en face de lui et s'arrêta.

— Nous nous sommes déjà vus à Hong Kong, lança

l'agent de la CIA d'une voix calme. C'est curieux de vous retrouver ici. C'est moi que vous cherchez ?

Les neurones de la Nord-Coréenne tourbillonnaient comme un ordinateur en folie. Était-il armé ? Elle était obligée de jouer à quitte ou double. De toute façon, rien ne serait pire que d'avouer un échec à ses chefs. Sans répondre, elle plongea la main dans son sac. Quand ses doigts se refermèrent autour de la crosse du Black Star, une violente poussée d'adrénaline lui remonta le moral.

Il n'était sûrement pas armé.

Malko avait relevé le chien du «deux pouces» tout en marchant, puis l'avait glissé dans sa ceinture. Par précaution. Il n'aurait jamais pensé que la tueuse revienne sur ses pas. En la voyant se rapprocher, il devina qu'elle avait résolu de le tuer. Tendu comme une corde à violon, il attendit que le pistolet soit à demi sorti du sac pour arracher de sa ceinture le petit revolver. Le bras tendu, il appuya sur la détente, une petite fraction de seconde avant que le long canon prolongé du silencieux ne soit braqué sur lui.

Le bruit de la détonation fut emporté par le vent. La femme recula un peu, frappée en pleine poitrine. Elle tituba, sa main armée replongea dans le sac comme si elle avait changé d'avis, puis elle tomba sur le côté, sans un cri.

Malko regarda autour de lui. À sa droite il y avait le chantier d'un nouveau casino et, en face, un parc. Une voiture passa sans ralentir.

La Nord-Coréenne ne bougeait plus. Il se pencha,

fouilla rapidement son sac, trouvant un carnet et un passeport dont il s'empara. Ensuite, il fit demi-tour, revenant vers le *Mandarin*. Juste avant d'y arriver, il se retourna : la Nord-Coréenne était restée là où elle était tombée. Presque invisible de loin.

Il remonta directement dans sa chambre et appela Oren qui, cette fois, répondit immédiatement.

– J'ai utilisé votre cadeau, dit-il, et je ne veux pas le garder. Je m'en débarrasse ou vous le récupérez ?

– Je le récupère, répondit l'Israélien sans hésiter.

– Quand et comment ?

– Vous êtes chez vous ?

– Oui.

– On va venir le chercher.

Il avait déjà raccroché.

Malko remit le revolver au canon encore chaud dans le sac de soirée et attendit. Lorsqu'on frappa, il ouvrit aussitôt. La superbe brune avait troqué sa tenue du soir pour un jogging bleu, les cheveux noués en queue de cheval. Malko lui tendit le sac.

– Vous l'aviez oublié ! fit-il en souriant.

Elle le prit. Sans sourire.

– *Thank you !*

Un court instant, leurs regards se croisèrent puis elle s'éloigna dans le couloir comme un fantôme. Machinalement il la suivit. Elle s'arrêta et entra dans une chambre, refermant aussitôt. Malko passa devant : c'était la 432.

Malko avait du mal à réaliser qu'il avait tué celle qui était venue l'assassiner. C'était presque abstrait, **comme** un jeu vidéo. Mais peu à peu, l'image du corps étendu sur le trottoir envahissait son cerveau. Il lui fallait absolument un dérivatif.

Il gagna les *VIP rooms* et s'assit à une table de black-jack avec une demi-douzaine de Chinois. Pour se vider le cerveau. En retournant les cartes, il n'arrêtait pas de penser à ce qui venait de se passer. Il avait horreur de tuer.

Trois fois, il tira un as et une figure, ramassant la mise. Lorsqu'il se leva de table, il gagnait dix mille dollars Hong Kong[1]. Comme il partait, une très jolie métisse, 50 % chinoise, 50 % portugaise, mais 100 % pute, lui sourit.

Il lui rendit son sourire et aussitôt, elle lui emboîta le pas. D'abord dans l'escalator, puis dans l'ascenseur. Et enfin dans sa chambre. Afin d'éviter tout marchandage sordide, il lui exhiba la liasse qu'il venait de gagner.

– *You give me head*[2].

Elle acquiesça, ahurie de bonheur devant cette offre inespérée. Malko se déshabilla, alla prendre de la vodka dans le bar et s'installa dans un fauteuil. La fille vint s'agenouiller devant lui et commença à le sucer de tout son petit cœur de pute.

Plus tard, Malko se répandit dans sa bouche en se disant que c'était merveilleux d'être vivant.

**

Malko s'immobilisa en face de l'arc de triomphe érigé en souvenir des héroïques soldats portugais sur

1. Environ huit cents dollars US.
2. Vous me sucez.

lequel flottait désormais le drapeau rouge chinois. Juste devant le bâtiment dont le fronton portait une inscription en chinois et en portugais : « Posto fronteirico das portas do Cerco ».

Une foule dense se pressait devant la porte marquée « Chegada [1] ». Des familles et des amis attendant des gens arrivant de l'autre côté. Quelqu'un le tira par le bras : Fung Ho, qui lui tendit un portable.

– Nous allons communiquer de cette façon. Mes hommes sont en place. Nous avons une voiture pour vous. Venez.

Malko le suivit. Il longèrent un terre-plein gazonné le long duquel les arrivants faisaient la queue pour un taxi. Une Toyota noire au toit blanc était garée au bout de l'emplacement des taxis, un Chinois au volant.

Les voitures arrivant de Chine, peu nombreuses, passaient plus loin sur la gauche.

– Installez-vous, dit Fung Ho, je vous appelle dès qu'ils arrivent.

* *
*

Depuis sept heures du matin, Pak Shipyon, le directeur de la Zokwang Trading, essayait de joindre Chang Sontek. Elle n'était pas à son hôtel, qu'elle avait quitté vers huit heures du soir la veille, après avoir payé, et son portable ne répondait pas.

Soudain, il sursauta. C'était l'heure des informations à la télé. Une présentatrice annonçait d'un ton neutre que la police avait trouvé sur l'Avenida da Amizade le

1. Sortie.

cadavre d'une femme tuée par balles. Elle-même était en possession d'un pistolet automatique Black Star en service dans l'armée chinoise, muni d'un silencieux.

Rien sur son identité, mais Pak Shipyon était édifié. Et catastrophé. Devant ce nouveau développement, il devait à tout prix empêcher la venue de Cheo Yat-van à Macao.

Si l'exécutrice de Pyongyang était morte, elle avait été abattue par celui qu'elle était supposée éliminer.

Il sortit en trombe de l'immeuble où il habitait, après avoir vainement tenté de joindre un taxi au téléphone. Par économie, la Zokwang Trading n'avait pas de voiture. Il partit à pied, jurant sans interruption. C'était la mauvaise heure.

* *

— Ils viennent de passer, annonça Fung Ho dans le portable local. Nous les suivons. Passez-moi le chauffeur.

Malko tendit le portable au Chinois qui conduisait et ils démarrèrent en direction des immeubles pouilleux aux façades pleines de publicités pour les casinos qui s'élevaient en face du poste frontière. Leurs balcons étaient clos de grillages, comme des cages. Précaution pour empêcher les *gwais*[1] d'entrer !

Son portable sonna vingt minutes plus tard.

— Ils viennent de s'arrêter Avenida Sidonio-Pais, devant l'immeuble de la Zokwang Trading. Une société d'import-export, annonça Fung Ho. L'homme est resté dans la voiture et elle est entrée. Que fait-on ?

1. Les mauvais esprits.

— Ne les lâchez pas ! lança Malko. Notez l'adresse où ils sont.

*
* *

Impassible, Cheo Yat-van affrontait le flot de reproches de Pak Shipyon. Le patron de la Zokwang Trading était tellement furieux qu'il ne lui avait même pas offert un thé.

— Le camarade général Kim Shol-su t'a interdit de revenir à Macao tant qu'il y aura du danger ! glapit-il. C'est de la folie d'être venue ici !

Il était d'autant plus furieux que Cheo Yat-van avait exigé qu'il puise dans ses réserves pour lui donner un million de yuans en liquide. Il avait dû envoyer quelqu'un changer des faux dollars. La directrice financière de la Delta Asia estimait trop dangereux de se rendre elle-même à la banque. La frontière passée, elle avait foncé Avenida Sidonio-Pais et n'en sortirait que pour se rendre au *Mandarin* porter l'argent à Kim Jong-nam.

— J'ai un immense respect pour le camarade Kim Shol-su, répliqua-t-elle, mais je dépends *aussi* du Bureau 35 qui m'a donné l'ordre de satisfaire la demande du fils de notre Cher Leader.

Pak Shipyon ne répondit pas : il savait qu'on ne s'opposait pas à ce genre d'instruction, sous peine de se retrouver dans un camp de travail. Kim Jong-nam était peut-être hors course politiquement, mais il restait le fils aîné du dictateur de la Corée du Nord.

— Reste le moins longtemps possible, recommanda-t-il. Les Américains surveillent la banque et ils ont le bras long. Tu es certaine qu'on ne t'a pas suivie ?

Elle ne répondit pas.

Pour ne pas l'affoler, Pak Shipyon ne voulait pas lui parler de ce qui était arrivé à la tueuse de Pyongyang.

*
* *

— Elle est ressortie avec une mallette et ils s'en vont, annonça Fung Ho.

Comme le lui avait dit l'Israélien, Cheo Yat-van allait apporter à Kim Jong-nam un million de yuans. Ce qui donna une idée à Malko.

— Ils vont au *Mandarin*, répondit-il. Pouvez-vous leur voler cette mallette avant qu'ils n'entrent ? Elle contient un million de yuans. Ils seront pour vous.

Au long silence du Chinois, Malko devina sa répulsion à se livrer à une action violente. Il se hâta de préciser :

— Je ne veux pas de violence. Juste un vol à l'arraché. Si c'est possible, bien entendu.

— Je vais voir, fit enfin Fung Ho.

Visiblement, il ne comprenait pas bien les motivations de Malko. Celui-ci se disait qu'en privant Kim Jong-nam de son viatique, il allait encore plus semer la pagaille dans le camp nord-coréen. Trop longtemps, durant la cavale de Kim Song-hun, il avait été sur la défensive. Cela ne lui déplaisait pas de mener le jeu. En pensant au sort du défecteur, il n'avait pas vraiment envie de ménager les Nord-Coréens.

*
* *

Sun Yat-van arrêta la Volvo devant l'hôtel *Mandarin* et son épouse Cheo lui dit aussitôt :

— Attends-moi ici, inutile de te mettre au parking.

Elle ouvrit la portière avant gauche, le laissant au volant, et descendit, la mallette contenant le million de yuans à la main. Au moment où elle mettait pied à terre, un jeune Chinois surgit de nulle part et lui arracha la mallette, s'enfuyant aussitôt en courant vers le Fischerman's Wharf.

Stupéfaite, la Chinoise poussa un hurlement de fureur. Son voleur était déjà loin. Elle n'en revenait pas de son audace. C'était la catastrophe ! Elle regarda sa montre : midi moins cinq. Tant pis, elle serait en retard, mais elle ne pouvait pas arriver chez Kim Jong-nam les mains vides.

Remontant dans la Volvo, elle jeta à son mari qui avait assisté, ahuri et impuissant, à toute la scène :

— On retourne là-bas. Il faut reprendre de l'argent.

Il redémarra aussitôt. Cette agression était bizarre. Comment ce Chinois avait-il deviné que cette mallette contenait beaucoup d'argent ? Comment avait-il surgi au moment même où elle arrivait ? Elle appela Pak Shi-pyon pour le prévenir. Il allait être furieux.

— Vous aviez raison, dit Fung Ho, il y avait un million de yuans dans cette mallette.

— Ils sont à vous, s'empressa de répéter Malko. Que font-ils maintenant ?

— Ils repartent en direction de l'Avenida Sidonio-Pais.

Malko sourit à part lui : ils allaient rechercher de l'argent.

— Très bien, dit-il. Continuez à les suivre. Il faut que nous parlions. Vous pouvez me rejoindre ?

— Certainement. Passez-moi votre chauffeur.

Dix minutes plus tard, celui-ci stoppait en face du *Grand Emperor Casino*. Le *nec plus ultra* du kitsch ! Deux carrosses encadraient l'entrée, gardée par deux *horseguards* d'opérette. À l'intérieur, c'était encore mieux. Tout autour d'un bouddha gigantesque, le sol était pavé d'or ! Quatre-vingts lingots d'un kilo dans des inclusions transparentes.

Fung Ho surgit de la foule.

— Mes hommes les suivent, annonça-t-il ; nous pouvons aller déjeuner. Vous êtes satisfait ?

— Très ! affirma Malko. Mais j'ai une proposition à vous faire.

Le Chinois eut un rire sec et inquiet, tandis qu'ils prenaient l'ascenseur.

— Une proposition qui pourrait vous faire gagner infiniment plus qu'un million de yuans, précisa Malko. Je pense que votre organisation serait fière de vous.

Le Chinois ne tiqua pas, mais Malko savait que pour grimper dans la hiérarchie de la Sun Yee On, il fallait faire rentrer de l'argent. L'« apporteur » en conservait dix pour cent.

*
* *

Pak Shipyon était étreint par l'angoisse. Les catastrophes se succédaient. La mort de Chang Sontek, le fait de n'avoir pu intercepter les Yat-van à temps, et maintenant cet étrange vol.

Pour l'instant, il fallait parer au plus pressé : porter l'argent au fils du Cher Leader qui risquait de faire un scandale s'il ne le recevait pas.

— Vous allez m'attendre ici, dit-il. Je n'aime pas ce qui se passe. Je retourne moi-même au *Mandarin*.

Cheo Yat-van ne protesta pas. Elle et son mari n'étaient que des exécutants. D'un niveau élevé, certes, mais ils n'étaient pas coréens. Donc n'avaient pas à savoir tout ce qui se passait.

Pak Shipyon n'avait pas assez de yuans sur place. Il remonta du sous-sol avec un nouvel attaché-case rempli de liasses de dollars. Deux cent mille, exactement. De quoi apaiser le fils chéri du Cher Leader.

Il demanda à Leoung de l'accompagner et ils gagnèrent la Volvo dont il avait pris la clef. Il plaça la mallette sous ses jambes et dit à Leoung d'ouvrir l'œil. Il y avait trop de circulation pour savoir s'ils étaient suivis.

En arrivant devant le *Mandarin*, il se gara et avant de sortir de la voiture, inspecta soigneusement les alentours. Escorté de Leoung, il gagna ensuite le *lobby*. La chance le servit.

Un homme style lutteur de foire, les cheveux ras, en costume noir, une oreillette dans l'oreille, était en train d'acheter des journaux. Un des gardes du corps de Kim Jong-nam. Pak Shipyon marcha sur lui et l'interpella en coréen.

— Camarade, j'ai quelque chose de très important à remettre au camarade Kim Jong-nam.

L'autre le regarda, méfiant.

— Qui es-tu ?

Cela pouvait être un Coréen du Sud lui tendant un piège. Pak Shipyon précisa :

— Tu attendais une femme, Cheo Yat-van. Elle a eu un accident de la circulation, c'est moi qui la remplace.

Le gorille dit quelques mots dans son micro, obtint une réponse et annonça à Pak Shipyon :

— Je dois te conduire en haut.

Dans l'ascenseur, il le palpa et lui fit ouvrir la mallette. La vue des liasses de dollars le rassura. Au dernier étage, il sonna à la suite occupée par Kim Jong-nam. Un autre garde du corps ouvrit et les conduisit dans un salon où Kim Jong-nam lisait. Il interpella le « courrier » qui s'inclinait devant lui.

— Où est Cheo Yat-van ?

— Elle a eu un accident de circulation, camarade, répondit Pak Shipyon. Je la remplace.

— Qui es-tu ? Que fais-tu à Macao ?

— Je travaille pour notre Cher Leader, expliqua Pak Shipyon. J'importe de la marchandise de notre beau pays.

Il avait appuyé sur le mot marchandise… Kim Jong-nam avait ouvert la mallette et la vue des dollars l'avait considérablement radouci. Le jeune héritier n'insista pas. Ayant renoncé à toute activité politique, tout ce qu'il désirait, c'était d'avoir toujours assez d'argent pour satisfaire ses caprices.

— La prochaine fois, ne soyez pas en retard, lança-t-il quand même d'une voix aiguë.

Pak Shipyon s'inclina profondément.

— Je vous le jure, camarade.

Il redescendit à toute vitesse. Il fallait réagir, les récents événements ne présageaient rien de bon. Pyongyang devait savoir ce qui se passait, car la situation lui échappait.

*
* *

Fung Ho mangeait de bon appétit son saumon cru. Le buffet était parfait. Il fallait soigner les joueurs. Visiblement, la proposition de Malko l'intéressait.

— Il faut que je communique cette offre à mon chef, dit-il. Je ne peux pas en prendre l'initiative moi-même.

— Il y a beaucoup d'argent en jeu, insista Malko. Ce million de yuans n'est qu'une toute petite partie de ce que vous pourriez gagner.

Il était arrivé à la conclusion que la Zokwang Trading était l'intermédiaire entre la Corée du Nord et la banque Delta Asia. Et que les faux dollars devaient transiter par là.

Le Chinois lui lança un regard en coin, intrigué.

— Pourquoi voulez-vous que je m'empare de cet argent, si vous n'en bénéficiez pas ?

Visiblement, cela le dépassait.

Or, Malko ne pouvait pas lui expliquer que le but de sa présence à Macao n'était pas de voler les faux billets des Nord-Coréens, mais de détruire leur infrastructure financière clandestine. Pour cela, il fallait d'abord faire peur à la Zokwang Trading en lui volant son argent, et ensuite s'attaquer au couple de Chinois qui se trouvaient au bout de la chaîne. Les Coréens ne parleraient pas. Les Chinois si, à condition qu'on leur fasse suffisamment peur.

Et pour cela, il avait une petite idée.

CHAPITRE V

Pak Shipyon repassa la frontière entre la *Zuhai Special Economic Zone* et Macao à trois heures, un peu rassuré. Il avait envoyé des messages à Pyongyang à partir d'une ligne sécurisé installée dans un karaoké appartenant à la Zokwang Trading, le *Happy House*.

Pyongyang ne s'expliquait pas comment Chang Sontek, leur « exécutrice », avait été abattue et promettait d'envoyer de Hong Kong des membres de la Sécurité d'État nord-coréenne pour prêter main-forte à Pak Shipyon, car il y avait un problème supplémentaire. La banque Delta Asia devait effectuer des virements urgents à des fournisseurs de la Corée du Nord. Or, ceux-ci devaient être signés par la directrice financière, Mme Cheo Yat-van, laquelle se trouvait toujours, avec son mari, dans le building de la Zokwang Trading. Elle et son mari ne pourraient retourner à Zuhai qu'une fois cette besogne accomplie.

Lorsque Pak Shipyon rejoignit le petit immeuble de l'Avenida Sidonio-Pais, il trouva le couple chinois totalement angoissé.

— Vous avez ramené la voiture ? Nous allons pouvoir

repartir de l'autre côté ? lança Cheo Yat-van. J'ai peur, ici. Il se passe des choses étranges.

Depuis le début de leur collaboration avec les Nord-Coréens, c'était la première fois qu'il y avait un problème. Cependant, la KCIA[1] faisait beaucoup d'écoutes et avait déjà provoqué l'arrestation de plusieurs diplomates nord-coréens…

— Pas tout de suite, tempéra Pak Shipyon. Avant, il faut que vous fassiez certaines opérations urgentes. En voilà la liste.

La directrice financière jeta un coup d'œil au document et fronça les sourcils.

— C'est impossible ! dit-elle.

— Pourquoi ? demanda sèchement le Nord-Coréen.

— Ces comptes à débiter ne sont pas approvisionnés.

Pak Shipyon lui jeta un regard méfiant.

— Pourtant, d'après mes documents, ils le sont tous largement. J'ai la liste des transferts. Qu'avez-vous fait de l'argent ?

La Chinoise s'étrangla de fureur.

— Mais il n'a pas encore été versé sur les comptes. Il se trouve en partie dans mes coffres à la banque, et en partie chez moi. Il faut que cet argent soit versé progressivement au crédit des comptes, en liquide, comme nous faisons toujours.

— Combien de temps cela prend-il ?

— Au moins une semaine, pour ne pas attirer l'attention.

— Il faut le faire immédiatement, décréta le Nord-Coréen.

1. CIA sud-coréenne.

Cheo Yat-van se décomposa :

— C'est trop dangereux. Il faut attendre un peu.

— Impossible ! trancha le directeur de la Zokwang Trading. C'est un ordre de Pyongyang. Vous devez commencer aujourd'hui même le transfert des liquidités que je vous ai remises. Sinon je serai obligé d'avertir Pyongyang que vous refusez de rendre cet argent qui ne vous appartient pas...

— Bien, je vais le faire, bredouilla la Chinoise qui ne tenait pas à se retrouver criblée de balles ou de coups de poignard. Mais vous nous faites prendre un risque important vis-à-vis des autorités bancaires de Macao. En plus, j'ai peur après ce qui s'est passé ce matin.

— Je vais vous assurer une protection, promit Pak Shipyon.

— Je dois aller d'abord à la banque, conclut Cheo Yat-van. Je vais commencer par vider mon coffre làbas.

— Combien avez-vous ?

— Environ onze millions de dollars. Cela ne suffira pas pour tous les virements que vous m'avez donnés...

— Vous prendrez le reste ensuite. Il faut commencer tout de suite.

Quand elle remonta dans sa voiture avec son mari, la directrice financière de la Delta Asia était atterrée : une semaine plus tôt, Pak Shipyon lui avait conseillé de se mettre à l'abri de l'autre côté de la frontière et de geler les opérations courantes, parce que les Américains auraient « ciblé » la Delta Asia ! Aujourd'hui, le même homme lui ordonnait de se livrer à des transferts massifs d'argent liquide qui allaient forcément laisser des traces ! À la moindre enquête, elle sautait. Ce n'étaient pas les deux Nord-Coréens muets comme des carpes à l'arrière de la Volvo qui allaient résoudre le problème.

Tandis qu'ils roulaient vers la Delta Asia, elle se demanda si elle n'allait pas prendre l'avion pour Taïwan et demander l'asile politique ! Les Nord-Coréens étaient tellement rigides, ignorants du monde extérieur, qu'ils prenaient des risques idiots.

Seulement, eux pouvaient toujours, à la dernière minute, exhiber un faux passeport diplomatique nord-coréen.

Pas Mme Cheo Yat-van, qui était chinoise…

*
* *

— Je vous attends au *Golden Dragon*, zézaya dans le portable Fung Ho. Au même endroit.

Il était neuf heures du soir et Malko se préparait à dîner seul au *Fresco*, le meilleur restaurant du *Mandarin*. Il pensait ensuite aller faire un tour aux *VIP rooms* afin de voir si Kim Jong-nam s'y trouvait. Sa présence signifierait que les Nord-Coréens avaient fait parvenir de l'argent pour remplacer celui soustrait au « courrier ».

Il décida d'aller à pied au *Golden Dragon*, après avoir attendu dix minutes un taxi. Il n'était plus armé, mais pensait les Nord-Coréens sur la défensive. Une fois de plus, il bruinait. Macao avait vraiment un climat pourri, perpétuellement cerné par le brouillard, avec toutes les tempêtes remontant de l'estuaire de la rivière des Perles. Souvent, on ne voyait même pas les trois immenses ponts qui ondulaient comme des dragons entre Macao et les îles de Taipa et de Coloane.

Le maigre Fung Ho l'accueillit en haut de l'escalator et l'entraîna tout de suite dans un petit salon-restaurant où on leur apporta tout un assortiment de plats, des nouilles sautées au canard, en passant par les ailerons de requin. Malko était tendu. De la réponse du Chinois dépendait la suite de sa mission.

Seul, il serait obligé de décrocher, ne pouvant s'appuyer ni sur les Israéliens ni sur les Américains de Hong Kong.

Fung Ho acheva d'aspirer ses nouilles avec un petit sifflement aigu, rota et dit de sa voix fluette :

— Le très estimé M. Dong Baojung vous souhaite mille ans de félicité et accepte qu'une myriade de poignards le transperce s'il n'est pas votre meilleur ami !

Il fallait décrypter.

— Il est d'accord pour l'opération ? interrogea Malko.

La bouche pleine, Fung Ho mit quelques secondes à répondre.

— Il a laissé la décision à ma sagesse.

C'était comme d'escalader une paroi glissante avec des chaussures usées. Le Chinois malingre s'était remis à manger. Malko le laissa finir ses nouilles et lui fit préciser :

— Quelle est votre décision ?

— Je pense que nous pouvons tenter cette opération, conclut Fung Ho, sous certaines conditions.

— Lesquelles ?

— D'abord, personne ne doit savoir que nous y sommes mêlés…

— Cela me semble évident, approuva Malko. Et ensuite ?

– Les fonds seront transférés immédiatement de l'autre côté de la frontière.

– Je n'y vois pas d'inconvénients.

Le Chinois piqua délicatement un morceau de canard entre deux baguettes.

– Je sais que c'est extrêmement délicat, reconnut-il, mais il faudrait un mot de votre part disant que vous abandonnez toute prétention sur cet argent.

Malko l'aurait embrassé : il ne fallait pas que les bureaucrates de la CIA puissent l'accuser d'avoir restauré son château avec de l'argent volé à des Nord-Coréens par une triade chinoise...

– Je suis prêt à vous le signer avec mon sang ! affirma-t-il, adoptant le ton lyrique en usage chez les Chinois.

Fung Ho repoussa avec horreur cette possibilité, bredouillant, embarrassé, qu'il s'agissait d'une demande émanant des plus hautes instances de la Sun Yee On, qui n'avaient pas l'insigne honneur de connaître l'honorable Malko Linge. Il s'en excusait dix mille fois et demandait humblement à être pardonné.

On progressait enfin. Malko dissimulait sa joie. C'était un coup, s'il fonctionnait bien, qui allait déclencher un cataclysme chez les Nord-Coréens.

– Je dois ajouter une chose, dit-il.

Il arrivait à la partie jusqu'ici passée volontairement sous silence.

– Il y a une possibilité pour que l'argent que vous trouverez à la Zokwang Trading se compose de fausses coupures de cent dollars.

Un peu crispé, il attendit la réaction du représentant

de la Sun Yee On. Fung Ho mit pudiquement la main devant sa bouche pour dissimuler un rire nerveux.

— Cela n'a *aucune* importance, affirma-t-il de sa voix saccadée. Presque tous les dollars qui circulent à Macao sont des faux fabriqués par les Nord-Coréens. Cependant, les joueurs qui viennent ici des quatre coins de la Chine sont très contents de les remporter chez eux. Ils n'en ont jamais vu ! Ils changent tous leurs yuans pour de l'argent américain. Même les Japonais les acceptent…

Si le Chinois avait connu l'expression « secret de polichinelle », il l'aurait sûrement utilisée.

Malko volait sur un petit nuage rose. Il en redescendit, afin de verrouiller les détails.

— Comment allez-vous procéder ?

Le Chinois reprit instantanément son sérieux.

— Nos hommes qui surveillent l'immeuble de l'Avenida Sidonio-Pais ont remarqué qu'il y a toujours des gens à l'intérieur. D'autre part, le QG de la police de la circulation se trouve juste en face.

Ça faisait beaucoup et Malko se demanda s'il n'était pas en train de se défiler.

Fung Ho le rassura immédiatement.

— Nous avons trouvé une parade : nous déguiser en policiers ! expliqua-t-il. Les occupants de l'immeuble n'hésiteront pas à ouvrir et les policiers d'en face n'interviendront pas.

— Au milieu de la nuit, cela risque de paraître suspect…

Nouveau petit rire.

— Nous agirons très tôt le matin, comme fait la police pour les perquisitions. Nous nous sommes déjà procuré les uniformes. Il y a un studio de cinéma à Hong Kong qui en loue. Ils sont arrivés ce soir. Nous en avons pris cinq, je pense que cela suffira.

— Et la voiture ?

— Nous en avons « louée » une de l'autre côté de la frontière. Les policiers sont très mal payés, là-bas. Il a suffi de changer les plaques.

C'était un vrai hold-up ! Malko était fier de ses associés.

Il expliqua enfin au Chinois ce qu'il souhaitait si, comme il espérait, il y avait beaucoup d'argent à la Zokwang Trading.

— Je vous appelle demain matin, conclut Fung Ho. Je vous dirai ce que nous avons trouvé là-bas.

Malko ne s'appesantit pas. Toute l'opération était basée sur l'hypothèse que la Zokwang Trading servait de coffre-fort à la Delta Asia. S'il s'était trompé, les gens de la Sun Yee On seraient furieux.

Il regagna le *Mandarin* et monta directement à la Kam-wui *VIP room*. Au moment où il y entrait, il fut salué par le hurlement de joie d'un des joueurs. Kim Jong-nam venait de retourner un quatre et un cinq et emportait le banco !

Malko se rapprocha et le vit remettre sur le tapis soixante mille dollars Hong Kong. Il avait été « ravitaillé », ce qui était de bon augure pour le plan de Malko.

L'Israélienne, debout derrière le Nord-Coréen, portait cette fois une robe chinoise bleue, qui moulait de façon provocante sa croupe callipyge. Malko s'esquiva.

Il n'avait plus qu'à attendre l'aube.

**

Aux petites heures du jour, l'Avenida Sidonio-Pais était complètement déserte. Les boutiques ouvraient plus tard et même le commissariat était encore fermé, ne commençant qu'à huit heures. Aussi, à six heures dix, personne ne remarqua le fourgon de police qui s'arrêta devant le numéro 65, une petite bâtisse sans grâce de deux étages. Au rez-de-chaussée, un garage permettait l'accès des véhicules. Cinq hommes en tenue bleue de la police de Macao sortirent du véhicule et l'un d'eux frappa à la porte.

Le battant s'entrouvrit assez vite sur la tête ensommeillée d'un homme en maillot de corps.

Il y eut une courte discussion, il essaya de refermer la porte, mais les policiers l'écartèrent et s'engouffrèrent à l'intérieur, laissant l'un d'entre eux au volant du fourgon.

Quelques instants plus tard, la porte du garage s'ouvrit, permettant au fourgon des policiers d'y pénétrer. Le garage se referma ensuite.

Il pleuvait et les rares passants se hâtaient vers le marché voisin. Aussi, les cris qui s'échappèrent de l'immeuble ne furent-ils entendus par personne.

*
* *

Écumant, Pak Shipyon, les mains menottées derrière le dos, se démenait comme un beau diable, tentant de s'échapper de la pièce. Un des « policiers » chinois le ceintura.

Il dormait au premier étage lorsqu'on avait sonné et

un de ses hommes était allé ouvrir, se précipitant ensuite pour le réveiller.

– C'est la police ! Ils veulent perquisitionner ! Ils sont entrés de force.

Sonné, le Nord-Coréen mit du temps à réagir : en bons termes avec le *Guoambu*, il se pensait à l'abri de tout souci. Il songea à une démarche *officielle* des Américains et descendit à toute vitesse, après s'être habillé. Un des policiers s'adressa à lui très poliment, lui expliquant qu'il avait reçu l'ordre de son QG de perquisitionner à la recherche de drogue. Suite à une dénonciation.

Au mot « drogue », Pak Shipyon s'était un peu calmé.

– Il n'y a aucune drogue ici, avait-il juré, mais vous pouvez vérifier. Vous avez un mandat de perquisition ?

– Il arrive ! avait affirmé le policier.

Dès cette seconde, Pak Shipyon avait su qu'il avait affaire à des faux policiers. Cependant, ils étaient armés et lui pas. Il avait essayé de bluffer.

– Très bien, je vais appeler votre QG et mon avocat.

Il n'avait pas eu le temps d'atteindre le téléphone, ceinturé par un des policiers. Un autre lui avait passé les menottes. Il s'était calmé sous une grêle de coups de crosse. Tombé à terre, la tête en sang, il était resté sonné, avant de réagir et de tenter de filer dans l'escalier. Il continuait à se débattre comme un beau diable.

Un des policiers lui passa un lacet autour du cou.

– Si tu continues, fit-il calmement, on te tue. Reste tranquille.

Pak Shipyon vit qu'il était sérieux et se tut. Les policiers fouillaient partout, visiblement déçus, ne trouvant que des papiers.

Soudain, l'un d'eux pensa à déplacer le tapis bleu étalé devant le bureau, révélant une trappe dans le plancher. Deux d'entre eux la soulevèrent, découvrant un escalier métallique menant à un sous-sol. Pak Shipyon devint comme fou, se jetant la première tête contre les murs, hurlant des insultes. Un coup de crosse lui ouvrit le front et il tomba, assommé. Ce qui n'était pas plus mal. S'il se laissait dépouiller sans résister, Pyongyang le ferait fusiller sans jugement. Vol des biens du Parti des travailleurs.

Trois policiers s'engagèrent dans l'escalier, laissant le quatrième pour garder les deux prisonniers. Leoung, menotté, ne réagissait pas.

*
* *

Fung Ho, descendu le premier à la cave, découvrit des cartons empilés marqués : articles de sport. Il y en avait une dizaine. Tous portaient la marque « Zokwang Trading ».

Une exportation parfaitement normale de l'artisanat nord-coréen. D'ailleurs, les colis portaient des cachets de la douane chinoise. Fung Ho en éventra un avec son couteau et resta tétanisé. Derrière le carton, il y avait une feuille de plastique noir qui, déchirée, laissait apercevoir des liasses de billets verts. Il en tira une et reconnut des coupures de cent dollars !

Le *gwailo* ne lui avait pas menti !

Il testa de la même façon les autres cartons. Tous étaient bourrés de liasses de billets verts tout neufs. Il n'eut pas à faire de calculs : un ruban entourant chaque liasse annonçait 10 000 dollars !

Le Chinois en eut le vertige. Vu le nombre de cartons, il devait y en avoir pour des dizaines de millions de dollars ! Il n'avait jamais vu autant d'argent...

– Embarquez-les, ordonna-t-il à ses hommes. Mais laissez-en un peu.

Cela lui faisait mal au cœur mais c'était l'accord conclu avec le *gwailo*. Il devait laisser un peu d'argent. Il ignorait pourquoi.

Ses hommes montèrent les précieux cartons jusque dans le garage, et les entassèrent dans le fourgon de police. Vingt minutes plus tard, il ne restait dans le sous-sol qu'un carton éventré avec une centaine de liasses de billets de cent dollars. Quand même une petite fortune.

Lorsque tout fut chargé, les quatre policiers s'esquivèrent, laissant les deux Nord-Coréens entravés, et filèrent dans l'Avenida Sidonio-Pais encore déserte.

*   *
*

Dès qu'il fut seul, Pak Shipyon se traîna jusqu'au téléphone et composa le 993, la « hot line » de la police. Il expliqua d'une voix hachée qu'il venait d'être cambriolé par des hommes se prétendant policiers. Sans mentionner ce qu'on lui avait pris. Hélas, il s'en doutait...

*   *
*

Malko était réveillé depuis six heures du matin. Trop tendu pour dormir. Ce n'est qu'à sept heures dix que son portable sonna. Fung Ho annonça d'une voix égale :

– Nous avons terminé. Je vous attends comme convenu pour le déjeuner.

Son petit rire en disait plus que ses paroles.

– Tout s'est bien passé ? demanda anxieusement Malko.

– Tout à fait.

– Pouvez-vous donner maintenant le coup de fil dont nous avons parlé ?

– Absolument. Je vous attends au *Golden Dragon* à une heure.

* *
*

Fung Ho avait eu facilement le bureau de Macao du *South China Morning Post*, le plus grand quotidien en langue anglaise de la Chine du Sud. Le journaliste de permanence nota fébrilement l'information : des policiers avaient perquisitionné à l'aube dans les locaux d'une société nord-coréenne et découvert des sommes très importantes en dollars supposés contrefaits.

Après avoir raccroché, le membre de la Sun Yee On appela quelques organismes officiels et la chambre de commerce de Macao pour répandre la bonne nouvelle… Au moment où il raccrochait, un de ses hommes lui apporta le montant de l'argent récupéré à la Zokwang Trading : 76 millions de dollars.

Si, après cela, Fung Ho ne quittait pas son rang modeste de « lanterne bleue », c'était à désespérer.

Bien sûr, si les Coréens apprenaient qui étaient les voleurs, cela donnerait lieu à un sanglant règlement de comptes. Heureusement à Macao, la Sun Yee On avait beaucoup d'amis.

*
* *

Malko avait l'impression d'être sous une douche
tiède, avec une créature de rêve agenouillée devant lui
en train de lui administrer une fellation divine… Depuis
un quart d'heure, la chaîne d'informations de Macao
diffusait des images de l'événement du matin. Une perquisition de la police au siège d'une société d'importa-
tion coréenne, la Zokwang Trading. Le petit bâtiment
était assiégé par une meute de journalistes. Tous les cor-
respondants des grands médias de Hong Kong étaient
là.

Évidemment, c'était en chinois, mais les images parlaient d'elles-mêmes…

Un petit bonhomme aux cheveux hérissés émergea
du bâtiment, menotté, la tête basse, l'air furieux.

Peu après, les policiers sortirent à leur tour, portant
un grand carton éventré contenant des liasses de billets.
Des coupures de cent dollars. Le journaliste se retourna
vers la caméra et expliqua en anglais :

— La police a saisi une grande quantité de coupures
de cent dollars importées illégalement à Macao et sup-
posées contrefaites. Le gouvernement américain envoie
un observateur et le FBI de Hong Kong a demandé à
être associé à l'enquête.

Malko coupa le son et s'aperçut qu'il avait faim. La
première partie de la manip avait réussi : les
Nord-Coréens, d'une part, avaient perdu beaucoup d'argent et, d'autre part, ils allaient être obligés de se réor-
ganiser totalement. Il restait à porter l'estocade finale.

CHAPITRE VI

Cheo Yat-van sursautait chaque fois que le téléphone sonnait. Une de ses assistantes était venue l'avertir de la perquisition chez les Nord-Coréens et de l'arrestation de Pak Shipyon. La directrice financière de la Delta Asia avait aussitôt appelé son correspondant, qui n'avait pas répondu. La Zokwang Trading était aux abonnés absents...

Or, depuis le matin, Cheo Yat-van apportait elle-même aux guichets de la banque des liasses de billets prises dans sa chambre forte, au sous-sol, afin de créditer les comptes qui devaient effectuer des virements à des sociétés «neutres» – en réalité nord-coréennes – qui avaient des créanciers à régler. Des fournisseurs du régime nord-coréen. Elle n'avait pas osé s'interrompre, craignant encore plus Pyongyang que la police chinoise.

Hélas, les billets qu'elle déposait sur ces comptes venaient de la même source que ceux qui avaient été saisis à la Zokwang Trading. Elle alluma une cigarette, paniquée. Elle avait encore dans la cave de sa maison de la Rua Estroda-da-Pehna plus de vingt millions de faux dollars. Si elle s'enfuyait à Taïwan, elle en emporterait une partie. Seulement, elle ne pourrait jamais revenir ni à Macao ni en Chine...

Sa ligne directe sonna. C'était Pak Shipyon. Sa voix était parfaitement calme.

— Ils vous ont relâché ? demanda aussitôt la Chinoise.

— Il s'agissait d'une erreur, répliqua sèchement le Nord-Coréen. Où en êtes-vous des opérations que je vous ai demandé d'effectuer ?

— C'est en cours.

— Quand aurez-vous terminé ?

— En fin de journée, je pense.

— Bien. Il faudra aussitôt retourner de l'autre côté. Le temps que les choses se calment. Quand vous aurez fini, prévenez-moi.

Après avoir raccroché, Cheo Yat-van se sentit un peu mieux. Apparemment, les Nord-Coréens s'en sortaient bien. Sûrement grâce à leurs connexions avec le *Guoambu*. Donc, son projet taïwanais devenait moins urgent.

Elle reprit les navettes entre la chambre forte du sous-sol et les guichets, répartissant les sommes entre une demi-douzaine de comptes ouverts à la Delta Asia. Elle remplissait des remises à des noms fantaisistes, mais, évidemment, personne ne protestait. Elle était directrice financière de la Delta Asia depuis dix ans et il n'y avait jamais eu le moindre souci. Tout Macao savait que la Delta Asia était une «lessiveuse», mais qui s'en souciait ? Les dollars étaient rapidement recyclés dans le circuit des casinos et tout le monde était content. Les autorités financières de Macao, largement arrosées par le biais de prêts et de « dons » à d'obscures organisations humanitaires, approuvaient les bilans de la banque sans la moindre hésitation.

*
* *

Malko pénétra au *Golden Dragon* à une heure pile. Deux Chinois, sûrement des hommes de la Sun Yee On, l'avaient escorté sans un mot depuis son départ du *Mandarin*. Ils ne s'éclipsèrent qu'en voyant Fung Ho venir à sa rencontre. Le Chinois le précéda jusqu'à la petite salle où ils avaient déjeuné la fois précédente. Quelqu'un s'y trouvait déjà, au fond d'un box en cuir rouge : Dong Baojung, le responsable de la Sun Yee On de Hong Kong !

Il salua Malko chaleureusement et Fung Ho expliqua aussitôt sa présence.

– L'honorable Dong Baojung a tenu à venir vous saluer. Il ne reste que quelques heures.

– Je le remercie, dit Malko. Est-il satisfait d'avoir autorisé cette opération ?

La réponse fut un peu longue.

– L'honorable Dong Baojung vous souhaite mille ans de prospérité pour l'aide que vous avez apportée au développement de notre société, traduisit Fung Ho. Il y a encore beaucoup de misère en Chine et nous nous efforçons de la soulager. Cet argent sera très utile.

Un ange passa, volant bas, avec des hoquets de fou rire. On aurait juré entendre Mère Teresa. Et Fung Ho arrivait à garder son sérieux ! Il aurait pu faire une grande carrière dans la politique… Malko se dit que Dong Baojung n'était pas venu de Hong Kong uniquement pour ce prêchi-prêcha…

La suite lui donna raison.

– L'honorable Dong Baojung a entendu dire que les Nord-Coréens sont très en colère, enchaîna Fung Ho.

– Ils vous soupçonnent ?

– Pas encore. Mais ils vous attribuent l'organisation de cette action et ils veulent se venger.

– Ce n'est pas étonnant, reconnut Malko.

– L'honorable Dong Baojung voulait savoir si vous aviez l'intention de prolonger votre séjour à Macao.

Malko fut surpris par la question.

– Non, je ne pense pas, pourquoi ?

Fung Ho eut un petit rire embarrassé.

– Ce sont des gens très dangereux. Ils pourraient avoir l'idée de vous enlever. Et de vous faire subir des traitements désagréables.

Autrement dit, de le torturer.

Malko eut un sourire innocent.

– Je croyais être sous la protection de la Sun Yee On.

Nouveau rire, encore plus gêné.

– Que l'honorable Dong Baojung soit frappé par une myriade de poignards s'il ne veille pas sur vous ! Mais il faut toujours prévoir l'imprévisible. Les Nord-Coréens sont très cruels et arriveraient peut-être à vous faire parler. Dans ce cas, nous serions dans une situation délicate. Ils souhaiteraient se venger.

Quelque chose échappait à Malko.

– Pourtant, la Sun Yee On nous a beaucoup aidés durant la cavale de Kim Song-hun.

– Ce n'était pas la même chose, protesta Fung Ho. Nous avons fourni une simple prestation humanitaire...

Toujours le sens des mots.

– Quelle est la différence ? osa demander Malko.

Les deux Chinois échangèrent quelques mots et Fung Ho baissa encore la voix.

— Dans ce cas, il s'agit *d'argent*. Nous leur avons pris leur argent. S'ils en avaient la preuve, cela pourrait déclencher un grave conflit, avec des implications politiques, car ils sont en bons termes avec beaucoup d'officiels chinois. Aussi, l'honorable Dong Baojung souhaite que vous quittiez Macao le plus vite possible. L'idéal serait de repartir avec lui. En effet, nous pouvons vous entourer d'un cercle infranchissable, mais cela serait nous compromettre.

C'était clair : maintenant qu'ils avaient l'argent, les Chinois trouvaient Malko compromettant. Sachant que personne ne résiste à la torture.

C'étaient des gens pragmatiques.

— Je ne peux pas repartir tout de suite, conclut Malko, mais je ne resterai pas longtemps. Je vais demander à d'autres amis d'assurer ma protection.

Après avoir traduit, Fung Ho demanda aussitôt :

— *Quand* voulez-vous partir ?

— Sous quarante-huit heures.

La conversation s'arrêta là. Cinq minutes plus tard Dong Baojung regarda sa montre. Fung Ho dit aussitôt :

— L'honorable Dong Baojung a une place réservée sur le Turbojet de trois heures. Il regrette que vous ne puissiez l'accompagner.

Courbettes, sourires un peu guindés. Malko émergea du *Golden Dragon* et gagna la station de taxis.

Pendant qu'il attendait, il remarqua les deux Chinois qui l'avaient déjà suivi et comprit leur rôle. Au cas où les Nord-Coréens tenteraient de le kidnapper, ils étaient là pour le liquider avant. Afin qu'il ne puisse compromettre la Sun Yee On.

S'il voulait encore rester un peu à Macao, c'était pour accomplir la dernière partie de l'objectif qu'il s'était fixé : l'élimination ou le retournement des Yat-van.

* *
*

Cheo Yat-van était épuisée. Toute la journée, elle était passée du sous-sol aux guichets où elle avait crédité en liquide les comptes prévus, effectuant ensuite les virements demandés. Elle mit dans son sac les reçus pour les donner à Pak Shipyon. Elle l'appela pour lui annoncer qu'elle avait terminé et il lui apprit qu'il l'attendait déjà devant la banque.

Lorsqu'elle descendit, elle découvrit effectivement une Toyota aux glaces fumées garée sur un arrêt de bus.

– Nous allons chercher votre mari et votre voiture, annonça le Nord-Coréen.

Il était accompagné de deux employés de la Zokwang Trading, un chauffeur et Leoung, l'homme de la Sécurité d'État, toujours aussi taciturne. Pak Shipyon s'assit à l'arrière avec Cheo Yat-van qui lui remit les récépissés des virements effectués. Dix minutes plus tard, ils entraient dans le jardin de la grande maison au toit rouge et se garaient à côté de la Volvo des Yat-van.

Sun Yat-van surgit aussitôt de la villa, visiblement pressé de repartir dans la zone spéciale de Zuhai : lui aussi avait regardé la télé…

– Nous allons venir dans votre voiture, proposa Pak Shipyon.

Ils montèrent à l'arrière tandis que le couple s'installait à l'avant. L'employé de la Zokwang Trading prit le volant de la Toyota.

Tandis qu'ils descendaient les lacets de la rue de Sao-Paulo, Pak Shipyon annonça :

– Le camarade Kim Jong-nam tient à vous saluer avant votre départ et à vous remercier pour ce que vous avez fait.

Ils suivirent l'Avenida Doctor-Stanley-Ho, gagnant le rond-point de la tour de Macao. Sun Yat-van s'apprêtait à tourner à gauche dans l'Avenida da Amizade pour gagner le *Mandarin*, quand Pak Shipyon lança :

– Prenez le pont !

Le pont Governador-Nobre-de-Carvalho enjambait la mer jusqu'à l'île de Taipa.

– Pour aller où ? demanda le Chinois.

– Le fils de notre Cher Leader se trouve avec sa famille dans sa résidence de Coloane.

Le pont semblait interminable. Ensuite, ils traversèrent Taipa, longèrent l'immense chantier du casino *Venetian* pour suivre la côte découpée de l'île de Coloane. Après avoir longé la plage de sable noir de Hac Sea, Pak Shipyon indiqua :

– Entrez dans la prochaine résidence et garez-vous sur le parking derrière.

Un énorme tournesol ornait la façade vitrée d'une sorte d'atelier, dans le premier bâtiment. L'emblème de la Corée du Nord.

Sun Yat-van obéit. Le parking était désert. Il s'arrêta et coupa le moteur. Au moment où il allait retirer la clef, le hurlement de sa femme lui glaça le cœur. La bouche ouverte, elle criait, collée à son siège, comme si elle ne pouvait pas s'en détacher. Le Chinois ouvrit la bouche pour parler, mais Pak Shipyon, assis derrière lui, passa rapidement un lacet autour de son cou et serra brutalement, l'empêchant d'émettre le moindre son.

Cheo Yat-van se tortillait sur son siège, mais ses cris diminuaient. Du sang commençait à couler de sa bouche. Du siège arrière, Leoung enfonçait à coups redoublés un long pic à glace dans son dos, à travers le siège. Lorsqu'elle cessa de bouger, il passa autour de son cou un lacet et l'acheva en l'étranglant…

Son mari, lui, résistait encore de toutes ses forces. Il avait réussi à dégager une de ses jambes et donnait des coups de pied désespérés dans le pare-brise.

Il parvint même à l'étoiler. Enfin, suffoquant, il cessa de bouger. Pour plus de sécurité, Pak Shipyon lui promena un rasoir le long de la gorge. Il saigna à peine : son cœur avait cessé de battre. L'odeur fade du sang avait envahi la voiture, écœurante.

Les deux Nord-Coréens sortirent sur le parking. Cette partie de la résidence en construction était inhabitée, ils étaient tranquilles. Laissant le couple là où il était, ils regagnèrent la Toyota qui venait d'arriver et y prirent place.

Ce n'était que la première partie de l'opération. Désormais, il n'y avait plus à craindre d'indiscrétions. Les deux Chinois avaient été très utiles, mais ils savaient trop de choses. Même s'ils seraient difficiles à remplacer, il y avait des risques que Pyongyang ne pouvait pas prendre.

Un témoin mort est un témoin sûr.

*
* *

Malko ne reconnut pas la voix chinoise qui lui parlait en mauvais anglais. Heurtée, saccadée, avec des mots bizarres. Elle écorchait son nom, prononçant « Maldo ».

– Qui êtes vous ? demanda-t-il.

– Cheo Yat-van. La directrice financière de la banque Delta Asia.

Malko sentit son pouls s'envoler. La machine infernale qu'il avait lancée était en train d'exploser.

– Vous êtes venu au bureau, continua la Chinoise. Vous êtes journaliste ?

– Oui, confirma Malko.

– Vous voulez toujours me parler ? demanda la voix saccadée.

– Oui, bien sûr !

– J'ai beaucoup de choses à dire, fit rapidement Cheo Yat-van. Mais il va falloir me protéger.

– C'est tout à fait possible, assura Malko. Où êtes-vous ?

– Vous pouvez venir à Coloane ? Nous sommes réfugiés chez des amis.

– Maintenant ?

– Oui, bien sûr. Je vais vous donner l'adresse. Nous vous attendrons dans le parking.

Il nota scrupuleusement les points de repère et demanda :

– Vous avez un portable, si je me perds ?

– Bien sûr.

Elle lui donna son numéro et raccrocha. Aussitôt, Malko appela Oren, l'agent du Mossad.

– Vous pourriez m'aider à sécuriser quelqu'un ? demanda-t-il.

Il lui expliqua de quoi il s'agissait et l'Israélien eut l'air mal à l'aise.

— Évaluez d'abord la situation.

Malko n'avait pas envie d'aller à Coloane en taxi.

— Vous pourriez me prêter une voiture ? demanda-t-il à l'Israélien.

— Ça, c'est possible, accepta Oren, passez maintenant, j'ai une Hyundai dont je ne me sers pas.

Malko exultait. S'il récupérait un témoin comme la directrice de la banque Delta Asia, c'était le dernier clou dans le cercueil des Nord-Coréens.

CHAPITRE VII

Après avoir traversé l'île de Taïpa, Malko s'engagea sur la route longeant la côte escarpée de Coloane, coincée entre la mer et des collines encore presque vierges. La Hyundai prêtée par l'agent du Mossad glissait sans bruit et, sans la tension de la conduite à gauche, il aurait presque pu se sentir en vacances. Il avait l'impression d'avoir semé les deux Chinois collés à ses basques par la Sun Yee On. Mais peut-être se tenaient-ils seulement à distance. Avec la Hyundai, l'agent du Mossad lui avait confié un petit revolver calibre .32 qu'il avait glissé dans sa ceinture.

Tout en négociant les virages, il se demandait que faire du couple chinois de la Delta Asia.

L'idéal était de les exfiltrer immédiatement sur Hong Kong ou Bangkok, afin de les faire prendre en charge par la CIA. Moins longtemps ils resteraient à Macao, mieux cela vaudrait, étant donné la brutalité des gens de Pyongyang.

Il bénissait le ciel de sa chance. Pour Macao, les éléments apportés par le défecteur Kim Song-hun étaient minces : les noms des deux employés félons de la Delta Asia. Sans un peu d'imagination et l'aide de la Sun Yee

On, Malko n'y serait jamais arrivé. Il savait que sa prochaine étape était Tokyo. Là, il possédait plus d'éléments, mais aucun document. Au moins opérerait-il dans un environnement sécurisé : les Japonais détestaient les Coréens du Nord et les Américains étaient tout-puissants au Japon.

La route tournait avec un virage en épingle à cheveux, un embranchement plongeant vers le Macao Golf Club. Il n'y avait presque plus de circulation, cette route ne menant qu'à quelques résidences et au golf. Il ralentit, examinant les maisons sur sa gauche. Il en passa deux, puis aperçut le portail blanc signalé par Cheo Yat-van.

Il pénétra dans la résidence, passa devant le premier bâtiment et atteignit un parking situé derrière. Les battements de son cœur s'accélérèrent. Il y avait une seule voiture dans le parking, une Volvo noire avec la double plaque permettant de franchir la frontière de la zone spéciale de Zuhai sans problème. Il s'arrêta derrière, descendit et s'approcha de la Volvo. En arrivant à la hauteur de la portière avant, il sentit son estomac se charger de plomb.

Le couple chinois était bien là. Lui, la gorge ouverte sur un plastron de sang, un lacet encore noué autour du cou, et elle, la tête sur la poitrine, du sang coulant encore de sa bouche ouverte sur un cri muet.

Figé par l'horrible spectacle, il regarda autour de lui. Personne.

Pourquoi l'avait-on fait venir jusque-là ?

Un avertissement ? Ou autre chose ?

Il regagna aussitôt la Hyundai, se glissa au volant, tendu, étonné de ne pas encore avoir été attaqué. Il fit demi-tour et fonça vers la route, reprenant le chemin par lequel il était venu.

Il jeta un coup d'œil dans le rétroviseur. Personne.

Il avait parcouru cent mètres quand deux points noirs jaillirent derrière lui d'un virage : deux motards qui se rapprochaient très vite, portant casque intégral et combinaison de cuir noir.

Voilà pourquoi on l'avait attiré dans cette partie déserte de Coloane… Les Nord-Coréens avaient décidé de se venger.

Les motards se rapprochaient à toute vitesse. Il prit le milieu de la route et commença un jeu mortel, zigzaguant de gauche à droite pour les empêcher d'arriver à sa hauteur.

Cela dura ainsi près de deux kilomètres et, brutalement, il se trouva nez à nez avec un taxi. Lequel roulait sur sa gauche. Absorbé par la poursuite, Malko s'était déporté complètement sur la droite.

Il lui restait quelques secondes avant un choc frontal. Il comprit qu'il n'aurait pas le temps de reprendre sa trajectoire normale. Donnant un violent coup de volant, il choisit le fossé !

Le taxi le frôla avec un hurlement de klaxon furibond, et la Hyundai cahota sur quelques mètres, deux roues en équilibre au-dessus du fossé. Malko crut qu'il allait s'en sortir, puis la voiture s'inclina sur le côté. Il entendit un horrible bruit de ferraille sous la carrosserie et la Hyundai s'immobilisa, moteur calé. À cheval entre la route et le profond fossé.

Malko n'eut pas le temps de souffler. Plusieurs détonations claquèrent, très rapprochées, et la vitre de gauche s'étoila, puis devint opaque. S'il n'avait pas été couché sur la banquette à cause de l'inclinaison de la voiture, il était mort.

Il se redressa et aperçut les deux motards qui stoppaient un peu plus loin et sautaient de leur machine. Ils venaient l'achever. Rampant sur le siège, il ouvrit la portière côté fossé et s'y laissa glisser. Aussitôt, il se releva, sortit du fossé et regarda autour de lui. À droite, la colline était presque à pic, à gauche le terrain descendait en pente douce vers la mer.

Il traversa la route en courant et fonça dans cette direction, les deux motards sur ses talons.

Il s'arrêta cinquante mètres plus loin derrière un arbre et se retourna. Les deux motards lancés à sa poursuite dévalaient derrière lui, chacun un pistolet dans la main droite. Il arracha le petit revolver de sa ceinture et visa le plus proche. La détonation claqua et le Nord-Coréen plongea sur le sol. Malko crut l'avoir mis hors de combat, mais l'autre se releva et courut s'abriter derrière un arbre.

Le petit .32 n'était pas plus précis qu'une fronde.

Malko analysa la situation. Il se trouvait bien en contrebas de la route, donc invisible des voitures qui passaient. Les deux tueurs avaient donc tout le temps de le coincer. Derrière lui, il y avait la mer. Il lui restait cinq cartouches dans le barillet. Fiévreusement, il prit son portable et appela Oren.

Messagerie.

Il laissa un SOS expliquant la situation et réclamant de l'aide. Il eut juste le temps de terminer. Un de ses adversaires l'avait dépassé par la gauche et, abrité derrière un buisson, guettait son prochain mouvement pour l'abattre.

Il était acculé.

Le premier se lança dans sa direction et Malko dut l'arrêter d'un coup de feu. L'autre en profita pour se rapprocher. Malko dut encore tirer. Il lui restait trois cartouches. De quoi tenir cinq minutes, au mieux. Après, il avait le choix entre s'enfuir à la nage ou se faire cribler de balles.

Accroupi derrière un arbre, le pouls à 200, il appela encore Oren. Messagerie. Il se souvint alors de la chambre où il avait vu entrer l'Israélienne : la 432. C'était une chance minuscule. Il composa le numéro du *Mandarin* et demanda la chambre 422.

— Hello ! fit une voix féminine.

Malko eut l'impression d'avoir touché le jackpot.

— C'est à moi que vous avez prêté votre sac, l'autre soir, dit-il. J'essaie de joindre notre ami au chantier. Je suis en très grand danger. Pouvez-vous le prévenir ?

Le cœur au galop, il attendit la réponse.

— *Sorry*, fit la voix, *this is a wrong number*[1].

Elle avait raccroché !

Il n'eut pas le temps de se demander pourquoi. Les deux silhouettes avaient bondi en même temps. Il dut tirer deux fois, à quelques secondes d'intervalle et s'aplatit à nouveau. Il lui restait *une* cartouche.

Il réfléchit quelques secondes, puis décida de tenter le tout pour le tout. S'il arrivait à remonter sur la route, il avait une petite chance de s'en sortir en arrêtant un véhicule.

Bandant ses muscles, il jaillit hors de sa cachette et se jeta dans la pente, prenant ses adversaires par surprise : ils s'attendaient à le voir s'enfuir dans la direc-

---

1. Désolé, vous vous êtes trompé de numéro.

tion opposée… Pendant quelques mètres, il courut à perdre haleine puis se retourna. Ils le poursuivaient. L'un d'eux s'arrêta et le mit en joue posément.

Malko se retourna et son cœur fit un bond dans sa poitrine. Une silhouette l'observait, plantée au bord de la route.

Un policier en uniforme.

*
* *

Comme un fou, Malko se lança en avant, courant droit sur lui.

Quelques instants plus tard, il arrivait essoufflé à la hauteur du policier, un jeune Chinois dont la moto était garée derrière lui. Il se retourna : les deux tueurs avaient disparu. Pas question pour eux d'affronter un policier chinois sûrement relié par radio à son QG. Celui-ci interpella Malko :

– *You O.K. ?*

– Oui, assura Malko. J'ai glissé et je suis tombé.

– C'est à vous la voiture dans le fossé ?

– Oui, j'ai voulu éviter une voiture en face car je ne suis pas habitué à la conduite à gauche.

– Ce n'est pas grave, fit le policier, il faut appeler une dépanneuse.

Il prononça quelques mots dans son micro et Malko entendit la réponse en chinois. Il rendait compte. Son cœur battait encore à tout rompre.

– Pourriez-vous m'emmener sur votre tan-sad ? demanda-t-il. Jusqu'à un garage.

Le motard lui adressa un sourire désolé.

– C'est interdit par le règlement, mais je vais vous appeler une dépanneuse.

Le motard n'allait pas rester là. Or, le temps que la dépanneuse arrive, Malko avait le temps de se faire tuer dix fois.

Il aperçut soudain un taxi !

– Pouvez-vous l'arrêter ? demanda-t-il au policier.

Celui-ci se mit au milieu de la route et le taxi s'arrêta aussitôt. Il y avait déjà une personne à bord, un étranger. Le policier parlementa rapidement avec le chauffeur qui accepta de prendre Malko.

Celui-ci ne se détendit pas longtemps. Dix virages plus tard, il vit surgir les deux tueurs ! Ils ne cherchaient pas à dépasser le taxi, attendant simplement que Malko descende pour l'abattre.

*
* *

Lee Young Hwa, assis à l'avant du Turbojet, regardait grandir les buildings du front de mer de Macao. Il avait du mal à garder les yeux ouverts. Parti de Tokyo la veille, il avait volé jusqu'à Hong Kong, en classe économique, car son rang dans la Chosen Soren [1] n'était pas assez élevé pour qu'on lui offre une classe business. Après tout, il n'était qu'un simple courrier amenant cinq millions de dollars en liquide à Macao, à un récipiendaire désigné par son boss, le patron de la Chosen Soren.

Il était nord-coréen, mais comme ses parents s'étaient fait naturaliser, il avait changé de patronyme et disposait d'un passeport japonais, ce qui était bien utile pour voya-

1. Organisation des Nord-Coréens au Japon.

ger… En effet, de nombreux Nord-Coréens installés au Japon vivaient dans une espèce de «limbo» qui en faisait des citoyens de second rang. Ils vivaient au Japon, mais, par fierté nationale, n'avaient pas voulu en prendre la nationalité, se proclamant toujours coréens. Problème : les Japonais ne reconnaissaient par la Corée du Nord. Pour eux, il n'y avait qu'une Corée : celle du Sud. Impossible donc de tenir compte d'un pays qui n'existait pas à leurs yeux. Ces Nord-Coréens, lorsqu'ils voulaient sortir du Japon, devaient demander un laisser-passer valable une seule fois, pour aller voir leur famille.

Heureusement, grâce à son passeport japonais, Lee Young Hwa n'avait pas à se prêter à cette pratique humiliante. Il voyageait aussi librement qu'un Japonais «normal»… Ce qui était, à ses yeux, la moindre des choses. Ses parents avaient en effet été envoyés au Japon comme «travailleurs forcés» durant l'occupation de la Corée par le Japon, de 1910 à 1945. À la façon des nazis pendant la guerre, les Japonais avaient créé une sorte de STO[1] pour lequel ils raflaient les meilleurs éléments en Corée. À leur défaite en 1945, certains Coréens avaient choisi de retourner dans leur pays, mais d'autres, s'étant mariés ou se trouvant bien au Japon, étaient restés sur place.

Et puis, en 1953, il y avait eu la guerre de Corée et la séparation en deux de la Corée.

Depuis une vingtaine d'années, la Corée du Nord, exsangue, ayant désespérément besoin de devises, avait monté par l'intermédiaire de la Chosen Soren, entièrement acquise au régime de Kim Jong-il, une «pompe à

---

1. Service de travail obligatoire.

finances » extraordinairement efficace ! Pompant des milliards de dollars par différents moyens à l'économie japonaise.

Seulement, cet argent, il fallait le faire parvenir en Corée du Nord et là était le hic. Impossible d'utiliser le circuit bancaire, pour une bonne raison : il n'y avait pas de banques privées en Corée du Nord, restée stalinienne jusqu'au bout des ongles.

Les Nord-Coréens avaient trouvée la parade.

Une vingtaine de fois par an, un bateau nord-coréen de dix mille tonnes, le *Man Gyong Bong 92*, emmenait en Corée du Nord des régiments de petits Nord-Coréens scolarisés au Japon pour leur faire connaître leur pays d'origine. Naviguant entre le port japonais de Niigata et celui, nord-coréen, de Wonsan, au sud du pays.

Seulement, le *Man Gyong Bong 92* n'emmenait pas que des bambins aux yeux bridés, avides de connaître le Cher Leader Kim Jong-il. À chaque traversée, de gentilles «fourmis» – pour de la drogue, on aurait dit des « mules » – emmenaient des valises pleines de billets aussitôt livrées aux représentants du Bureau 39 de Pyongyang. Des sommes colossales.

Bien entendu, les Services japonais n'ignoraient pas ce trafic, mais tout le monde fermait les yeux. Les Japonais par peur des complications, les Coréens du Sud par crainte que le régime de Pyongyang ne s'effondre et ne déverse dans leur pays des millions d'affamés, et, bien entendu, la Corée du Nord, parce que c'était sa principale source de devises.

Hélas, le système s'était effondré le 5 juillet 2006 par la faute des Nord-Coréens. Les Japonais n'avaient pas du tout apprécié qu'ils tirent en mer de Chine sept missiles qui avaient traversé l'espace aérien japonais. Du jour au lendemain, ils avaient interdit l'accès du port de Niigata au *Man Gyong Bong 92*, empêchant du même coup les précieuses devises de sortir du Japon !

Bien entendu, les Nord-Coréens avaient trouvé plusieurs parades. L'une d'elles consistait à aller déposer de l'argent en Chine et surtout à Macao où ils disposaient d'une infrastructure bancaire à leur botte.

C'est ainsi que Lee Young Hwa avait reçu l'ordre d'aller « jouer » dans les casinos de Macao. Marié à une haute responsable de la Chosen Soren, il était impeccable idéologiquement et sa femme avait encore de la famille en Corée du Nord, ce qui le dissuadait préventivement de mauvaises pensées.

En regardant grandir les façades des casinos, il se dit que c'était amusant de découvrir ce nouvel univers, les casinos étant interdits au Japon. Évidemment, il ne pouvait rester que vingt-quatre heures, mais c'était mieux que rien… Le Turbojet abordait. Une foule de passagers attendait déjà pour embarquer. Lee Young Hwa prit la valise contenant le pactole et se prépara à mettre pied à terre.

Il avait deux adresses : la Zokwang Trading, 126 Avenida Sidonio-Pais et l'hôtel *Vila Jing Jing*, 958 Avenida de Praia-Grande. Il se l'était fait écrire en chinois, ne parlant que japonais et coréen. Il montra son papier au chauffeur de taxi et monta. Regardant cette ville grouillante qui lui rappelait Tokyo.

Un quart d'heure plus tard, le taxi le déposait devant la Zokwang Trading. Il sonna, puis aperçut une bande de plastique jaune qui barrait la porte. Avec une inscription en chinois et en portugais. Un mot lui sauta aux yeux : *Policia* ! Il s'éloigna comme si un fauve avait surgi du building, le cœur cognant dans sa poitrine, puis revint sous ses pas et glissa sous la porte un mot avec son adresse à Macao.

Que s'était-il passé ?

Peut-être qu'à Tokyo, on n'en savait rien ! Il regarda l'autre bout de papier indiquant l'hôtel où il avait sa réservation. Il dut marcher longtemps avant de trouver un taxi. La chambre où on l'installa ne coûtait que cent patacas mais ne valait vraiment pas plus : même pas une fenêtre. Pas de téléphone et une douche. C'était carrément miteux.

Il essaya le numéro de la Zokwang Trading. Cela sonnait dans le vide. À Tokyo, la Chosen Soren lui avait interdit de se servir du téléphone, sûrement écouté par les Japonais et les Sud-Coréens.

Il avait faim et décida d'aller manger. Ouvrant la valise, il y prit une toute petite liasse de yens, et confia ensuite la valise à la réceptionniste pour qu'elle la mette dans son coffre.

*
* *

Le taxi venait d'aborder la longue ligne droite juste avant le rond-point de l'aéroport. Malko aperçut l'énorme chantier du casino *Venetian*.

— *You stop here* ! lança-t-il au chauffeur de taxi. *Gate* n° 5.

Docilement le chauffeur ralentit. Malko se retourna. Surpris, les deux motards étaient en train de les doubler. Il avait fait un calcul simple. S'il débarquait seul, à Macao, il était mort. Personne n'aurait le temps d'intervenir. Ici, il y avait Oren, l'Israélien.

À peine le taxi arrêté, il courut vers la porte n° 5. Stoppés un peu plus loin, les deux motards l'observaient. Quand ils réalisèrent qu'il voulait entrer dans le chantier, ils remirent leurs machines en route et foncèrent. Malko venait d'atteindre la porte 5 et plongea dans l'immense chantier. Une myriade d'ouvriers chinois s'activaient partout. Un contremaître l'interpella, en chinois. Il répondit en anglais.

— Mister Oren?

Le Chinois désigna une excavation au milieu d'un bâtiment inachevé plein d'échafaudages.

— *Over there*[1]!

Effectivement, Malko aperçut un casque de chantier blanc et se mit à courir dans la boue. Les deux motards venaient de surgir à leur tour sur ses talons. Il arriva essoufflé à la hauteur de l'Israélien qui lui jeta un regard surpris.

— Qu'est-ce qui se passe?

— Les deux types, là-bas. Ils…

— *Shit!*

— Vous avez une arme?

— Non.

— Moi, j'ai votre revolver, mais il me reste *une* cartouche.

Cela ferait deux morts au lieu d'un. Brusquement, l'Israélien sauta sur un engin de chantier, une petite excavatrice, démarra et lança à Malko :

— Venez.

1. Là-bas!

Il le rejoignit sur l'engin et l'agent du Mossad accéléra, fonçant sur les deux Nord-Coréens. Ceux-ci s'immobilisèrent et sortirent leurs armes. Juste au moment où Oren levait la lame de l'excavatrice, à la verticale, leur fournissant un formidable bouclier !

Ils passèrent en trombe, laissant les deux tueurs sur place. D'un coup de manette, l'Israélien fit basculer la lame vers l'arrière et continua sa route vers la sortie. Il stoppa brutalement, sauta à terre et jeta au contremaître chinois :

– Les deux types là-bas, ils viennent faire des problèmes. Virez-les !

L'autre se mit à glapir, rameutant une douzaine d'ouvriers qui foncèrent sur les Nord-Coréens avec des barres de fer, des pelles, des fers à béton. Et il y en avait douze mille, pour leur prêter main-forte en cas de besoin ! Oren courut vers un petit fourgon stationné en face, le long du trottoir, et demanda :

– Qu'est-ce qui s'est passé ? Où est ma voiture ?

Malko le mit au courant, tandis qu'ils roulaient vers le centre. L'Israélien hocha la tête.

– Vous devriez filer. Macao devient dangereux pour vous. Il n'y a plus rien à faire.

– C'est ce que je compte faire, approuva Malko. Les Yat-van ne parleront plus. Vous avez des échos du reste ?

– Oui. Le gouverneur de Macao a ordonné la fermeture de la Zokwang Trading et une enquête est lancée. Vos amis de Washington vont être contents.

Ils étaient arrivés au *Mandarin*.

– *Hope to see you again ! In Jerusalem !* lança l'agent du Mossad en souriant.

En le voyant s'éloigner, Malko réalisa qu'il ne lui avait pas parlé du coup de fil donné à l'Israélienne. Et aussi qu'il avait oublié de lui rendre le revolver. Il fallait quitter Macao. Les Nord-Coréens étaient désormais à ses trousses et ne le lâcheraient pas. Sans le policier chinois, il serait mort.

Il gagna sa chambre et appela la station de Hong Kong. Qui était déjà au courant du meurtre des deux Chinois.

— Bravo ! exulta le chef de station, vous avez bien foutu la merde ! Les Nord-Coréens sont obligés de se replier. La banque Delta Asia est dans le collimateur. La police a trouvé dans leur villa vingt millions de dollars.

On frappa à la porte de la chambre. Prudent, Malko colla son œil à l'œilleton et aperçu le visage de la « taupe » israélienne placée auprès de Kim Jong-nam !

— Je vous rappelle ! lança-t-il à son interlocuteur avant d'ouvrir.

CHAPITRE VIII

La pulpeuse Israélienne, pas maquillée, était vêtue d'un pull en V qui découvrait en partie ses seins magnifiques et d'une jupe blanche. Elle lança d'une voix égale :

— Oren m'a dit que vous aviez quelque chose à lui. Je suis venue le récupérer. Je crois que vous ne devez pas le revoir.

Elle venait chercher le revolver calibre .32 confié à Malko par l'agent du Mossad, et qu'il avait oublié de lui rendre. Celui-ci le prit dans sa ceinture et le lui tendit en le tenant par le canon.

— Vous n'étiez pas seule, lorsque je vous ai appelée ?

— Si.

— Pourquoi avez-vous raccroché ?

— Je ne pouvais rien faire.

Malko s'étrangla.

— Si ! Appeler Oren. J'étais en danger de mort.

— Je suis désolée. Je dois m'occuper de ma mission. Ce sont les ordres.

Un robot. Elle regardait droit devant elle, sans sourire, sans la moindre expression. Le revolver dans la main droite. Soudain, elle souleva son pull pour le glisser dessous et Malko aperçut une bande de peau nue. Ce qui le fit basculer dans un autre trip. La femme extrêmement désirable qui se trouvait en face de lui avait failli causer sa mort.

— Vous me devez quelque chose, dit-il.

Un éclair de surprise passa dans les yeux marron de l'Israélienne.

— Quoi ?

— Des excuses.

Elle eut un léger haussement d'épaules.

— Non, je ne crois pas. Je vous l'ai dit, j'obéissais aux ordres.

Il l'aurait étranglée. Pourtant, une pensée insidieuse se fit jour dans sa tête. Pourquoi ne partait-elle pas, l'arme une fois récupérée ? Il s'approcha d'elle, posa une main sur sa hanche, et demanda :

— Vous savez pourquoi je vous observais, la première fois ?

Elle n'ôta pas sa main et demanda :

— Non. Pourquoi ?

— J'avais envie de vous. Je vous ai trouvée magnifique.

— Merci.

Elle ne bougeait toujours pas. Alors, il posa son autre main sur l'autre hanche et se rapprocha encore plus. Avec, brusquement, un espoir insensé. Le revolver, coincé entre leurs deux corps, lui entrait dans l'estomac. Il souleva le pull, le prit par la crosse et le jeta sur le lit. Désormais, la jeune femme ne pouvait plus avoir de doute sur ses intentions… Et il n'avait plus envie de faire des ronds de jambe.

Il fit ce dont il avait eu envie dès la première fois où

il l'avait vue au *Golden Dragon*. Il referma les mains
sur les seins magnifiques, à travers le léger pull. Ils
étaient un peu moins fermes que dans son fantasme,
mais il s'embrasa quand même en un clin d'œil. L'Israélienne respirait juste un peu plus vite. Leurs regards
se croisèrent.

— Si vous voulez me baiser, dit-elle avec un calme
stupéfiant, faites-le vite. Je ne peux m'absenter longtemps.

Malko avait déjà la main sous sa jupe. Il arracha littéralement un très sage petit slip blanc et découvrit instantanément que l'Israélienne était un monstre d'hypocrisie.
Son ventre était brûlant et coulait comme du miel.

En moins de temps qu'il n'en faut pour le dire, il
avait une érection d'enfer. Il retourna la jeune femme,
la plaqua contre le bureau, et se libéra avec la hâte d'un
collégien. Prenant quand même le temps de contempler
quelques instants cette croupe inouïe avant de s'y
enfoncer d'un trait. Il demeura ensuite sans bouger,
savourant la sensation exquise. L'Israélienne était
ouverte autant qu'une femme peut l'être. Les deux
mains crochées dans ses hanches, il se mit à la baiser
de toute son âme, essayant de prolonger le plus possible
son plaisir. Peu à peu, sa partenaire s'anima. Elle gémis-
sait en cadence, au rythme des coups qui lui trouaient
le ventre, ses fesses somptueuses ondulaient. Malko
finit par exploser avec un cri sauvage, vissé au plus profond de son ventre.

C'est l'Israélienne qui se dégagea la première, puis
ramassa sa culotte, remit le revolver sous son pull et dit,
de la même voix égale :

– Vous m'avez bien baisée. Il y a longtemps que je n'avais pas fait l'amour comme ça.

Elle était déjà à la porte qu'elle ouvrit et referma. Malko réalisa quelques secondes plus tard qu'il ignorait même son nom.

* * *

Lee Young Hwa regardait les trois dés qui venaient de s'immobiliser sous la coupelle transparente du croupier de la table de *Dai Siu* : un, six et quatre, onze au total. Le jeu était très simple : un tableau divisé en deux parties : de 3 à 9, c'était le « Small », de 10 à 18, c'était le « Big ». On jouait à la fois le tableau qui doublait la mise et un numéro seize fois la mise.

Le Coréen regarda la croupière rafler ses vingt mille yuans, mit la main dans sa poche et réalisa qu'il n'avait plus d'argent. Depuis qu'il s'était approché de cette table de *Dai Siu*, il était incroyablement « noir », ayant perdu à presque tous les coups. Il s'éloigna de la table ; la tête lui tournait un peu, à cause des trois bières qu'il avait bues.

Perdu dans le taux de change yen-dollar Hong Kong, il ne réalisait pas bien ce qu'il avait perdu. Une pensée commença à surnager, terrifiante : s'il manquait même mille yens à la somme qu'il devait remettre, il subirait une terrible punition…

Comme un automate, il descendit l'escalator et partit à pied vers son hôtel : il fallait qu'il regagne l'argent perdu avant le lendemain. On savait à quel hôtel il était et on allait sûrement le contacter. Il passa devant le *Clube Militar* et atteignit très vite le *Vila Jing Jing*.

Il demanda à la réceptionniste d'avoir accès à sa valise et y prit quatre liasses de yens. La nuit était encore jeune et il allait changer de jeu : au baccara, il regagnerait plus vite l'argent de la Chosen Soren.

* * *

Pak Shipyon courait partout comme un canard à la tête coupée. La Sécurité chinoise l'avait relâché contre une caution de cent mille patacas [1], en lui confisquant son passeport. Il n'avait évidemment pu expliquer comment ces dollars s'étaient retrouvés dans le local de la Zokwang Trading, jurant qu'il ignorait leur présence. Les policiers n'avaient pas cru un mot de ses dénégations, mais attendaient des instructions de Beijing [2] pour poursuivre leur enquête.

L'exécution de Cheo Yat-van et de son mari était un soulagement, mais une victoire à la Pyrrhus. La filière de la banque Delta Asia était démantelée, inutilisable. Il osait à peine penser à la réaction de Pyongyang !

Pire, l'homme responsable de cette catastrophe avait échappé à leur vengeance. Désormais sur ses gardes, il allait être très difficile à abattre…

Le directeur de la Zokwang Trading se précipita hors du taxi, arracha le ruban tendu en travers de la porte de son immeuble par la police et entra. La première chose qu'il aperçut fut un papier sur le sol. Il le ramassa et lut le message de Lee Young Hwa. Il avait complètement oublié la venue du Japonais mais il fallait récu-

1. Environ dix mille dollars US.
2. Pékin.

pérer l'argent qu'il apportait. Ce n'était pas le moment
de le laisser dans la nature. Il fouilla un tiroir, ouvrit le
double fond et y prit un pistolet Black Star. Il voulait
aussi liquider lui-même l'agent de la CIA responsable
de leurs malheurs.

Mais d'abord, il fallait récupérer l'argent de Tokyo.
Comme il sortait, Leoung et l'autre agent arrivèrent,
penauds.

— On va à Praia Grande, lança-t-il, quelqu'un a
apporté de l'argent de Tokyo.

Il grimpa sur le tan-sad de la moto de Leoung.

Heureusement que Lee Young Hwa avait laissé son
adresse. À l'hôtel *Vila Jing Jing*, la réceptionniste leur
apprit que le Japonais était sorti.

— Il va revenir ? demanda Pak Shipyon, brusquement
inquiet.

La réceptionniste dit, sur le ton de la confidence :

— Sûrement ! Il m'a laissé plein d'argent dans une
valise. Il est déjà venu en prendre deux fois, mais il y
en a encore beaucoup.

Pak Shipyon crut qu'on lui enfonçait un poignard
dans le cœur.

— Il a emporté l'argent !

La Chinoise le regarda, surprise.

— Ben oui, c'est *son* argent, il a le droit d'en faire ce
qu'il veut. Il a dû vendre son affaire et vient claquer le
fric à Macao. Ils sont tous pareils, ils ne savent pas que
les casinos gagnent toujours…

Le Nord-Coréen était déjà dehors. En ébullition. Il ne
manquait plus que cela ! À l'idée de ce misérable en train
de dilapider l'argent de la Chosen Soren, il en était

malade. Comment le retrouver ? Il réalisa qu'il ne savait même pas à quoi il ressemblait.

Il y avait vingt-huit casinos à Macao et il cherchait un homme dont il n'avait même pas le signalement !

— Toi, tu restes là, lança-t-il à Leoung.

Il devait retourner à la Zokwang Trading pour avertir Pyongyang.

*
* *

Malko s'arrachait à Macao sans douleur. Il avait décidé de prendre le Turbojet de neuf heures pour Hong-Kong, sans passer la nuit au *Mandarin*. Il repartait satisfait, après avoir semé la destruction dans l'organisation nord-coréenne.

Le taxi qu'il avait commandé était là. À Hong Kong, des « baby-sitters » de l'Agence le prendraient en compte. Il eut une pensée pour l'Israélienne sans nom qui, elle, restait à Macao. Personne ne saurait jamais ce qui s'était passé entre eux, durant leur brève rencontre.

Dans trois heures, il serait au *Peninsula* et ensuite, direction Tokyo pour continuer son œuvre de démolition. Il éprouvait une sorte de griserie à s'attaquer au réseau nord-coréen.

*
* *

Lee Young Hwa titubait presque tant il était fatigué. Cinq heures debout en face des tables de baccara ou de *Dai Siu*. Et les sourires figés des croupiers, les billets qui disparaissaient dans la fente de la table, échangés contre de beaux jetons de toutes les couleurs qui, eux aussi, s'évanouissaient ensuite sous le râteau des croupiers…

Les exclamations des joueurs, les rires, le brouhaha, les regards des putes attirées par ce plouc mal habillé qui jouait des sommes considérables. Lee Young Hwa ne les voyait même pas, tendu vers un seul but : regagner l'argent qu'il avait perdu. Il avait cessé de boire et se concentrait sur le jeu, priant de toutes ses forces pour que ses numéros sortent, que les cartes soient bonnes.

Hélas, il avait l'impression d'être victime d'une malédiction. Au baccara, ses deux premières cartes étaient souvent bonnes, mais il voulait améliorer et, alors, dépassait le fatidique neuf... Il serrait les dents, retirait des cartes du sabot et perdait encore. Lorsqu'il retournait ses mauvaises cartes, il haïssait l'indifférence des croupiers, de ceux qui le voyaient se ruiner, goutte à goutte, comme un malade qui se vide de son sang.

Il jeta ses cartes. Onze ! Il avait encore perdu.

Bousculant les autres joueurs, il recula comme un fou, réprimant une envie de frapper. Puis se dirigea d'un pas d'automate vers l'escalator. Il ne savait pas combien il avait perdu, mais c'était énorme. Il fallait à tout prix regagner cet argent. Il avait encore toute la nuit. À la sortie du *Sands*, il trouva par miracle un taxi. Il ne voulait plus perdre de temps à marcher. Il fallait vite revenir : la chance allait forcément tourner. Il voyait déjà les jetons s'accumuler devant lui en hautes piles multicolores.

Il indiqua au chauffeur :

— Hôtel *Vila Jing Jing*, Avenida de Praia-Grande.

Arrivé devant le petit hôtel, il lança :

— *You wait*[1] !

Juste avant d'entrer, il remarqua un homme en tenue

---

1. Vous attendez !

de motard appuyé sur sa machine, non loin de l'hôtel.
Celui-ci s'approcha de lui et demanda en coréen :

— Vous êtes Lee Young Hwa ?

Lee Young Hwa crut que son cœur s'arrêtait. Il avait
compris. Il eut cependant la présence d'esprit de
répondre en anglais :

— *No understand*[1].

L'homme n'insista pas ; il posait systématiquement
la même question à tous ceux qui entraient…

Lee Young Hwa dégoulinait de sueur. Il réussit à sourire à l'employée de la réception.

— Je voudrais ma valise.

Elle lui jeta un regard de commisération.

— Vous ne devriez pas jouer autant, *senhor*…

Comme il ne répondait pas, elle haussa les épaules et
alla prendre la mallette dans la grande armoire qui lui
servait de coffre. Lee Young Hwa la lui arracha presque
des mains et ressortit sans dire un mot. Il venait de
renoncer à regagner l'argent perdu. Il n'échapperait pas
deux fois à ses poursuivants. Le motard ne le vit qu'au
moment où il remontait précipitamment dans le taxi.

Mais il aperçut la mallette et poussa un juron ! C'était
l'homme qu'il était chargé d'intercepter ! Fébrilement,
il bondit sur sa moto. Le taxi avait déjà démarré mais
il le rattrapa facilement. Tout en conduisant, il appela
Pak Shipyon.

— Je l'ai retrouvé ! cria-t-il. Il est venu chercher l'argent et il est dans un taxi !

Pak Shipyon émit un juron effroyable. Le « courrier »
s'enfuyait. Il avait dû dépenser tout l'argent.

1. Je ne comprends pas.

– Suis-le ! lança-t-il. Quand il s'arrête, tu me dis où tu es.

*
* *

Une vingtaine de personnes attendaient dans la petite salle qui dominait les embarcadères des Turbojet. La brume était tombée et on ne voyait même plus les ponts reliant Macao à ses îles. Malko regardait les feux du Turbojet qui s'approchait, en provenance de Hong Kong. Celui dans lequel il allait embarquer.

Les deux hommes de la Sun Yee On qui étaient réapparus au *Mandarin* se faisaient discrets dans un coin. Dans quelques minutes, leur mission s'achevait. Le Turbojet était en train d'accoster et les passagers au départ commençaient à faire la queue, leur passeport à la main.

Soudain, deux hommes surgirent dans la salle d'attente, courant comme s'ils avaient peur de rater l'embarquement. Bizarrement, ils s'arrêtèrent aussitôt, examinant les passagers se préparant à partir. Malko sentit son pouls grimper vertigineusement : les deux hommes avaient une attitude étrange !

Pourtant, ils ne prêtaient aucune attention à lui, bien qu'il soit visible. Il croisa le regard des deux hommes de la Sun Yee On et d'un signe de tête désigna les deux nouveaux venus. Les Chinois, aussitôt, se rapprochèrent de lui, comme pour lui faire un rempart de leurs corps.

Inutile.

Les deux motards, rejoints par un troisième homme, venaient d'entourer un des voyageurs en train de faire la queue, une petite valise à la main. L'un des motards le prit par le bras, le tirant pour l'attirer hors de la queue, mais il résista en protestant d'une voix aiguë.

Malko dressa l'oreille : ce n'était pas du chinois !

La scène se dénoua très vite. Des poignards jaillirent dans les mains des deux agresseurs qui se mirent à larder de coups l'homme à la valise, le repoussant contre un mur, le frappant partout, sans un mot, avec une férocité à vous retourner le cœur. Leur victime tituba, lâcha sa valise et, enfin, s'effondra.

Un des hommes se pencha et l'égorgea d'un geste rapide, avant de s'enfuir avec la valise.

Le tout n'avait pas duré une minute. Les voyageurs refluaient, effrayés.

Malko s'approcha du corps étendu. Il avait cessé de vivre et gisait dans une énorme mare de sang. Plusieurs policiers en bleu surgirent très vite, repoussèrent les badauds. C'est alors que Malko remarqua un objet rouge grenat sur le sol, à l'endroit où l'inconnu s'était tenu dans la queue : un passeport japonais.

D'un geste naturel, il le ramassa, alors que tout le monde regardait le cadavre, et le glissa dans sa poche.

Les policiers, ayant acquis la certitude que les assassins étaient venus de l'extérieur, laissèrent les passagers embarquer. Malko se glissa dans la file, rejoignit l'embarcadère et monta dans le Turbojet, allant s'installer à l'avant. Il attendit que l'engin se soit détaché du quai pour sortir le passeport de sa poche. Le nom était écrit en caractères japonais et romains : « LEE YOUNG HWA, né le 1ᵉʳ juillet 1958, à Yokohama. »

Le document était couvert de tampons. Presque tous étaient nord-coréens. Il le remit dans sa poche. Cela lui faisait une raison supplémentaire d'aller à Tokyo.

Pourquoi avait-on sauvagement assassiné cet homme ? Les auteurs de ce crime étaient visiblement des tueurs professionnels. Qui venaient, justement, de tuer un Japonais qui voyageait beaucoup en Corée du Nord. La première chose qu'il ferait, à Tokyo, c'est de tenter de l'identifier.

Un fil à tirer.

CHAPITRE IX

— Longue vie à notre Cher Leader Kim Jong-il ! Mort à l'impérialisme américain ! Rendez-nous le *Man Gyong Bong 92* !

Les slogans étaient hurlés dans un micro par un « animateur » debout à la gauche d'une brochette de membres de la Chosen Soren, installés sur une longue estrade surmontée du drapeau nord-coréen, et docilement répétés par le millier de participants installés sur des chaises dans le grand amphithéâtre en plein air. Certains arboraient des dossards verts, rouges ou bleus, ornés de slogans en coréen, d'autres brandissaient des pancartes au bout d'un bâton, indiquant de quelle ville venait leur délégation. Tous étaient des Coréens du Nord ! Tous admirateurs fanatiques du « Cher Leader » Kim Jong-il, président de la Corée du Nord. Tous clamaient leur haine du Japon oppresseur des Coréens.

Le problème, c'est qu'on ne se trouvait pas à Pyongyang, mais à Tokyo ! Au milieu du parc Hibiya, à un jet de pierre des cent dix hectares du palais impérial, en plein cœur de la ville. Un des rares espaces verts épargnés par la frénésie de construction qui avait fait de Tokyo un magma de béton climatisé irrigué par une toile d'araignée de métros aériens et d'autoroutes urbaines qui se faufilaient au milieu de tours, de plus en plus grandes, bâties à quelques mètres les unes des autres.

Malko, debout à côté de la tribune, observait les participants de ce meeting inattendu. Ils semblaient aussi fanatiques que leurs «coreligionnaires» de Pyongyang. Pourtant, eux avaient sous les yeux l'hydre capitaliste dans toute son horreur, et c'était plutôt vivable. Le niveau de vie au Japon, même avec ses inégalités, était un des plus élevés du monde. Personne n'y mourait de faim. En dépit de cela, la foule répétait aveuglement des slogans à la gloire d'un régime qui affamait ses propres citoyens. La nature humaine était décidément incompréhensible…

Voyant un *gaijin* [1] – il était le seul –, un Nord-Coréen vint lui proposer le *Daily Worker*, quotidien communiste publié au Japon, pour la modique somme de cent yens [2]… On aurait dit la réimpression d'un vieux journal stalinien des années 1950…

Kaoru Omoto, le policier de l'unité «J [3]» de la National Police Agency, qui l'avait amené jusque-là, s'approcha et annonça à voix basse :

– Ils vont bientôt défiler. Il faut aller à l'entrée de l'avenue, si on veut bien les voir.

Avec son crâne fortement dégarni, sa moustache grise, son petit bouc et sa parka rouge, il évoquait plus un professeur qu'un policier. C'était pourtant un des plus brillants éléments de l'unité chargée de surveiller

1. Étranger.
2. Soixante centimes d'euros.
3. En japonais, Corée se dit «Jaeson».

la Chosen Soren, l'amicale des Nord-Coréens installés au Japon.

Des six cent mille Coréens vivant dans l'archipel, environ un tiers se réclamait du régime de la Corée du Nord. La Chosen Soren regroupait les plus militants. Organisme opaque et dogmatique, cette organisation était le plus important pourvoyeur en devises du régime de Pyongyang. Ce meeting avait essentiellement pour but de réclamer le rétablissement de l'unique liaison maritime Japon-Corée du Nord, interrompue depuis le tir des missiles nord-coréens dans l'espace japonais, en juillet 2006. Toutes les opinions s'exprimant librement au Japon, cette manif était parfaitement légale…

Malko suivit son mentor. Les Nord-Coréens quittaient sagement l'amphithéâtre pour se mettre en rang derrière leurs leaders. Prêts à défiler jusqu'à la gare centrale de Tokyo. Le petit groupe de tête, l'état-major de la Chosen Soren, était déjà en place, des hommes gais comme des croque-morts, tous vêtus de sombre, cravate, chemise et costume.

Plutôt effrayants.

Des centaines de policiers casqués, engoncés dans des tenues anti-émeute, se préparaient à escorter le cortège.

Tout à coup, un jeune homme, le front ceint d'un bandana blanc, surgit de l'avenue Kokkai-Dori, brandissant un poignard, et fonça sur les dirigeants de la Chosen Soren en hurlant ! Il fut immédiatement intercepté par une demi-douzaine de policiers. Personne n'avait bronché.

— Qu'est-ce que c'est ? demanda Malko.

Kaoru Omoto eut un petit rire contenu.

— Un *uyoku*[1].

— Qu'est-ce qu'il criait ?

— Gloire à l'Empereur ! Mort aux communistes !

Le cortège commençait à s'ébranler, sagement regroupé sur le côté droit de la chaussée, pour ne pas trop gêner la circulation… Au Japon tout le monde respectait la loi. Même les plus féroces opposants.

Planté sur le trottoir, Kaoru Omoto examinait soigneusement tous les visages qui défilaient devant lui, Malko se tenant un peu en retrait. Soudain, le silence relatif éclata sous des vociférations amplifiées par de puissants haut-parleurs. Malko regarda de l'autre côté de l'avenue Kokkai-Dori. Deux camions équipés d'énormes haut-parleurs étaient couverts *d'uyokus* déchaînés qui abreuvaient d'insultes les manifestants, avançant à la même vitesse qu'eux.

Placides, les policiers ne réagissaient pas. C'était une tradition japonaise : les camions étaient des *gaisenshos*, des véhicules de propagande citadine, autorisés à diffuser des messages politiques. Cette permissivité était parfois détournée par des *uyokus* travaillant avec des yakuzas[2]. Ceux-ci les payaient alors pour qu'ils aillent installer leurs haut-parleurs en face d'une boutique qu'ils voulaient acheter à bas prix. Comme les haut-parleurs vomissaient des slogans politiques à la gloire de l'armée et du Shogun[3], personne ne pouvait s'y opposer.

Kaoru Omoto hurla soudain à l'oreille de Malko :

1. Membre de l'extrême droite.
2. Gangsters japonais.
3. L'empereur.

– Malko-San[1]! C'est elle! Au milieu.

Il désignait une femme au visage ingrat, les cheveux tirés, l'air las, qui avançait dans le cortège.

– Vous êtes sûr? hurla à son tour Malko.

– Bien sûr! affirma le policier japonais. Ce matin, j'ai étudié les photos de tous les cadres de la Chosen Soren. Elle s'appelle Chang Myong Sue, nous l'avions déjà fichée. Elle est infirmière à l'hôpital Nishiarai, dans le quartier coréen, en plus de son poste à la Chosen Soren où elle travaille bénévolement. Nous l'avons repérée parce qu'elle a déjà été plus d'une centaine de fois en Corée du Nord, en empruntant le *Man Gyong Bong 92*.

Ils s'étaient mis en marche, accompagnant le cortège, sous les vociférations des haut-parleurs des *uyokus*.

Malko suivit des yeux cette femme au visage banal. Ainsi c'était la veuve de Lee Young Hwa qu'il avait vu se faire assassiner sous ses yeux à Macao. Pour une raison encore inconnue, mais probablement liée à un transfert d'argent...

Le cortège continuait à avancer dans l'indifférence générale des passants, accompagné par les injures des *uyokus*. La routine, quoi.

– Que voulez-vous faire, Malko-San? demanda Kaoru Omoto.

– Essayer de lui parler. Par votre intermédiaire. Dites que je suis un journaliste allemand et que je m'intéresse aux Coréens vivant au Japon.

Le fait que cette femme travaille à la Chosen Soren confirmait le «débriefing» du défecteur Kim Song-hun.

1. Les noms sont suivis de «San», signe de respect.

Celui-ci avait expliqué à la CIA que l'organisation nord-coréenne collectait des fonds considérables auprès des Nord-Coréens vivant au Japon et que les plus grosses contributions venaient des réseaux de «Pachinkos Parlors» qui appartenaient à 80 % à des Nord-Coréens. Le Pachinko, c'est une spécialité japonaise. En apparence une sorte de flipper vertical où des billes d'acier rebondissent entre des tiges de métal. Le jeu consiste à les garder jusqu'à un entonnoir. Chaque bille qui entre déclenche une avalanche de billes, comme une machine à sous. Au Japon, c'est de la folie. Hommes et femmes s'y ruent dès le travail terminé et jouent des heures dans une atmosphère électrique. Entre la musique à tue-tête, le bruit des boules qui dégringolent et les réactions bruyantes des joueurs, ils sont comme hypnotisés.

En plus de son côté ludique, la véritable raison du succès du Pachinko, c'est qu'il s'agit du seul jeu d'argent toléré au Japon. En effet, officiellement, les gagnants échangent leurs billes d'acier contre des «lots», un peu comme dans les foires.

Seulement, non loin de chaque «Pachinko Parlor» se trouve une discrète baraque appelée «TUC», où on peut échanger ses lots contre de l'argent. De bons joueurs arrivent à gagner trois cent mille ou quatre cent mille yens [1] par mois. Ce qui explique la vogue incroyable des quinze mille «Pachinkos Parlors».

Le défecteur nord-coréen Kim Song-hun avait bien précisé à la CIA :

«Cassez la filière des Pachinkos et vous ruinerez la Corée du Nord. Depuis juillet 2006, la Chosen Soren a

_____

1. Environ 2 000 à 2 500 euros.

un énorme problème : à cause de la suppression des relations maritimes, elle n'arrive plus à faire sortir l'argent du Japon qu'au compte-gouttes. Aussi, je sais que la Chosen Soren, quand je me suis enfui de Pyongyang, préparait une opération secrète pour exfiltrer tout l'argent accumulé. Seulement, je n'en connais pas les détails. L'idée est simple : faire appareiller un navire battant pavillon *japonais* d'un port peu surveillé comme ceux de la côte est, avec une cargaison de billets, pour qu'il rencontre en pleine mer un bateau nord-coréen et y transfère l'argent. »

Malko, lorsqu'il avait lu le débriefing, avait été d'abord incrédule et avait lui-même questionné le défecteur :

– Les « Pachinkos Parlors » rapportent vraiment autant d'argent ?

La réponse de Kim Song-hun avait été étonnante :

– L'industrie du Pachinko gagne entre deux cents et trois cents milliards de yens par an. Plus que Toyota ! Or, 80 % des Pachinkos appartiennent à des Nord-Coréens… .

Le cortège s'allongeait désormais sur plus d'un kilomètre, toujours escorté par ses aboyeurs. Les passants lui jetaient souvent des regards hostiles. Les Nord-Coréens étaient détestés et méprisés au Japon. Considérés comme des rustres brutaux, des colonisés qui n'avaient jamais été intégrés.

Dans la société japonaise où tout était réglé au millimètre, ils faisaient tache. La plupart des banques ne voulaient pas leur prêter de l'argent, les mariages mixtes avec des Japonais étaient pratiquement inexistants.

On approchait de la gare centrale de Tokyo. La tête du cortège commençait à se disloquer.

— Si vous voulez parler à cette femme, Malko-San, conseilla Kaoru Omoto, c'est maintenant. Mais cela ne servira à rien.

— Son mari a été assassiné par des Nord-Coréens sous mes yeux, plaida Malko. Peut-être que cela peut l'inciter à changer de camp.

Le policier japonais hocha la tête, pas convaincu.

— Vous ne les connaissez pas : ce sont des fanatiques.

— On a parlé de ce meurtre ici, au Japon ?

— Pas à la télé, en tout cas.

Chang Myong Sue était en train de bavarder avec quelques militants. Les manifestants roulaient leurs banderoles et se dispersaient. Kaoru Omoto approcha d'elle et lui adressa la parole, flanqué de Malko, le *Daily Worker* à la main. Celui-ci, selon tradition japonaise, tendit sa carte à la Nord-Coréenne et s'inclina.

— Que voulez-vous savoir ? demanda le policier japonais après avoir échangé quelques mots avec la Nord-Coréenne.

— La raison de cette manif ?

— Officiellement, ils protestent contre les mauvais traitements dont sont victimes leurs enfants, traduisit Kaoru Omoto. On les bat et on les refuse dans beaucoup d'écoles. Et, désormais, ils ne peuvent même plus aller voir leur famille en Corée du Nord. Elle-même doit payer cent cinquante mille yens [1] pour un billet d'avion en passant par Beijing.

— Elle est mariée ?

— Oui.

— Son mari se trouve dans la manifestation ?

1. Environ mille euros.

Le policier posa la question et traduisit la réponse :

– Non, il n'est pas là. Il travaille.

– Que fait-il ?

– Il est comptable à la Chosen Soren.

Donc, la veuve de Lee Young Hwa mentait : elle ne pouvait pas ignorer la mort de son mari. Elle mit fin au dialogue avec quelques mots d'excuse.

– Elle doit prendre son train pour reprendre son service à l'hôpital, expliqua Omoto.

Déjà, elle s'éloignait vers la gare.

– Si on la suivait ? proposa Malko, pris d'une brusque inspiration.

Le policier japonais fronça les sourcils.

– Elle risque de nous repérer. Qu'espérez-vous Malko-San ?

– Je ne sais pas, mais son mari était mêlé aux opérations de la Chosen Soren. Si elle nous voit, vous lui direz que j'avais encore des questions à lui poser.

– Bien. Allons-y ! C'est très loin… On ira plus vite par le train. Venez !

Ils foncèrent à leur tour vers la gare. Le quai était noir de monde.

– C'est cette rame ! annonça Kaoru Omoto. Nous descendrons à Nishiarai Station. C'est à cinq minutes à pied de son hôpital. Il y en a pour quarante-cinq minutes.

Tokyo était immense, fondu avec Yokohama dans un ensemble de vingt-cinq millions d'habitants. Dans le train, Malko faillit s'assoupir tant c'était monotone : on avait l'impression de survoler une fourmilière… Peu à peu, les wagons se vidaient. Arrivés à Nishiarai Station, ils descendirent rapidement, atteignant une petite place en contrebas. Ils s'arrêtèrent à la station de taxis et, quelques instants plus tard, aperçurent la Nord-Coréenne qui sortait de la gare.

Elle passa devant eux, continuant dans une rue qui sentait la pauvreté.

– C'est ici, expliqua le policier japonais, que vivent les « discriminés » et les Nord-Coréens.

– Qu'est-ce que c'est que les « discriminés » ?

Kaoru Omoto eut un petit rire gêné.

– Comme en Inde, nous avons un système de castes. Les « discriminés » sont les gens qui, traditionnellement, ne peuvent exercer que certains métiers : le travail du cuir, les abattoirs, le ramassage des ordures. C'est une vieille tradition. Comme les Nord-Coréens sont eux aussi « discriminés », ils vivent dans le même quartier. Ah, nous sommes dans la rue de l'hôpital Nishiarai, ajouta-t-il.

Chang Myong Sue marchait toujours devant eux. Il la virent pénétrer dans l'hôpital qu'ils dépassèrent.

– Qu'est-ce qu'on fait, Malko-San ? demanda Kaoru Omoto.

– Repartons, fit Malko, désappointé.

Au moment où ils revenaient sur leurs pas, ils virent la Nord-Coréenne ressortir de l'hôpital ! Elle n'était donc pas venue travailler. Elle tourna dans une petite rue et ils arrivèrent à temps pour la voir s'engouffrer dans un énorme « Pachinko Parlor », le Kotobuki. Deux étages de jeux et quatre de parkings, indispensables à Tokyo.

Malko et le policier continuèrent jusqu'à un petit bar où le Japonais proposa :

– Je vais appeler le bureau pour savoir si on a quelque chose sur ce « Pachinko Parlor ».

* *

À l'intérieur du Kotobuki, il n'y avait encore que peu de monde, mais le vacarme était déjà effroyable, entre la musique assourdissante et le fracas des boules rebondissant entre les pitons. Plusieurs joueurs, des caisses de boules posées sur le sol à côté d'eux, les engouffraient avec des gestes automatiques dans les Pachinkos, maniant ensuite frénétiquement les manettes pour les guider vers l'entonnoir.

Chang Myong Sue s'engagea dans l'escalier menant au premier étage, encore désert, traversa la salle, gagnant un bureau vitré au fond. Le jeune homme qui s'y trouvait, visage rond et lunettes, leva les yeux avec un regard sévère.

– Qui est le *gaijin* avec qui tu as parlé à la manif, camarade ?

Ri Tcheul était le gérant de ce « Pachinko Parlor » qui appartenait à une chaîne dont les plus grands établissements se trouvaient dans la banlieue de Tokyo, où il y avait plus d'espace. Cependant, son rôle était très important : il était chargé par la Chosen Soren de récolter chaque mois les contributions « volontaires » des autres gérants. Certains d'entre eux étaient japonais, d'autres policiers à la retraite, mais aucun n'avait envie d'avoir la gorge tranchée.

Ils savaient que Ri Tcheul était un des agents du *General Security Bureau*, chargé de faire régner une discipline de fer dans la communauté nord-coréenne. Il était né au Japon, sa mère était la fille d'une ex-« femme de réconfort », réquisitionnée par l'armée japonaise durant la dernière guerre, il haïssait le Japon et, en général, tout ce qui n'était pas nord-coréen.

– Je venais justement te faire mon rapport, camarade, répondit Chang Myong Sue. J'ai été abordée par un *gaijin* se prétendant journaliste qui m'a posé quelques questions et m'a remis sa carte que voici. Il était accompagné d'un Japonais, soi-disant son interprète. Mais lui ne m'a pas donné sa carte. C'est suspect. C'est peut-être un policier.

Au Japon, lorsque deux personnes se rencontraient, on échangeait des cartes. C'était un *must* culturel. Ne pas le faire était grossier.

– Nos hommes de la Sécurité avaient déjà photographié ce *gaijin*, enchaîna Ri Tcheul. Il nous a paru suspect. Nous allons essayer de l'identifier. Il ne t'a rien demandé d'autre ?

– Si. Où était mon mari.

– Que lui as-tu répondu ?

– Qu'il travaillait.

– Bien. Tu peux repartir à l'hôpital, camarade.

Aucun des deux n'avait envie d'en dire plus.

Depuis la veille, les cadres de la Chosen Soren savaient ce qui était arrivé au mari de Chang Myong Sue. Pyongyang les avait informés qu'ayant détourné une partie de l'argent qu'il apportait à Macao, Lee Young Hwa avait été puni selon la loi.

Chang Myong Sue avait aussitôt adressé un message au général Kim Shol-su, responsable des services de Sécurité, le félicitant pour sa vigilance et s'excusant platement de ne pas avoir décelé chez son mari ses mauvaises tendances. Elle s'engageait à redoubler d'efforts dans la collecte des fonds, afin de réparer le dommage subi par le *juche*[1], par la faute de ce misérable.

Cela avait été toute l'oraison funèbre de Lee Young Hwa. Sa veuve avait de la famille en Corée du Nord et tenait à ce qu'elle ne termine pas dans un camp de travail…

Dès qu'elle fut partie, Ri Tcheul ouvrit son ordinateur.

Quelques instants plus tard, les photos des deux hommes qui avaient abordé Chang Myong Sue apparurent sur l'écran.

« On dirait un Américain ! » se dit Ri Tcheul.

Ce n'était pas une bonne nouvelle. Les Nord-Coréens ne craignaient pas trop les autorités japonaises. Celles-ci, pour des raisons politiques, avaient toujours fermé les yeux sur les activités illégales de la Chosen Soren. Une bonne part du personnel politique japonais croyait dur comme fer qu'il fallait ménager Pyongyang. Pour ne pas se faire reprocher les horreurs commises par l'armée japonaise durant la Seconde Guerre mondiale. Les Japonais se sentaient un peu, vis-à-vis des Coréens, comme les Allemands vis-à-vis des Juifs.

Un politicien très influent, membre du parti au pouvoir, Hiroko Notaka, protégeait même la Chosen Soren si ouvertement qu'on l'avait surnommé « l'arrangeur ». Pour lui, la Corée du Nord était la vingt-septième province japonaise.

Grâce à son influence, le gouvernement japonais avait renfloué en 2002 un certain nombre d'institutions financières en faillite, suite à la défection de leurs débi-

1. Théorie de l'autosuffisance de la Corée du Nord.

teurs nord-coréens. Il en avait coûté mille quatre cents *milliards* de yens au contribuable japonais…

Quant aux Services japonais, ils n'avaient jamais vraiment travaillé sur le réseau souterrain des agents de Pyongyang. Depuis cinquante ans, on en arrêtait en moyenne un par an. Évidemment, les tirs de missiles nord-coréens du 5 juillet 2006 avaient refroidi les ardeurs des défenseurs de Pyongyang, mais rien n'avait vraiment changé…

Par contre, les Américains, c'était une autre affaire… Eux luttaient *vraiment* pour assécher les ressources financières de la dictature de Pyongyang, par tous les moyens. Ce qui s'était passé à Macao en était la dernière preuve.

L'intérêt de ce *gaijin* inconnu pour Chang Myong Sue inquiétait Ri Tcheul. Juste quelques jours après que son mari eut été abattu par ses camarades de la Sécurité d'État à Macao, pour avoir volé l'argent qu'il devait remettre. Ce ne pouvait pas être une coïncidence. Bien sûr, Chang Myong Sue était fichée par la police japonaise, comme tous les autres cadres de la Chosen Soren, mais elle n'avait jamais été inquiétée, en dépit de ses dizaines de voyages à Pyongyang. Lors de son dernier déplacement, elle était partie sur le *Man Gyong Bong 92* avec deux valises contenant chacune cent millions de yens en billets de dix mille, ne déclarant à la douane que cinquante mille yens. Sachant que les douaniers japonais avaient l'ordre de ne fouiller personne.

Ri Tcheul vit soudain clignoter l'icône l'avertissant qu'il avait reçu un document. C'était un court texte crypté qui s'imprima au fur et à mesure. La réponse à la communication par mail à Pyongyang des photos prises à la manifestation.

Le *gaijin* blond avait été identifié. Il s'agissait d'un agent de la CIA, Malko Linge, dont l'action avait causé de graves dommages aux intérêts nord-coréens à Macao. La fin du message s'imprima en rouge :

« Le camarade Ri Tcheul est chargé par le Bureau de la Sécurité d'État d'éliminer cet adversaire au plus vite. »

CHAPITRE X

Kaoru Omoto prenait fiévreusement des notes, son
portable coincé contre son oreille. Lorsqu'il eut terminé, il se mit à parler comme une mitrailleuse, avec
un léger défaut de langage qui le rendait presque incompréhensible.

– Ri Tcheul, le gérant de ce « Pachinko Parlor », est
soupçonné d'être un agent nord-coréen, annonça-t-il. Il
y en a beaucoup au Japon, mais nous ne les connaissons pas...

– Pourquoi ?

Rire gêné.

– Mauvaise coordination des services de police. Et
puis, la classe politique n'aime pas que l'on s'attaque
aux Nord-Coréens.

– Vous avez la photo de ce Ri Tcheul ?

– Oui, bien sûr. Au bureau. Il a été soupçonné d'être
mêlé à un kidnapping qui avait eu lieu à l'hôpital
Nishiarai. Hélas, on n'a rien pu prouver.

– Bien, nous n'avons plus rien à faire ici, conclut
Malko. Vous pouvez me montrer le siège du Chosen
Soren, en revenant ?

– Oui, mais c'est loin dans le quartier du Shiyoda-ku. Et vous savez, Malko-San, vous ne verrez rien.

Cette fois, ils prirent un taxi. Comme tous les taxis japonais, la portière s'ouvrait automatiquement dès qu'un passager s'apprêtait à monter, le chauffeur était en gants blancs, extrêmement poli, et possédait un GPS. Il faut dire qu'étant donné l'immensité de la ville, ce n'était pas un luxe… En plus, la plupart des rues n'avaient pas de nom.

Le voyage dura plus d'une heure ! Parfois, ils demeuraient figés dans un embouteillage durant plusieurs minutes. Pas un coup de klaxon, pas une exclamation, pas d'invectives. La circulation était tellement réglementée que la plupart des véhicules n'avaient pas de pare-chocs. Pour quoi faire, puisqu'il n'y avait pas de chocs… Ici, les « incivilités » étaient pratiquement inconnues, impensables même.

Malko était presque endormi lorsqu'il débarqua dans une rue en pente, au cœur d'un quartier bourgeois.

Le siège du Chosen Soren était un grand immeuble brun derrière de hauts murs et une toute petite porte surveillée par une batterie de caméras. Un véritable bunker. Kaoru Omoto se tourna vers Malko.

– Personne de la police n'est jamais entré ici, Malko-San. Pourtant, nous pensons que c'est dans ce building que l'argent collecté est regroupé entre deux envois en Corée du Nord. Et maintenant, il doit y en avoir beaucoup…

Malko regarda pensivement le bâtiment massif. Cherchant comment trouver une faille. Le portable de Kaoru Omoto sonna et il se tourna vers lui.

– Mon chef, M. Hichigaya, souhaite vous rencontrer. Pouvons-nous revenir à la Centrale ?

– Bien sûr.

*
* *

Ri Tcheul examina la carte de visite remise par le faux journaliste à Chang Myong Sue, avec son adresse à Tokyo : *Grand Hyatt*, Roppongi, chambre 1110, ainsi que son numéro de portable japonais. Aucun portable étranger ne fonctionnant au Japon, on était obligé d'en louer un en arrivant à l'aéroport.

Ce n'était pas un hôtel de journaliste. Trop cher. C'était bien l'agent impérialiste signalé par Pyongyang. Pour l'éliminer, il allait avoir besoin de Chang Myong Sue. Déjà, un plan se dessinait dans sa tête.

*
* *

Courbé en deux, le *Police Superintendant* Kuniko Hichigaya tendit sa carte de visite à Malko, à la japonaise, en la tenant à deux mains, à hauteur des yeux. Rite absolument inévitable, permettant d'apprendre instantanément à qui on avait affaire, sa place dans la hiérarchie ou la société. C'était l'outil indispensable de la vie en société. On pouvait ne pas mettre de cravate, être mal habillé, débraillé, on était pardonné. Mais un homme ou une femme sans carte de visite n'existait pas.

Malko lui tendit à son tour la sienne et le policier japonais l'invita à s'asseoir. Le « Common Government Building n° 2 » abritait le siège de la National Police Agency, entre autres. Entre le parc Hibiya et l'avenue

Roppongi-Dori, toutes les grandes administrations étaient regroupées dans d'énormes bâtiments austères.

Avec son imposant atrium, ses murs blancs et gris, il dégageait une impression de froideur abominable. Heureusement, le bureau du superintendant, avec ses boiseries, sa vue sur le parc et ses minuscules bouquets de fleurs, était chaleureux. Kuniko Hichigaya était flanqué de deux adjoints vêtus comme des gravures de mode, boutons de manchette et costumes sombres.

Depuis son arrivée, la veille, Malko avait seulement rencontré l'inspecteur Kaoru Omoto qui l'avait conduit à la manif nord-coréenne, les contacts avec la police japonaise ayant été pris par le chef de station de la CIA à Tokyo, Philip Burton.

Kuniko Hichigaya, parlant un anglais parfait, présenta ses deux collaborateurs :

– Hiroshi Denpatsu appartient à l'*International Investigative Operations Division*, annonça-t-il. Il est chargé de prévenir la déstabilisation du Japon par les Nord-Coréens. Le commissaire Katshuhiro Oyata est le spécialiste des Nord-Coréens au Japon.

Comme un seul homme, les deux policiers se cassèrent en deux, carte de visite au-dessus de la tête.

Ensuite, tout le monde s'assit et on servit le thé. Problème : les deux policiers japonais parlaient un anglais hésitant et sommaire. Malko, par l'intermédiaire de Kaoru Omoto, leur expliqua le but de sa présence au Japon : interrompre le flux d'argent en direction de la Corée du Nord. Plus il parlait, plus les visages se fermaient.

Lorsqu'il eut terminé et que tout le monde eut bu son thé, le superintendant prit la parole.

— Notre gouvernement a pris les mesures nécessaires, expliqua-t-il. Nous avons interrompu les liaisons maritimes avec la Corée du Nord depuis neuf mois maintenant.

— L'homme qui a été assassiné sous mes yeux à Macao avait-il un rôle important ? questionna Malko.

C'est Hiroshi Denpatsu qui répondit :

— Nous pensons que c'était un « courrier », qui apportait de l'argent à Macao où les Nord-Coréens sont très présents. La police de Macao nous a envoyé un rapport disant ignorer le motif de son meurtre, mais soupçonnant un détournement d'argent, grâce au témoignage d'une employée de l'hôtel où il avait pris une chambre.

— Vous avez questionné sa femme ? Celle à qui j'ai parlé hier.

Les deux hommes se regardèrent.

— Non. Elle ne s'est pas manifestée et ce crime a été commis à l'étranger.

— Son mari était fiché ?

— Non.

— Que savez-vous de l'argent récolté par la Chosen Soren pour être expédié en Corée du Nord ?

Les deux policiers se regardèrent. Petit rire gêné.

— Il s'agit de sommes importantes, avoua Katshuhiro Oyata. Presque tous les Nord-Coréens donnent des contributions. Tenez.

Il sortit un album et l'ouvrit, montrant à Malko la coupure d'un journal coréen avec la photo d'un homme au visage rond.

— Qui est-ce ?

— Le propriétaire d'un grand restaurant de Roppongi,

l'*Oriental Wave*. Il a donné un million de yens à Kim
Jong-il qui l'a décoré. C'est parfaitement légal.

— Et l'argent des Pachinkos, c'est légal aussi ?

— Non, reconnurent-ils en chœur, avec le même petit
rire gêné. Mais nous n'avons aucune preuve des versements effectués par les gérants à la Chosen Soren.

— Vous n'avez jamais eu l'idée de perquisitionner
dans les locaux de la Chosen Soren ? demanda Malko.

Une expression horrifiée passa dans les yeux des
quatre Japonais. C'était visiblement une éventualité
qu'ils n'avaient même pas envisagée.

Le superintendant reprit le premier son sang-froid.

— Il faudrait avoir des charges contre eux, plaida-t-il.
Et, de toute façon, c'est politique… *Aucun* Premier
ministre n'autorisera une chose pareille. Ce serait un
casus belli avec la Corée du Nord, ce que nous essayons
d'éviter à tout prix.

— Donc, conclut Malko, enfonçant le clou, vous
savez que la Chosen Soren accumule en ce moment des
sommes colossales en attente de transfert en Corée du
Nord, et vous ne pouvez rien faire. Même si cet argent
provient du racket des «Pachinkos Parlors».

Le superintendant eut l'air choqué par le mot «racket».

— Les trois quarts des «Pachinkos Parlors» appartiennent à des Nord-Coréens, corrigea-t-il. Aucun d'eux
ne s'est jamais plaint d'être racketté.

Et pour cause : c'étaient tous des partisans du régime
de Pyongyang ! Malko sentait le découragement l'en-
vahir. Il avait un début de piste avec le mort de Macao
et une certitude, grâce aux révélations du défecteur Kim
Song-hun, mais cela ne l'avançait guère. Il essaya pourtant d'insister :

— Avez-vous entendu parler d'un prochain transfert massif de l'argent actuellement stocké à la Chosen Soren, vers la Corée du Nord ?

Les trois policiers échangèrent quelques mots dont le superintendant tira la conclusion.

— Non. D'ailleurs, c'est impossible : tous les navires battant pavillon nord-coréen sont interdits dans les ports japonais.

Visiblement, en dépit de leur politesse exquise, ils étaient agacés par son insistance. Il comprit qu'il n'y avait rien à tirer d'eux *officiellement*. Comme s'il avait lu dans ses pensées, le superintendant Kuniko Hichigaya précisa :

— Bien entendu, l'inspecteur Kaoru Omoto reste à votre disposition pour toute la durée de votre séjour à Tokyo. Et, si vous arrivez à découvrir des éléments graves, nous les transmettrons au ministère de la Justice.

Il se leva. Nouveau festival de courbettes. Dans l'ascenseur, Kaoru Omoto, plus lucide ou plus franc que ses chefs, avoua à Malko :

— Personne ne veut rien faire contre la Corée du Nord, à cause des personnes kidnappées. On espère toujours les récupérer.

C'était le grand drame du Japon. Dans les années 1970, les Coréens du Nord avaient enlevé plusieurs Japonais, à l'aide de sous-marins de poche, pour les utiliser afin d'entraîner leurs agents infiltrés au Japon. Ils venaient enfin d'avouer ces crimes et d'autoriser certains kidnappés vivant désormais en Corée du Nord à communiquer avec leur famille. Ils avaient également fourni l'explication de l'enlèvement incompréhensible d'une petite fille de huit ans ! Cyniquement, ils avaient avoué la vérité : Migumi avait été enlevée parce qu'elle avait assisté au kidnapping d'un couple d'adultes...

Ils se retrouvèrent sur le trottoir de l'avenue Kasemigaseki. Malko, un peu découragé. Kaoru Omoto, visiblement gêné du peu d'aide qui lui était apportée, proposa soudain :

– Je pourrais vous faire rencontrer un de mes informateurs, Shigetaka Kai. Il publie une lettre confidentielle et sait beaucoup de choses. Il a une collaboratrice coréenne qui pourrait peut-être vous être utile : moi, je ne parle pas coréen...

Malko sauta sur l'occasion.

– Avec plaisir. Quand ?

– Je vais lui téléphoner.

Quelques minutes plus tard, le policier japonais annonça triomphalement :

– Nous le voyons à cinq heures, à Shibuya. Nous avons rendez-vous devant le chien Haneko...

– Qu'est-ce que c'est ? demanda Malko, intrigué.

– La statue d'un chien en face de la gare du métro aérien de Shibuya. Tout le monde se donne rendez-vous là.

Depuis une heure, Ri Tcheul apprenait sa leçon à Chang Myong Sue. Lui avait hâte d'annoncer une bonne nouvelle à Pyongyang, et elle de racheter le « crime » de son mari.

– Quand veux-tu que je l'appelle, camarade ? demanda-t-elle.

– Maintenant.

— Mais il ne parle pas notre langue.

— Tu vas laisser un message en japonais sur sa messagerie. Il le fera traduire. Et il te rappellera.

*
* *

Le *Bikkuri Sushi Bar* était tout en longueur, si étroit qu'on pouvait à peine passer entre le mur et les clients assis au comptoir, bien qu'il ne soit que cinq heures et demie. Ici, inutile de commander. Dès qu'on n'avait plus rien à manger devant soi, on vous servait automatiquement : sushis, sashimis, viande, légumes. Le tout arrosé de bière Suntori ou de saké froid, assez immonde…

Shigetaka Kai était un gros homme au menton fuyant et aux yeux tellement bridés qu'ils étaient invisibles, avec de beaux cheveux argentés et un appétit de vautour.

Depuis qu'il s'était assis, il avalait sans interruption tout ce qu'on disposait devant lui. Il mangeait à toute vitesse, comme tous les autres clients du bar. Comme si leur vie en dépendait. Malko se pencha vers le policier japonais.

— Il n'est pas venu avec sa collaboratrice ?

— Non. Nous allons la retrouver à son bureau, ce n'est pas loin d'ici.

Encore une tournée de saké et ils bougèrent enfin, quittant le restaurant enfumé. Pour gagner, à pied, un immeuble de briques rouges, assez mal entretenu. Dans l'ascenseur, ils croisèrent une femme jeune très maquillée, qui détourna le regard.

— C'est une geisha, commenta Kaoru Omoto. Il y en a pas mal ici…

Quand Shigetaka Kai ouvrit la porte de son bureau, Malko eut un choc : c'était une boîte à chaussures, dans un désordre inouï. Une sorte de couloir avec, au fond, une fenêtre aux vitres poisseuses… Assise sur un tabouret, une ravissante jeune femme tapotait sur un ordinateur. Elle se leva vivement et Malko se dit qu'elle ne devait pas dépasser un mètre cinquante-cinq. Cassée en deux, elle salua les trois hommes en gazouillant.

– Hitumi Kemiko est née au Japon et ses parents sont retournés en Corée du Nord, grâce à la Croix-Rouge ; c'était en 1987, expliqua Shigetaka Kai.

– Pourquoi est-elle restée ? demanda Malko.

– Elle va vous le dire, elle parle très bien anglais.

Comme il n'y avait pas assez de place, Malko s'assit de guingois sur une photocopieuse déglinguée.

– J'avais quinze ans quand ils sont repartis en Corée du Nord, expliqua Hitumi Kemiko. Je devais les rejoindre après avoir terminé mes études. Nous nous sommes écrits souvent. Ils me disaient qu'ils étaient très contents, que la vie était merveilleuse. Enfin, un jour, je leur ai annoncé que j'avais eu mon diplôme de puéricultrice et que j'allais les rejoindre. Il m'ont écrit une lettre. La voilà.

Elle sortit de son sac une lettre pliée en quatre qu'elle lui tendit. C'était évidemment en coréen, mais Hitumi désigna aux quatre coins de la lettre quatre *kanji* [1] et expliqua :

– Ces quatre *kanji,* ka, e, ra, nai, signifient en japonais : « Ne rentre pas. »

– Et ensuite ? demanda Malko, étreint par l'émotion.

1. Caractères chinois ou japonais.

Hitumi Kemiko avait les larmes aux yeux devant cette lettre vieille de dix-sept ans.

— Rien ! dit-elle. Je ne les reverrai jamais. Je n'ai pas pu exercer mon métier de puéricultrice, parce que les Japonais ne veulent pas confier leurs enfants à des Coréens. Alors, j'ai travaillé longtemps dans des karaokés. Jusqu'à ce que Shigetaka Kai me fasse confiance. Il m'a dit que vous êtes aussi journaliste. Si je peux vous aider...

— Sûrement, répondit Malko, ne sachant pas encore comment.

Elle lui tendit sa carte, avec son portable. Juste au moment où celui de Malko sonnait. C'était sa messagerie. Il entendit une voix de femme parlant japonais et tendit l'appareil à Hitumi Kemiko.

— Vous pouvez traduire ?

La jeune femme écouta attentivement, puis lui rendit l'appareil.

— C'est Chang Myong Sue, la Coréenne que vous avez rencontrée hier, à la manifestation du parc Hibaya. Elle voudrait vous rencontrer pour vous parler des souffrances des Nord-Coréens au Japon.

Kaoru Omoto venait d'écouter à son tour le message. Perplexe.

— C'est bien elle, conclut-il.

— Sa demande vous paraît plausible ?

Le policier japonais n'hésita pas.

— Oui, elle a dû rendre compte à ses supérieurs de la

Chosen Soren et ils ont vu une occasion de faire de la pub pour leur cause.

— Rappelez-la, demanda Malko. Fixez-lui rendez-vous.

Le Japonais s'exécuta aussitôt. La conversation fut brève.

— Chang Myong Sue vous donne rendez-vous demain à sept heures du soir, après son travail à l'hôpital, au « Pachinko Parlor » de Kotobuki. Elle ne veut pas qu'on la voie parler avec vous à l'hôpital.

Malko, intrigué, se souvenait du coup de fil soi-disant donné par Cheo Yat-van, la directrice financière de la Delta Asia Bank, qui était déjà égorgée. Appel qui avait pour but de l'attirer dans un piège. Il y avait deux possibilités. Ou les Nord-Coréens voulaient « enfumer » un journaliste. Ou ils lui préparaient un mauvais coup. Mais comment l'avaient-ils identifié ?

De toute façon, il était obligé de prendre le risque.

CHAPITRE XI

— Voulez-vous venir avec moi à ce rendez-vous ? demanda Malko à Hitumi Kemiko. Comme vous parlez japonais et coréen, cela peut être utile.

— Mais cette femme parle japonais, objecta-t-elle.

— Cela peut servir *quand même*, insista Malko.

— Bien, je viendrai avec vous, Malko-San, dit la jeune femme avec une inclinaison du buste.

— Auparavant, j'aimerais vous expliquer ce que je cherche à Tokyo, précisa Malko. Quand êtes-vous libre ?

Elle échangea un regard avec le gros journaliste et proposa :

— Dans deux heures, si vous voulez ?

— Retrouvez-moi au *Grand Hyatt*, suite 1110, dit Malko en lui tendant sa carte.

Il remercia Shigetaka Kai et, lorsqu'ils furent sortis du minuscule bureau, il se tourna vers Kaoru Omoto.

— Que pensez-vous de cette fille ?

— Son histoire est classique, dit le policier japonais. Elle semble bien intégrée. Vous n'allez pas lui dire ce que vous faites vraiment ?

Il semblait inquiet.

– Pas encore, assura Malko. À propos, ce n'est pas dangereux de l'emmener à mon rendez-vous demain ?

Le policier japonais rit de bon cœur.

– Non ! Non, les Nord-Coréens n'enlèvent plus les gens. Vous voulez que je vienne aussi ?

– Non merci, déclina Malko.

Ils se quittèrent au pied du métro aérien. Le policier semblait pressé de rentrer chez lui. Malko prit un taxi. Il allait avoir pas mal de choses à raconter à Philip Burton, le chef de station de la CIA de Tokyo, qu'il n'avait pas encore rencontré, l'Américain se trouvant en déplacement à Okinawa.

Hitumi Kemiko était en train de préparer du thé sur une petite bouilloire, avant de se mettre à la traduction d'un article en coréen, lorsque Shigetaka Kai lui jeta :

– Fais attention à ce *gaijin*.

Elle leva les yeux, surprise.

– Pourquoi ? Il ne va pas me payer ?

– Si ! Mais ce n'est pas un *vrai* journaliste. C'est Kaoru-San qui me l'a dit.

– Alors, je ne vais pas travailler avec lui, fit aussitôt la jeune femme. Je ne veux pas vous déplaire.

– Ça ne me déplaît pas, affirma le gros journaliste, et tu as besoin d'argent. Mais fais attention. N'accepte pas de faire des choses dangereuses.

– Je ferai attention, promit Hitumi Kemiko.

***

Philip Burton arrivait à l'épaule de Malko. Vêtu d'un costume croisé bleu, plutôt élégant, les cheveux noirs ondulés, le chef de station de la CIA à Tokyo accueillit chaleureusement Malko au troisième étage de l'énorme ambassade américaine, dans le quartier d'Akasaka, qui avait remplacé le modeste building à peine gardé trente ans plus tôt...

L'ambassade, prolongée par la résidence de l'ambassadeur, occupait un vaste espace face à l'hôtel *Okura*. La circulation, même celle des piétons, était interdite le long de ses murs. Des chaînes empêchaient le stationnement et des policiers japonais très nerveux veillaient à ce que personne ne transgresse les consignes de sécurité. À Tokyo, les Américains étaient chez eux depuis 1945. Même si le Japon était devenu un géant économique, il se reposait entièrement sur l'Amérique pour tout le reste.

— Comment avance votre enquête? demanda Philip Burton, après avoir installé Malko dans un profond fauteuil, face à lui.

— Doucement, reconnut Malko, les Japonais sont charmants, mais extrêmement craintifs...

L'Américain rit de bon cœur.

— Depuis un demi-siècle, ils sont comme des enfants, reconnut-il. Ils n'ont jamais développé un véritable service de renseignements. Les recherches sont réparties entre une demi-douzaine d'agences, sans aucune coordination... Et surtout, ils sont morts de peur devant les Nord-Coréens!

— Mais pourquoi? Vous êtes là avec votre parapluie nucléaire. La Corée du Nord serait vitrifiée si elle touchait au Japon.

— Ils n'ont pas peur du nucléaire, corrigea Philip Burton. D'abord, poussés par la Corée du Sud, les hommes politiques japonais ont une position ambiguë vis-à-vis de la Corée du Nord. Ils croient à une réunification.

— Vous y croyez, vous ?

— Évidemment, non ! martela l'Américain. Kim Jong-il n'abandonnera *jamais* son fromage ! Seulement, les Nord-Coréens rappellent régulièrement les horreurs japonaises durant la dernière guerre. Ça les traumatise. Ils veulent tellement être « honorables », désormais. Pourtant, ils vomissent les Coréens, qu'ils soient du Nord ou du Sud. Et ils les méprisent. Pour eux, Séoul, c'est « Garlic City [1] ». Et puis, surtout, ils ont peur !

— De quoi ?

— Il y a plus d'un million de soldats nord-coréens, massés derrière le 38e parallèle, au nord de Pam Mun Jon, le long de la ligne de démarcation. Avec des missiles, des canons, des milliers de chars. Prêts à bondir sur la Corée du Sud ! Avec Kim Jong-il, on ne sait jamais, il peut lâcher son armée sur la Corée du Sud et alors...

Philip Burton laissa sa phrase en suspens.

— Vous avez trente mille hommes en Corée et autant ici, au Japon, objecta Malko. Plus l'armée sud-coréenne !

— Cela ne suffirait pas à arrêter un déferlement nord-coréen, affirma le chef de station. L'armée sud-coréenne n'est pas très efficace. En quinze jours, avec un blitzkrieg, les Nord-Coréens peuvent se retrouver à Pusan, à la pointe sud de la Corée du Sud. C'est-à-dire à deux cents kilomètres de la côte japonaise ! Ce qui donne des sueurs froides aux Japonais.

1. La Ville de l'ail.

Malko était stupéfait.

— Mais vous possédez des armes nucléaires tactiques, objecta-t-il.

— Pas question de s'en servir les premiers, trancha l'Américain. Les Chinois n'accepteraient pas. Et même, vis-à-vis du reste du monde, c'est politiquement injouable. Voilà pourquoi nos amis japonais sont morts de peur. On les a tellement serinés avec le pacifisme qu'ils n'ont plus envie de se battre.

— Donc, on ne peut pas compter sur eux dans l'affaire Chosen Soren ?

— Je crains que non, avoua l'Américain. Par contre, la Maison Blanche souhaite vivement que vous poursuiviez la « croisade » contre le Bureau 39. Ce que vous avez réussi à Macao est magnifique. La banque Delta Asia est neutralisée pour un bon moment, les Nord-Coréens ont perdu beaucoup de faux dollars et leur logistique est démantelée. En plus, les Chinois ne les aident que du bout des lèvres, en ce moment. Eux aussi veulent être honorables, à cause des Jeux olympiques de l'année prochaine… Il faudrait que vous arriviez à faire la même chose à Tokyo.

— Là-bas, j'ai bénéficié de l'aide d'une puissante triade, remarqua Malko.

L'Américain alla prendre le dossier nord-coréen et l'ouvrit.

— Vous savez que d'après Kim Song-hun, notre défecteur, la Chosen Soren prépare un transfert massif de devises accumulées au Japon vers la Corée du Nord. Ce serait formidable de l'intercepter. Nous avons des moyens puissants : des sous-marins, des navires de surface, des avions, des réseaux d'écoute.

— Vos écoutes ne vous apprennent rien ?

— Sur ce point, rien, avoua piteusement Philip Burton. Ils sont d'une prudence de Sioux.

— Cet argent se trouve certainement dans le bâtiment de la Chosen Soren, ici à Tokyo, remarqua Malko, il suffirait d'aller le chercher...

— Les Japonais ne nous laisseront jamais faire.

— Bien, conclut Malko. Je vais essayer de creuser ! J'ai un ou deux contacts. Mais, c'est s'attaquer à une forteresse avec une simple pioche.

— Je sais, reconnut l'Américain.

— Beaucoup de « Pachinkos Parlors » appartiennent à des Nord-Coréens, releva Malko. Ils ne sont pas associés aux yakuzas ?

Philip Burton sourit.

— N'oubliez pas que la Chosen Soren est une émanation de la Corée du Nord communiste ! Or, il n'y a pas de yakuzas de gauche. Ils sont tous de droite, ou même affiliés à des groupuscules d'extrême droite. Ils vomissent les Nord-Coréens. D'après mes homologues japonais, il n'y a qu'un gang yakuza, la Sumiyoshi Kai qui a des contacts avec les Nord-Coréens : ils distribuent des amphétamines, importées clandestinement de Corée du Nord, à Tokyo et Yokohama.

Le Japon était sûrement le seul pays au monde où le crime organisé avait pignon sur rue, sous couvert d'associations d'entraide. Les sièges de tous les grands gangs yakuzas étaient connus et la police savait même le nombre exact de leurs membres.

Actifs dans le racket, la prostitution, l'immobilier, les yakuzas recouraient peu à la violence. Sauf quand il fallait « faire un exemple ». Le maire de Nagasaki venait

quand même d'être abattu par un tueur du plus important gang japonais, le Yamaguchi Gumi, pour avoir
refusé de lui vendre un terrain municipal.

Malko se leva : il avait malgré tout recueilli une petite
information. Il restait à tirer le fil, qui devait être très
fragile.

— Voulez-vous des « baby-sitters » pour votre rendez-vous avec cette Nord-Coréenne, demain ? proposa
Philip Burton. J'ai des *field officers* qui feraient l'affaire.

— Je ne pense pas que ce soit utile, déclina Malko.
J'en suis encore au stade exploratoire. Je risque surtout
d'être obligé d'entendre un discours stalinien… Et je
n'y vais pas seul.

*
* *

Hitumi Kemiko semblait minuscule dans l'immense
hall froid comme la mort du *Grand Hyatt*. Recroque-
villée sur une banquette en face de la réception, très
mignonne avec sa veste orange, ses collants noirs et ses
bottes blanches, maquillée avec soin, elle se leva d'un
bond en voyant Malko. Il s'excusa d'être en retard.

— Où allons-nous dîner ? demanda-t-il.

Comme chaque fois qu'on pose une question directe
à un Japonais, la jeune femme eut un rire embarrassé.

— Oh, je ne sais pas ! Il y a tellement d'endroits.

— Qu'est-ce que vous conseillez ?

Les yeux baissés, Hitumi Kemiko dit timidement :

— On peut aller à Shibuya. Je connais un restaurant
agréable, le *Wanaziya*.

— En avant.

Shibuya était un océan de lumières, avec une foule

grouillante dans ses petites rues où s'alignaient les boutiques de mode « in ». On y croisait des filles habillées de façon plus que provocante, avec de la lingerie *pardessus* leurs vêtements.

Visiblement, les Japonaises étaient libérées.

Le *Wanaziya* était plein à craquer, bruyant, avec un fond musical assourdissant. Hitumi Kemiko et Malko se déchaussèrent et suivirent le garçon qui les enfourna dans un tout petit box, en contrebas de l'énorme table centrale rectangulaire. Il faisait une chaleur de bête. La Japonaise ôta sa veste orange, découvrant un pull bien rempli. Toutes les Japonaises s'offraient de nouveaux seins. C'était un *must*, encore plus que de se débrider les yeux. Elle commanda : brochettes de yakitori et de l'unaju[1], avec quelques sashimis et du saké. Ils vidèrent rapidement un pichet et, peu à peu, Hitumi Kemiko se détendit.

— Comment êtes-vous devenue journaliste ? demanda Malko, après avoir fait des études de puéricultrice.

Elle eut un rire gêné en avalant une brochette.

— J'étais hôtesse dans un karaoké et je gagnais quatre cent mille yens par mois. Seulement je n'aimais pas ce métier. Quand ils ont bu, les Japonais sont très brutaux. Et ils boivent beaucoup… Et puis…

Elle laissa sa phrase en suspens.

— Et puis, quoi ? insista Malko.

Hitumi Kemiko baissa les yeux, et avoua, mal à l'aise :

— Parfois, le *kumicho*[2] me forçait à coucher avec un client.

1. Anguille grillée sur du riz.
2. Boss.

— Vous ne pouviez pas refuser ?

— J'aurais été battue, peut-être tuée. Les yakuzas sont très cruels. Une hôtesse britannique a été tuée et démembrée, il y a six mois. Les yakuzas utilisent des Nigérians pour leurs basses besognes. Quand une fille est récalcitrante, ils la font violer par ces énormes Noirs... Maintenant, je gagne moins d'argent, mais je suis libre. Je peux choisir mes amants...

— Ah bon ! remarqua Malko, amusé. Vous en avez beaucoup ?

Hitumi Kemiko se tourna vers lui, les joues empourprées par le saké.

— Dix ! annonça-t-elle fièrement.

— Dix ! Mais pourquoi autant ?

Nouveau rire embarrassé.

— Ici, tout est très cher, expliqua la Japonaise. Shigetaka-San ne me paie pas très bien, mais j'adore sortir. Tous les soirs. Un seul homme ne pourrait pas assumer une telle dépense ! Alors, j'en ai plusieurs. Ils ont chacun leur jour. Mais ce sont tous des hommes qui me plaisent, ajouta-t-elle vivement. Comme ça, avec mon salaire, je paie mon loyer et je m'achète des vêtements. Je suis très heureuse, ajouta-t-elle avec un peu d'emphase. Ce soir, j'ai décommandé un de mes amants pour vous voir, conclut-elle, parce que c'est pour le travail. Shigetaka-San m'a dit que vous alliez me payer...

Les Japonaises étaient vraiment libérées...

— Bien sûr que je vais vous payer, confirma-t-il. Mais j'ai besoin d'informations sur les Nord-Coréens. Comment la Chosen Soren obtient-elle tout cet argent ?

— Oh, il y a plusieurs moyens, expliqua Hitumi Kemiko. Les «Pachinkos Parlors» d'abord, mais ils reçoivent aussi beaucoup de contributions volontaires. Moi, par exemple, je verse cinq mille yens tous les mois à une œuvre qui est censée acheter des livres de classe aux enfants de Corée du Nord.

– Vous le faites par conviction ? demanda Malko.

Elle pouffa.

– Non, bien sûr ! Mais si je refuse, ils vont m'envoyer des gens pour me battre.

– Des hommes de la Chosen Soren ?

– Non. Beaucoup de Nord-Coréens se sont engagés dans des gangs yakuzas pour être respectés. Ils gardent cependant des liens avec leur communauté. La Chosen Soren les loue comme hommes de main… Elle les envoie vous battre avec des bâtons. Alors, je préfère payer. On me donne un reçu, d'ailleurs.

– Y a-t-il un gang de yakuzas qui travaille avec la Chosen Soren ?

Elle hésita un peu avant de répondre :

– Oui, la Sumiyoshi Kai qui distribue les amphétamines fabriquées en Corée du Nord.

– Comment la drogue arrive-t-elle ?

– Elle passe par le port de Matsue, sur la mer du Japon, juste en face de la Corée.

– Les bateaux nord-coréens l'apportent jusque-là ?

– Non. Depuis juillet de l'année dernière, aucun navire nord-coréen n'a le droit d'entrer dans les eaux japonaises. Alors, ils s'approchent le plus possible et larguent des colis étanches munis de GPS qui sont ensuite recueillis par des chalutiers japonais qui sont payés par les Nord-Coréens. Il y a un restaurant, sur le port de Matsue, qui centralise tout le trafic. Le *Ryang Tae Sik*. Il appartient à un Nord-Coréen.

– Comment savez-vous tout cela ? demanda Malko, stupéfait par ces informations précises.

– J'ai fait une enquête ! précisa fièrement la jeune femme. Pour l'*Asahi Shimbun*[1]. Ils m'ont très bien payée mais ne l'ont pas publiée. Ils avaient peur. C'est peut-être mieux, ajouta-t-elle, on m'aurait enlevée ou tuée.

– Donc, conclut Malko, il y a bien des yakuzas qui coopèrent avec les Nord-Coréens ?

– Ce sont les seuls, précisa Hitumi Kemiko, mais cela leur rapporte beaucoup d'argent. Ils vendent pour dix mille yens[2] des sachets de dix grammes de métamphétamine très pure, qui ne provoque aucun effet secondaire.

– Vous savez qui est le chef de ce gang ?

– Oui, bien sûr, il s'appelle Shigeo Nishigushi. Son bureau est à Roppongi.

– Ce trafic continue toujours ? demanda-t-il.

– Bien sûr, confirma Hitumi. Il faut fournir de la drogue aux Japonais, sinon, les gangs chinois prendront la place des yakuzas.

Le restaurant était en train de se vider : les Japonais dînaient tôt, car la plupart habitaient très loin du centre. Malko avait encore envie de « débriefer » Hitumi Kemiko. C'était inespéré de l'avoir rencontrée.

– Vous avez le temps de prendre un verre dans un bar ? proposa-t-il.

– Bien sûr, accepta-t-elle, avec enthousiasme.

Le saké avait fait fondre sa timidité.

– Vous nous guidez ! proposa Malko, après avoir payé en liquide.

1. Un des plus grands quotidiens japonais.
2. Soixante euros.

Les cartes de crédit étaient encore très peu utilisées au Japon. Le pays idéal pour la fraude. Ici, on pouvait ouvrir un compte bancaire au nom de son chien, sans aucun contrôle.

Ils retrouvèrent les néons de Shibuya et Malko héla un taxi. Une petite idée commençait à faire son chemin dans sa tête. Il entrevoyait un moyen de s'attaquer à la toute-puissante Chosen Soren.

CHAPITRE XII

Deux jeunes femmes étaient attablées au bar, à côté
de trois Japonais en train de se saouler consciencieuse-
ment, sous l'œil compatissant de la tenancière du
Sumaru. L'endroit, en sous-sol, avec un piano dans un
coin, ne pouvait pas contenir plus d'une dizaine de personnes. La barmaid apporta à Hitumi et à Malko des
fraises à la crème. Au Japon, on mangeait sans arrêt…

— Vous venez souvent ici ? demanda Malko.

— De temps en temps, avec une copine ou un de mes
amants. C'est sympa.

Les femmes et les hommes avaient des vies très séparées. Beaucoup de femmes sortaient entre filles sans la
moindre gêne dans les restaurants ou les bars…

Un des ivrognes décolla du bar et se traîna jusqu'au
piano, puis commença à jouer.

Très bien.

Tout le monde écoutait religieusement. C'était du
classique.

On apporta un nouveau pichet de saké. Les clients
entraient, buvaient, ressortaient. Certains restaient
silencieux au bar, sans adresser la parole à personne.
Soudain, Hitumi Kemiko regarda sa montre et sursauta.

– Mon Dieu, j'ai raté le dernier train !

– Vous habitez loin ?

– À Iyugaoka, dans la banlieue sud-ouest.

– Qu'est-ce que vous allez faire ?

– Je vais aller dans un « love hôtel ».

– J'ai une suite au *Grand Hyatt*, proposa Malko, je peux vous héberger.

La jeune femme se cabra aussitôt. Visiblement sincère.

– Oh non ! Je ne veux pas vous déranger…

Malko dut insister et la faire entrer presque de force dans un taxi. Arrivée dans la suite, elle contempla le cadre luxueux et dépouillé avec une admiration muette. Désignant le grand canapé de la *sitting-room*, elle pointa le doigt.

– Je vais coucher là !

– Si vous voulez, dit Malko. Avant, je voudrais vous demander quelque chose.

Dans ses papiers, il retrouva la carte du yakusa rencontré au *Pegasus* à Bangkok. Shigeta Katagiri. L'ami du colonel Imalai Yodang, patron de la triade Sun Yee On.

– Connaissez-vous cet homme ? demanda-t-il à Hitumi Kemiko.

Elle examina la carte et la lui rendit.

– Non, avoua-t-elle.

– Tant pis. Si vous voulez utiliser la salle de bains…

Il lui montra les lieux et la jeune femme tomba en arrêt devant la douche en marbre équipée de jets multiples. Avec un sourire d'enfant, elle se tourna vers Malko.

– C'est magnifique ! Est-ce que je peux prendre une douche ?

– Bien sûr !

Il repartit dans la *sitting-room*, s'installa dans un fauteuil, devant la télévision. Il n'avait pas sommeil, tournant dans sa tête son plan de bataille.

Il en avait presque oublié Hitumi quand un frôlement lui fit lever la tête. La Japonaise était plantée devant lui, enroulée dans une serviette, visiblement ravie.

— Je n'ai jamais vu une douche comme ça ! dit-elle. Il y a des jets partout. Je me sens merveilleusement bien.

— Tant mieux, dit Malko, je vous laisse dormir.

— Attendez ! Je voudrais vous demander une faveur, Malko-San, fit Hitumi d'une voix timide.

— Avec plaisir ! sourit Malko. Quoi donc ?

— Pourrais-je jouer avec votre Oiseau rouge ?

Malko la regarda, surpris.

— Comment ?

Voyant qu'il ne comprenait pas, d'un geste naturel, elle s'agenouilla à côté du fauteuil. Sa serviette tomba, découvrant des seins ronds et un slip blanc. Démaquillée, les cheveux tirés, on lui aurait donné treize ans...

Délicatement, elle posa la pain sur le pantalon de Malko, en haut de ses cuisses.

— L'Oiseau rouge ne demande qu'à s'envoler, gazouilla-t-elle.

Cette fois Malko avait compris.

— Hitumi, dit-il, ce n'est pas parce que...

Elle l'interrompit.

— Non, non, vous ne comprenez pas, Malko-San. C'est pour me donner du plaisir, à *moi*. Lorsque je fais s'envoler l'Oiseau rouge, mon vase se remplit de rosée, et je m'épanouis.

C'eût été cruel de priver cette délicieuse poétesse d'un plaisir aussi simple. Devant le silence de Malko, elle entreprit de le libérer.

Elle contempla ensuite longuement le sexe assoupi, comme si elle priait, puis releva la tête.

– Pendant que j'apprivoise l'Oiseau rouge, précisa-t-elle. Il ne faudra pas me toucher, seulement ici.

Elle prit la main droite de Malko et la posa sur sa nuque. Ensuite, il sentit une bouche chaude se refermer sur lui et cessa de penser. Les mains en conque sous ses testicules, Hitumi remplissait son sacerdoce avec une science toute taoïste [1]... Puis, ses doigts se mirent à courir sur lui, légers comme des papillons, ajoutant à son excitation.

Ses mouvements se firent plus lents, de façon à absorber toute sa longueur. Sans s'interrompre, elle reprit la main de Malko et la posa sur sa nuque, murmurant d'un ton humble :

– *Sumimassen* [2] !

Quand il commença à peser sur sa nuque, elle émit un soupir de bonheur et l'engoula encore plus profondément. Les pointes de ses seins ronds étaient durcies, mais Malko, respectant sa demande, ne les effleura même pas. Il sentait la sève monter de ses reins. Hitumi s'en rendit compte aussi et posa une main sur la sienne, l'invitant à peser encore plus sur sa nuque.

Ce qu'il fit, enfonçant son membre au fond de la gorge de la jeune femme. Lorsqu'il explosa, il eut l'impression de s'y déverser directement.

1. Le taoïsme mêle la sexualité et la spiritualité.
2. S'il vous plaît !

Elle l'avala jusqu'à la dernière goutte puis redressa la tête avec un rire joyeux !

– Je me sens si faible dans la vie ! expliqua-t-elle. C'est le seul moment où je suis forte. Où les choses dépendent de moi.

Il n'y avait rien d'autre à dire. Lorsque Malko alla se coucher elle tint à installer le lit de repos en face du sien. S'endormant aussitôt.

Lui continua à réfléchir. Se demandant qui pourrait le renseigner sur Shigeta Katagiri.

– Vous voulez un spécialiste des yakuzas ? demanda Philip Burton. Je pense que j'ai ce qu'il vous faut. Mais c'est *une* spécialiste, Nobuko Funamachi. Une « amie » de l'Agence. Elle nous rend certains services de lobbying. Et surtout, c'est la petite-fille d'un très grand yakuza affilié à la Yamaguchi Gumi.

Malko avait foncé à l'ambassade américaine dès son réveil, tandis que Hitumi Kemiko allait à son travail. Comme si de rien n'était.

– Elle est sûre ?

– Totalement, affirma l'Américain. Elle a rompu avec ce milieu mais connaît parfaitement la « carte » des yakuzas. Je vais organiser un dîner ce soir. Il faut la traiter avec respect : elle a beaucoup d'argent, habite un magnifique appartement à Roppongi et son mari est un avocat important.

– Il sera là ?

– Non. Il n'est jamais là. Il travaille tous les soirs jusqu'à onze heures et, ensuite, il va se détendre dans un bar. C'est très courant au Japon. Je viendrai vous chercher à l'hôtel à huit heures.

Après l'ambassade américaine, Malko avait rendez-vous avec l'inspecteur Omoto, au QG de la NPA. Pour affiner son plan de bataille, il avait besoin d'un maximum d'informations. Kaoru Omoto l'attendait dans le hall glacial, en compagnie d'un autre policier.

– Je vous présente le commissaire Ramen Tohoku. C'est un excellent spécialiste du *boryokudan*.

– Le *boryokudan* ?

– Oui, dans la police, nous n'utilisons jamais le mot yakuza, mais *boryokudan*, qui signifie « violence » en japonais. Il est à votre disposition.

Ils se retrouvèrent à la cafétéria du premier étage, gaie comme un funérarium, et Malko put poser la question qui l'intriguait depuis le début de son enquête :

– Comment se fait-il que les yakuzas bénéficient d'autant d'indulgence dans la société japonaise si policée ?

Le commissaire Tohoku émit un petit rire gêné.

– Oh, c'est une très longue histoire qui remonte au seizième siècle. Lorsque le Japon a été unifié pour la première fois, de nombreux samouraïs se sont retrouvés sans travail, les différents seigneurs de guerre qui les employaient n'en ayant plus besoin. Ils se livrèrent alors à d'innombrables exactions contre les paysans. Ceux-ci s'organisèrent en milices d'autodéfense. Comme les membres de ces milices étaient souvent désœuvrés, ils jouaient à un jeu de cartes appelé 8-9-3. Ce qui, en japonais, se dit ya-ku-za. Ces milices élisaient un chef qui faisait régner une discipline féroce. Voilà pourquoi les yakuzas font partie de la société japonaise. Au départ, ce n'étaient pas des criminels.

Seulement, au cours des siècles, ils ont évolué. Aujour-d'hui, beaucoup se spécialisent dans le *mizushobai*.

— Qu'est-ce que c'est ?

— Littéralement, le «commerce de l'eau». Cela signifie toutes les activités liées à la nuit. La prostitu-tion, le jeu clandestin, les bars à hôtesses. Et surtout, la protection ; je vais vous donner un exemple. Un nou-veau restaurant ouvre. Le commerçant reçoit alors la visite d'un homme qui lui propose de lui louer des plantes vertes pour décorer la salle. C'est une coutume japonaise. Quand il demande les prix, il découvre qu'ils sont très élevés. L'homme lui dit alors : «Aujourd'hui, cela te paraît cher, mais ces plantes vertes ont une vertu particulière : elles empêchent les incendies… » S'il ne signe pas le contrat, son restaurant brûlera…

— Et la police ne peut rien faire ?

Nouveau rire gêné. L'inspecteur Omoto expliqua :

— Les yakuzas ont beaucoup d'argent et arrosent les politiciens. Et les gens ont peur. Moi-même, j'ai dû payer.

— Vous ? demanda Malko, stupéfait. Mais vous faites partie de la police ! Comment peut-on vous racketter ?

Le Japonais baissa la tête.

— Il faut comprendre, Malko-San… Je viens à mon travail à moto et c'est plus facile pour moi de la garer devant ma porte. Un jour, un homme est venu me voir et m'a dit qu'il y avait eu beaucoup de motos volées ou sabotées dans le quartier. Que je devrais la mettre dans un parking. Ou alors payer quelque chose à un jeune homme qui veillera dessus. C'est tout : il n'a pas insisté.

— Et si vous l'aviez arrêté ?

— Sur quelle charge ? Trois jours après, ma moto aurait brûlé. Ils utilisent des immigrés nigérians pour ce

genre de travail. Ceux-ci ne parlent jamais. Ils ont trop
peur… Heureusement, j'ai pu négocier pour quatre-vingt
mille yens par an. Il en demandait trois cent mille !

Malko était édifié. Il se tourna vers le commissaire
Tohoku.

— Connaissez-vous un certain Shigeta Katagiri ?

— Oui, bien sûr. C'est le chef de la Kokusui Kai, un
gang établi à Ginza et Roppongi. Ils ne comptent que
deux ou trois mille membres. Ils vivotent. Comme ils
ne gagnent pas assez, ils se sont lancés dans des activités normalement méprisées par les yakuzas.

— Par exemple ?

Le commissaire japonais baissa la voix, comme s'il
avait honte.

— Dans la banlieue de Tokyo, ils attaquent des distributeurs automatiques de billets avec des engins de
chantier.

Dans un pays où la vie d'un immeuble ne dépassait
pas trente ans, les chantiers ne manquaient pas.

— Ils importent aussi des armes de poing de Chine,
continua le policier japonais. Au Japon, c'est pratiquement impossible de s'en procurer.

Malko était perplexe. Que braquer des distributeurs
de billets soit le comble du déshonneur pour un voyou
japonais illustrait parfaitement le fossé culturel entre le
Japon et le reste du monde.

— Où est le siège de ce gang ? demanda-t-il.

— À Ginza. Pas loin de la boutique Hermès. C'est
facile à trouver : il y a une plaque de cuivre sur la porte.
N'oubliez pas que c'est une association *légale*.

— Autre chose : on m'a dit que la Sumiyoshi Kai distribuait de la drogue importée de Corée du Nord. C'est exact ?

Le commissaire Ramen Tohoku eut un sourire gêné.

– Je pense que c'est exact, mais nous n'avons jamais pu réunir de preuves. Nous avions introduit un informateur à son siège. Malheureusement, on l'a retrouvé un jour dans un terrain vague, torturé et démembré. Mes supérieurs m'ont dit d'arrêter mon enquête.

Un ange passa, volant au ras du sol. Le Japon n'était pas aussi « honorable » que son image le laissait penser…

– Qui est le chef de la Sumiyoshi Kai ?

Le policier fouilla dans sa serviette et en sortit la photo couleur d'un homme au crâne rasé, le visage allongé, la cinquantaine. Vêtu d'un polo noir et d'une veste blanche.

– Le voilà. Shigeo Nishigushi. Il habite Yokahama, mais il a un bureau à Roppongi.

Malko regarda sa Breitling : il avait rendez-vous avec Hitumi Kemiko.

– Je vais rencontrer cette Nord-Coréenne, Chang Myong Sue, dit-il. À sept heures. J'emmène comme interprète Hitumi Kemiko.

– Désirez-vous une protection ? demanda aussitôt l'inspecteur Omoto.

– C'est utile ?

– Vous êtes sous notre responsabilité, expliqua le policier japonais. Je vais donc envoyer des gens là-bas.

– Vous ne voulez pas plutôt que je demande à l'Agence ? objecta Malko.

– Non, ce sont des *gaijins*. On les repère trop vite. Mais c'est purement formel.

* * *

Hitumi Kemiko contemplait les vieux immeubles lépreux d'Adachi-Ku en contrebas du métro aérien.

– C'est là que j'ai grandi, dit-elle. C'était très dur !

Plutôt qu'un taxi, ils avaient pris le métro aérien, beaucoup plus rapide.

Ils descendirent à la gare de Nishiarai et continuèrent à pied pour rejoindre le «Pachinko Parlor» où ils avaient rendez-vous. Dès qu'il en eut poussé la porte, Malko fut assailli par le vacarme des boules d'acier rebondissant entre les plots et la musique criarde à fond la caisse. Les murs de la salle en tremblaient. Tous les Pachinkos du rez-de-chaussée étaient occupés, mais il en fit le tour sans apercevoir Chang Myong Sue. Il s'engagea alors dans l'escalier menant au premier, Hitumi Kemiko sur ses talons. Il déboucha sur un petit espace bar où trois hommes étaient attablés. Un balèze, bonnet de laine noire enfoncé jusqu'aux oreilles, son jumeau, le crâne rasé, engoncé dans un anorak à col de fourrure. Entre les deux, un jeune homme à l'air méchant, aussi fluet que ses voisins étaient massifs, disparaissait presque.

Malko aperçut enfin Chang Myong Sue, au bout de la première rangée de machines, plusieurs casiers de boules à ses pieds.

Ses mains bougeaient à toute vitesse, manipulant les leviers, orientant la course des boules qui s'engouffraient presque toutes dans l'entonnoir magique.

Lorsqu'il s'approcha, elle tourna la tête sans cesser de jouer. Malko la désigna à Hitumi Kemiko.

– C'est avec elle que j'ai rendez-vous.

Hitumi Kemiko s'approcha de la Nord-Coréenne

avec de multiples courbettes et échangea quelques mots avec elle.

— Elle finit sa partie et elle vient, annonça-t-elle.

Les joueurs étaient tous plongés dans une véritable transe, enchaînant leurs gestes avec des automatismes de robot. Le regard rivé aux boules dégringolant le long de la paroi verticale.

Enfin, la Nord-Coréenne ramassa les sacs en papier contenant ses lots et lança quelques mots à Hitumi.

— Elle va changer ses lots pour de l'argent à la boutique TUC et ensuite, on ira dans un bar.

Quand ils repassèrent devant l'espace bar, les trois Japonais avaient disparu. Hitumi Kemiko rattrapa Malko, se hissa sur la pointe de ses bottes et chuchota à son oreille :

— Quand je suis passée là tout à l'heure, derrière vous, j'ai entendu un des trois hommes dire en coréen en vous regardant : « C'est lui. » C'était le plus petit des trois...

CHAPITRE XIII

Malko sentit son pouls s'accélérer brutalement. Se bénissant d'avoir emmené Hitumi qui comprenait le coréen. Kaoru Omoto n'aurait rien remarqué... Ils émergèrent dans la rue déserte. Chang Myong Sue tourna à droite et ils lui emboîtèrent le pas. Malko se retourna, inquiet : personne en vue. Où pouvaient se trouver les trois hommes du «Pachinko Parlor»?

Le petit kiosque du TUC où on échangeait les lots se trouvait à trente mètres, un peu en retrait de la rue, éclairé par un néon blafard. Malko se retourna une nouvelle fois et n'aperçut qu'un couple enlacé qui sortait du «Pachinko Parlor» et prenait la même direction qu'eux.

La Nord-Coréenne était en train d'échanger ses lots contre des yens.

Malko entendit soudain Hitumi pousser un cri :

– *Abounai*[1]!

Les trois hommes qui se trouvaient au premier étage du «Pachinko Parlor» venaient de surgir dans la lumière. Ils s'étaient dissimulés derrière le kiosque. Tout se passa très vite. Le petit malingre se jeta sur

1. Attention!

Chang Myong Sue, lui portant une violente manchette qui la fit tomber à terre.

D'un coup de tête en pleine poitrine, l'homme au bonnet noir projeta Malko sur le sol. Sortant alors un énorme poignard, il se laissa tomber sur lui, la lame à la verticale, visant sa gorge.

Malko, d'un réflexe désespéré, parvint à rouler sur lui-même, évitant d'être égorgé. Furieux, son agresseur se releva et lui expédia un coup de pied dans la tête qui l'étourdit. Il s'apprêtait à le poignarder plus facilement. Malko entendit un cri aigu, probablement poussé par Hitumi, sans voir ce qui se passait.

Tout à coup une détonation claqua.

Une fraction de seconde plus tard, une masse impressionnante s'abattit sur lui ! L'homme qui avait voulu le poignarder. Il parvint à le faire basculer et se releva, plutôt groggy. Son agresseur, lui, ne se releva pas. Du sang commençait à s'écouler de sa bouche et son regard était vitreux.

Malko regarda autour de lui. Hitumi Kemiko, prise à la gorge par le second balèze, se débattait en hurlant et en donnant des coups de pied. Un homme jeune et une femme fluette hurlaient en japonais, brandissant des pistolets.

L'homme en train d'étrangler Hitumi la lâcha brusquement et détala vers le bout de la rue en compagnie du maigrelet, poursuivis par les deux jeunes gens armés.

Ceux-ci réapparurent quelques instants plus tard, essoufflés, et s'adressèrent à Hitumi Kemiko, qui s'approcha de Malko.

– Ce sont des policiers envoyés par Omoto-San. Ils avaient repéré les trois types. Du renfort ne va pas tarder à arriver. Ils avaient été autorisés à tirer, ce qui est très rare.

Chang Myong Sue s'était relevée en se frottant le cou et en bougonnant. Elle apostropha Hitumi qui se retourna vers Malko :

– Elle dit que les voyous attaquent souvent les gens qui viennent changer leurs lots. Elle a eu très peur et ils lui ont volé son argent. Elle veut aller se reposer et vous rappellera pour un autre rendez-vous...

Elle s'éloignait déjà, laissant Malko sans illusion. C'était un guet-apens en bonne et due forme ; sans l'intervention des policiers japonais, il était mort. Il regarda l'homme au bonnet de laine noire, qui tenait encore son poignard. Un tueur à gages. La femme-policier qui avait posé son pistolet sur le sol accueillit une voiture de police, puis deux, dont les occupants bloquèrent la rue.

– On va vous ramener au *Grand Hyatt*, annonça Hitumi Kemiko. Ils ne veulent pas que vous restiez dans cette zone. Ils peuvent revenir.

Le portable de Malko sonna. C'était l'inspecteur Omoto. Chaleureux.

– Malko-San, dit-il, heureusement que je me suis méfié... Ce sont des gens très dangereux.

– Vous pourrez identifier celui qui est mort, remarqua Malko.

– Bien sûr ! Venez demain au bureau, à deux heures. Et, d'ici là, soyez prudent...

Un policier le fit monter dans la voiture de police, tandis qu'Hitumi Kemiko demeurait sur place pour donner son témoignage.

Mako baissa les yeux sur sa Breitling Bentley. Sept

heures et demie. À peine un quart d'heure s'était écoulé depuis qu'ils étaient sortis du « Pachinko Parlor ».

Il allait être presque à l'heure pour son dîner avec Philip Burton et la spécialiste des yakuzas.

Il appela le chef de station de la CIA pour le mettre au courant de ce qui venait de se passer.

Son crâne lui faisait horriblement mal, là où le voyou l'avait frappé, et son costume d'alpaga noir était plein de poussière.

*
* *

Le restaurant *Meiji Kinnonkon* était absolument somptueux, tout près du palais impérial. Des hôtesses en costume traditionnel, *kimono* et *obi*, formaient une haie de courbettes jusqu'au salon réservé par Philip Burton. Ici, il n'y avait pas de salle commune : trop vulgaire. Uniquement des petits salons séparés par des cloisons coulissantes.

Dans le gazouillis des hôtesses, ils se déchaussèrent et on les installa dans le salon, autour d'une table au ras du sol, à la japonaise, au-dessus d'une fosse permettant de s'asseoir normalement. Deux hôtesses brossèrent Malko, lui redonnant une allure de gentleman.

Les hors-d'œuvre étaient déjà sur la table. Le chef de station de la CIA avait amené deux de ses collaborateurs, une femme sans âge aux cheveux courts, style lesbienne de choc, et un analyste spécialisé dans les deux Corées. À côté de Malko, il y avait une place vide.

— Notre ami Nobuko est en retard, dit l'Américain. Cela lui arrive souvent.

À peine avait-il fini de parler qu'une femme jeune,

au visage large et triangulaire, grande, bien faite, vêtue d'une robe portefeuille noire mettant en valeur une poitrine peu courante chez les Japonaises, pénétra à son tour dans le salon.

– Je vous présente Nobuko Funamachi, dit Philip Burton. Une excellente amie et une collaboratrice précieuse.

La Japonaise se tourna vers Malko et dit en excellent anglais :

– M. Burton m'a parlé de vous. Je suis immensément flattée de rencontrer une légende.

Il y avait une lueur très légèrement ironique dans ses prunelles sombres. Malko ne put s'empêcher de remarquer que ses seins bougeaient sous sa robe noire comme s'ils étaient libres. Elle mesurait bien quinze centimètres de plus que la Japonaise moyenne.

Une très jolie femme.

Ils s'attaquèrent aux hors-d'œuvre, superbes à regarder avec leur arc-en-ciel de couleurs, et strictement dépourvus du moindre goût. Des algues, des légumes confits, des choses innommables présentées avec un soin méticuleux... Heureusement, il y avait le saké... Tiède, celui-là. Malko n'arrêtait pas de remplir le verre de sa voisine qui s'animait un peu. De temps en temps, il tâtait discrètement son cuir chevelu, là où une énorme bosse était en train de se développer. En même temps qu'une violente migraine.

Philip Burton lança, au moment où on apportait des sashimis dans d'élégantes barquettes de bambou :

– Nobuko sait beaucoup de choses sur le monde des yakuzas, je pense qu'elle pourra vous être utile.

Malko prit le temps d'avaler quelques sashimis. Côté cuisine, les Japonais en étaient restés à l'âge de pierre, mis en scène avec un goût exquis. Toutes les nourritures crues étaient merveilleusement présentées.

Il se tourna vers la belle Japonaise.

– Comment se fait-il que vous sachiez autant de choses sur les yakuzas ?

– Connaissez-vous Kyoto, Malko-San ? demanda-t-elle d'une voix douce.

– J'y suis allé visiter quelques temples, répliqua Malko.

Nobuko Funamachi eut un sourire sec.

– Il n'y a pas que les temples, à Kyoto. Près de la gare, se trouve un quartier appelé Shichijo. Établi dans le lit asséché de la Kamo. Depuis le Moyen Âge, c'est le lieu de rendez-vous des saltimbanques, des voyous, des marchands itinérants, des prostituées. C'était l'endroit où on exécutait les criminels, mais c'est aussi là qu'une femme a fondé le théâtre Kabuki. Mon grand-père vivait là, conclut-elle après une petite pose. Il exerçait le métier de *dog-catcher*. Il attrapait les chiens errants, les assommait d'un coup de gourdin, et, pendant qu'ils agonisaient, les clouait à une planche pour les dépouiller vivants de leur fourrure. Il faut dire que mon grand-père appartenait à la race des *burakus*, des gens particulièrement « discriminés », des parias. Ils n'avaient pas d'autre moyen de survivre. Mon grand-père Yamane, grâce au commerce des chiens, put alors ajouter une corde à son arc : il achetait et revendait des marchandises volées. Qu'il payait cinq pour cent de leur prix. Ah oui ! Il était aussi entièrement tatoué, chauve et presque aussi large que haut...

Les trois Américains écoutaient ce récit, tétanisés. Découvrant la face sombre de ce pays policé, soigneu-

sement cachée aux yeux des étrangers. La dernière
phrase de Nobuko Funamachi tomba dans un silence de
mort :

– Nous révérons tous le souvenir de grand-père
Yamane, dans la famille, car il termina chef du plus
grand gang de yakuzas de Kyoto.

Un ange passa et s'enfuit à toute vitesse, terrifié.

Nobuko prit le temps de vider une tasse de saké et
continua, une lueur malicieuse au fond de ses prunelles
noires :

– Pour gagner cette compétition féroce, il s'empara de
son rival, l'enferma dans un cercueil dont il cloua
lui-même le couvercle et il l'enterra ainsi, demeurant près
du trou pour écouter les supplications de son adversaire.

Ce récit semblait la remplir de joie et elle bougeait sur
la banquette comme si elle dansait, heurtant involontairement Malko. Celui-ci baissa les yeux, apercevant briève-
ment une bande de chair, entre le genou et le haut de la
cuisse de la jeune femme. Il lui fallut quelques secondes
pour réaliser que les pans de la robe portefeuille s'étaient
écartés, découvrant des bas stay-up très courts.

Il en oublia sa migraine ! Nobuko Funamachi n'était
pas une Japonaise comme les autres. Si toutes étaient
libérées et avaient une vie sexuelle active, peu étaient
ouvertement provocatrices. Leurs regards se croisèrent
et, d'un geste naturel, elle rabattit le pan de sa robe portefeuille, continuant :

– Dans ma famille, deux siècles plus tôt, il y a eu
aussi un *ronin* [1] très brave qui combattit jusqu'à un âge
avancé. Il ne se faisait pas payer et défendait les pauvres

---

1. Samouraï.

villageois. Il est mort en essayant de tuer un vieux tigre qui s'était installé près d'un village du Nord et dévorait les habitants.

Ça, c'était un arbre généalogique...

— Vous habitez toujours Kyoto ? demanda Malko, au moment où on apportait des tranches de viande de kobé qui fondait dans la bouche.

— Non, j'ai un très bel appartement non loin d'ici, à Roppongi, et un mari qui gagne des millions de yens, mais je ne le vois jamais, entre son travail et le golf. C'est pour cela que je travaille.

— J'aimerais que vous me consacriez quelque temps, demanda Malko.

Elle lui jeta un regard fulgurant.

— Tout ce que vous voulez ! Je suis libre. *No kids, no husband*[1].

Mal à l'aise, les trois Américains mâchaient leur viande, le nez dans leur assiette. Nobuko Funamachi n'était pas politiquement correcte, avec sa robe trop sexy de grand couturier et le sulfureux passé de sa famille. Comme pour les mettre encore plus mal à l'aise, elle enchaîna, penchée vers Malko :

— Malko-San, vous avez entendu parler du général Tojo ?

— Oui, c'est lui qui a organisé Pearl Harbour. Pourquoi ?

— Le général Tojo a été pendu par nos amis américains en 1948, pour crimes de guerre, enchaîna-t-elle d'une voix tranquille. Il est enterré au sanctuaire de Yasukuni, en compagnie des deux millions et demi de

---

1. Pas d'enfants, pas de mari.

Japonais qui ont donné leur vie pour la patrie, depuis le premier *Shogun*. Tous les jours, des centaines de gens viennent s'incliner devant ce sanctuaire et y prononcer un vœu. Nous sommes un peuple complexe…

Visiblement, Philip Burton et ses deux adjoints avaient hâte d'arriver au dessert. Le saké avait un effet libérateur sur Nobuko Funamachi. Les desserts étaient japonais, c'est-à-dire inexistants, à part une salade de fruits si étranges que Malko se dit qu'ils devaient pousser sur une autre planète…

En l'honneur de Malko, Philip Burton commanda une bouteille de Taittinger Comtes de Champagne Rosé et ils trinquèrent.

– Au succès de votre mission ! lança Philip Burton.

La bouteille fut très vite vide et le chef de station de la CIA se hâta de signer l'addition.

– J'ai un *meeting* très tôt demain et je vais rentrer, annonça-t-il.

– Je raccompagne Malko-San, proposa aussitôt Nobuko Funamachi. J'ai ma voiture.

Une Lexus noire brillante comme un diamant venait de surgir. Conduite par une femme, qui sauta dehors et ouvrit la portière arrière. Petite, des lunettes, les cheveux courts, elle s'inclina profondément devant Malko.

– Vous êtes au *Grand Hyatt*, dit la Japonaise. Très bon hôtel.

– Avez-vous le temps de prendre un verre pour que je vous explique ce que je cherche ? demanda-t-il.

En dépit de sa migraine persistante, il voulait avancer.

– Bien sûr, fit sans hésiter Nobuko Funamachi. Il y a des milliers de bars à Tokyo. Vous avez des préférences ?

– Pas vraiment, avoua-t-il. Mais je préférerais un endroit calme.

– Dans ce cas, allons au *Velours*. J'espère que vous aimerez.

La «chauffeure» conduisait vite et bien. Nobuko se tourna vers Malko. Souriante.

– J'espère que je ne vous ai pas choqué ! Les Japonais sont très traditionalistes… J'aime bien provoquer.

– Pas du tout affirma-t-il.

Il n'osa pas ajouter qu'elle l'excitait prodigieusement.

*
* *

Malko avait rarement vu un établissement de nuit aussi luxueux. L'éclairage était diffusé par des dalles transparentes, il y avait des sculptures dans les coins, des tableaux aux murs, une décoration raffinée et de profonds canapés rouges. Le tout baignant dans une discrète musique d'ambiance. Il ne manquait qu'une chose : les clients.

La boîte était rigoureusement vide !

Ils s'installèrent dans un petit salon sous un cygne en céramique magnifique, en face d'un aquarium plein de poissons tropicaux. Malko commanda d'autorité du champagne et on lui apporta une bouteille de Taittinger Comtes de Champagne Blanc de Blancs. Nobuko y fit tout de suite honneur.

– C'est normal qu'il n'y ait personne ? demanda Malko.

– C'est un très riche yakuza qui a fait décorer cette boîte pour épater sa petite amie, expliqua la Japonaise.

Mais c'est à Minato-Ku, loin des quartiers animés. Alors, les gens ne viennent pas beaucoup. Mais il s'en moque. Il a gagné des milliards de yens... Alors, que désirez-vous savoir sur les yakuzas ?

Malko voulut d'abord tester la jeune femme, avec des informations qu'il possédait déjà.

— Que savez-vous de la Sumiyoshi Kai ?

Elle sembla surprise par la question, mais répondit aussitôt.

— C'est un gang, affilié à la Yamaguchi Gumi. Douze mille membres environ.

— Quelles sont ses activités ?

— Celles de tous les yakuzas. Le *mizushobai*, le racket, l'usure et le trafic de drogue.

— Quelle drogue ? L'héroïne ?

— Non. L'hilopan : les métamphétamines importées de Corée du Nord. Elles sont très appréciées des Japonais.

Elle plongea la main dans son sac et en sortit un petit sachet carré.

— Voilà, dit-elle. Dix grammes pour dix mille yens. Vous voulez essayer ?

— Cela soigne la migraine ?

— Je ne sais pas, avoua-t-elle. Vous avez mal à la tête ?

— J'ai été frappé violemment à la tête, avant le dîner, avoua-t-il.

— Ah bon !

Devant son incrédulité, il prit la main de la jeune femme et la posa sur la bosse, au-dessus de son oreille gauche. Elle poussa une petite exclamation horrifiée.

— Mais c'est vrai. cela doit vous faire très mal !

— Un peu, fit pudiquement Malko, revenant à son

interrogatoire. Donc, la Sumiyoshi Kai a des contacts
avec la Chosen Soren ?

— Bien sûr, mais ils les réduisent au minimum. La
drogue arrive dans des ports de la mer du Japon, directement de Corée du Nord, et les yakuzas la paient
d'avance. La Chosen Soren ne se mêle pas de la distribution. C'est tout ?

— Pour la Sumiyoshi Kai, oui. Mais, j'ai une autre
question à vous poser.

Il sortit de sa poche la carte que Shigeta Katagiri lui
avait remise à Bangkok, au *Pegasus*, et la tendit à
Nobuko Funamachi.

— Vous connaissez cet homme ?

La Japonaise y jeta un bref coup d'œil puis jeta à
Malko un regard étonné.

— Vous avez de mauvaises fréquentations, dit-elle.

CHAPITRE XIV

Après ce qu'elle avait dit de son passé, la remarque était plaisante... Malko lui reversa quand même un peu de champagne et demanda :

— Pourquoi ?

— Cet homme – Shigeta Katagiri – est le patron d'un petit gang, le Kokusui Kai, qui loue un territoire à cheval sur Ginza et Roppongi à la Yamaguchi Gumi, pour y exercer différentes activités. C'est lui qui a importé les Nigérians à Roppongi. Mais Shigeta Katagiri a de gros problèmes en ce moment. Il était en retard pour le paiement de sa redevance à la Yamaguchi Gumi et celle-ci lui a envoyé des « encaisseurs ». Comme il n'avait pas l'argent, Shigeta Katagiri a commis l'erreur de leur opposer des tueurs... Un des « encaisseurs » a été tué, l'autre sérieusement blessé. La Yamaguchi Gumi a juré de se venger et l'a condamné à payer une très forte amende.

— Combien ?

— On parle d'un demi-milliard de yens[1]. Il n'a pas les moyens de payer.

1. Environ 3,5 millions de dollars.

– Que va-t-il se passer ?

Nobuko Funamachi eut une moue dubitative.

– Si c'est un homme d'honneur, il va se faire *seppuku*[1], après avoir recasé ses hommes. Sinon, il risque d'être tué par la Yamaguchi Gumi, ou il sera obligé de fuir le Japon. De toute façon, sa vie est terminée. Dépêchez-vous de le voir.

– Comment savez-vous que je veux le voir ?

Elle rit.

– Pourquoi m'auriez-vous montré cette carte ? Vous n'êtes pas un scientifique. Vous êtes un homme d'action. C'est plus sympathique.

Elle bougea et sa robe glissa, découvrant à nouveau un morceau de cuisse nue, au-dessus du bas. Malko n'eut pas la force de résister. Posant la main sur la peau, juste au-dessus du bas, il demanda :

– Pourquoi ?

Elle ne répondit pas. La tête un peu rejetée en arrière, elle semblait transformée en statue. Pourtant, sa respiration soulevait sa robe à un rythme rapide. Elle tourna vers Malko un regard chaviré et murmura :

– *Snigai nasu*[2] !

Mais, au lieu de serrer les cuisses, elle les ouvrit davantage. Dans ce petit salon rouge, ils étaient seuls et Malko profita de son avantage. Sa main remonta doucement dans l'ombre de la robe portefeuille.

Nobuko resserra les cuisses, juste avant qu'il atteigne son ventre, puis se tourna vers lui.

1. Hara-kiri.
2. Vous n'avez pas le droit !

— Votre main est très douce, fit-elle, mais il ne faut pas faire cela.

— Pourquoi ? J'ai envie de vous. Vous êtes très belle.

Elle ne répondit pas, s'ébroua, tira sur le pan de sa robe et lança :

— Partons !

Malko eut tout juste le temps de laisser une énorme liasse de yens. Un peu plus tard, dans la voiture, elle se tourna vers lui.

— Pourquoi vous a-t-on frappé sur la tête ?

— On a essayé de me tuer, répondit Malko. Et on a failli réussir.

Elle ne dit rien, mais lui jeta un long regard avec une expression bizarre. Dix minutes plus tard, la voiture s'arrêta devant le *Grand Hyatt*. Malko se tourna vers Nobuko pour lui baiser la main, mais elle était déjà sortie de la voiture !

C'est elle qui le précéda dans le hall, sous le regard indifférent de la « chauffeure ». L'adrénaline bouillonnait dans les artères de Malko. Jamais il n'aurait pensé séduire aussi vite cette superbe Japonaise visiblement en jachère. Dans l'ascenseur, elle resta à bonne distance de lui, puis, arrivée dans la suite, elle s'appuya au mur comme si elle défaillait. Malko sauta littéralement sur elle ! D'un geste précis, il tira sur la robe portefeuille dont toutes les pressions s'ouvrirent du haut en bas, découvrant un soutien-gorge noir à balconnet, une culotte assortie et les bas qu'il connaissait déjà.

Écartant la culotte, il plongea les doigts dans son ventre, déclenchant une réaction instantanée de Nobuko. Elle s'accrocha à lui comme une noyée, s'attaquant à ses vêtements avec une espèce de rage. Ils titubaient contre le mur comme des ivrognes. En un clin d'œil, Malko se retrouva nu, avec une érection d'enfer. Il voulut entraîner la Japonaise dans la chambre, mais elle se laissa tomber sur la moquette, les jambes ouvertes, l'attirant sur elle. À peine Malko se fut-il enfoui au fond de son ventre qu'elle noua ses jambes dans son dos, agitant le bassin comme si elle était allongée sur une fourmilière, gémissant, écrasant sa bouche contre la sienne.

Jusqu'à ce qu'elle pousse un long cri filtré et se laisse aller, les jambes et les bras en croix, magnifique d'impudeur.

— *It's good, it's so good*[1] ! murmura-t-elle.

Comme Malko esquissait le geste de s'arracher à elle, Nobuko le retint, un bras passé autour de ses reins.

— Ne t'en va pas ! Je veux te sentir encore dans mon ventre.

Il obéit. Peu à peu, il sentit les muqueuses secrètes de la jeune femme s'animer, et son bassin recommença à bouger. Lorsqu'elle le sentit durcir, elle poussa un ronronnement de chatte heureuse.

— Baise-moi ! dit-elle. J'ai encore envie.

L'aube se levait. Malko avait oublié de tirer les rideaux électriques et il voyait le corps très pâle de Nobuko, allongée sur le ventre à l'autre extrémité du lit, un bras pendant par terre. Elle avait une croupe cambrée, rare chez une Japonaise.

Sa migraine avait disparu, mais tout le côté gauche

1. C'est bon. C'est si bon !

de sa tête était douloureux. Quelle étrange soirée... La jeune femme tourna la tête et vit qu'il était réveillé. Aussitôt, glissant comme un serpent, elle se rapprocha de lui, sa tête se souleva légèrement et retomba pile sur son sexe. Elle parut ensuite se rendormir, mais il sentit sa langue se mettre en mouvement. Il se demanda si elle allait parvenir à le ranimer.

Toute la nuit, elle était montée à l'assaut, insatiable, ne se calmant que lorsque son sexe était fiché au fond de son ventre. Elle avait refusé d'être sodomisée, simplement, avait-elle expliqué, parce qu'elle n'y prenait pas de plaisir.

Entre deux étreintes, elle lui avait tenu un discours assez confus à base de *yin* et de *yang*, d'où il ressortait que la vie sexuelle était indispensable à l'équilibre humain. À deux conditions : que l'homme ne gaspille pas sa semence et que la femme éprouve de multiples orgasmes...

Ce à quoi elle était parfaitement parvenue. Elle commençait pratiquement à jouir dès qu'il la pénétrait. Après une petite série d'orgasmes, elle le repoussait et comprimait violemment la base de son sexe, ce qui avait pour effet de casser son érection. À ce rythme, Malko était plutôt sur les nerfs, mais toujours d'attaque. Nobuko était visiblement une adepte de la théorie à la mode, le développement durable. À moitié endormi, il la vit se redresser, couvant d'un œil amoureux son sexe enfin dressé.

— Tu m'as bien fait jouir ! dit-elle. Pour te récompenser, je vais te donner mes fesses. Tu pourras t'y laisser aller.

Elle se retourna, la croupe haute. Dans l'état où il se trouvait, Malko aurait sailli une chèvre... Il dédaigna le ventre offert, plaça son sexe sur la corolle brune et poussa de tout son poids. Miraculeuse surprise, son membre s'engloutit sans effort jusqu'à la garde. Il en était encore ahuri de plaisir quand il sentit la muqueuse la plus secrète de Nobuko se mettre à le « traire ».

Son corps était strictement immobile, et tout se passait à l'intérieur. Malko se déchaîna, sachant qu'il n'allait pas tenir longtemps, et se laissa enfin aller avec un vrai hurlement de bonheur.

Il effleura le creux de ses reins et elle poussa un petit cri de douleur. La peau était à vif, là où elle s'était furieusement frottée contre la moquette. Malko s'arracha doucement à elle et la Japonaise annonça d'une voix enjouée :

– Aujourd'hui, puisque tu le souhaites, je vais te mettre en contact avec le très méprisable Shigeta Katagiri. J'espère qu'il te sera utile. Mais fais attention : c'est un serpent.

*
* *

Entre son stakhanovisme sexuel et sa blessure à la tête, Malko se sentait dans un état bizarre. L'inspecteur Omoto l'attendait dans le grand hall du Building n° 2 et annonça aussitôt :

– Nous avons identifié l'homme qui a essayé de vous tuer. Il s'agit d'un certain Tetsu Osaki, qui appartient à la Sumiyoshi Kai. Un Nord-Coréen naturalisé japonais.

– Comment le savez-vous ?

– Le tatouage qu'il portait sur la poitrine. Comme tous les membres de ce gang. Nous avons parlé à un des dirigeants de la Sumiyoshi Kai. Il s'est profondément excusé et a juré que jamais il n'avait donné l'ordre de commettre ce crime. C'est peut-être vrai.

— Comment ! s'insurgea Malko. Nous savons que la Sumiyoshi Kai travaille avec la Chosen Soren pour la distribution de la drogue...

— C'est exact, reconnu le policier japonais, mais, depuis la loi sur le crime organisé de 1992, les chefs yakuzas sont responsables civilement des crimes de leurs hommes. Ils font donc très attention. Seulement, il y a une pression telle sur les yakuzas de base qu'ils acceptent des jobs sans en parler à leur chef, afin de pouvoir donner l'argent qu'on attend d'eux. C'est une organisation très hiérarchisée et féroce.

Le policier expliqua :

— Les yakuzas ont cinq échelons. Au sommet, il y a le QG. C'est vers lui que remontent toutes les «cotisations». Lui ne paie rien à personne, sauf des amendes à d'autres gangs, s'il y a un litige. Ensuite, au deuxième échelon, chaque boss doit donner chaque mois huit cent mille yens au QG. Le troisième échelon ne donne que trois cent mille yens par mois. Le quatrième n'a pas de cotisation fixe, mais s'il ne donne pas assez, il sait qu'il ne montera jamais dans la hiérarchie et pourra même être expulsé.

«Enfin, le cinquième échelon n'a pas non plus de cotisation fixe et garde 10 % de ce qu'il gagne, par le racket ou d'autres activités. Seulement, si le yakuza de base ne fait pas gagner assez d'argent à son *kumicho*, il est puni. Souvent, les yakuzas du quatrième ou cinquième échelon sont affolés de ne pas avoir l'argent à la fin du mois. Alors, ils font un peu n'importe quoi. N'oubliez pas que dans les échelons les plus bas, un homme comme celui qui a essayé de vous tuer touche un salaire régulier assez faible qui lui permet juste de vivre.

— Un salaire?

C'était étonnant de voir des voyous salariés.

— Oui, confirma Kaoru Omoto. Il est versé par des sociétés contrôlés par les yakuzas. En plus, les versements doivent s'effectuer avec une très grande ponctualité. Par exemple, avant la fermeture des banques le dernier jour du mois. En cas de retard, qui ne peut excéder vingt-quatre heures, il y a des pénalités.

C'était un univers féroce. Malko fit un rapide calcul mental. Huit cent mille yens, cela ne faisait guère que six mille dollars. Le policier compléta avec son petit rire :

— Dans la Yamaguchi Gumi, il y a une centaine de boss...

C'est-à-dire que le chef touchait, tous les mois, six cent mille dollars, au minimum.

— Donc, conclut-il, votre enquête ne mènera nulle part?

— C'est un peu vrai, dut reconnaître le Japonais. Nous avons interrogé Mme Chang Myong Sue. Elle prétend ne rien savoir, et a porté plainte, ayant été elle-même volée.

C'était un beau coup.

— Ne touchez plus à la Chosen Soren, conseilla le policier. Vous n'en sortirez rien.

Malko enregistra le conseil.

*
* *

Les télégrammes avaient volé bas entre la Chosen Soren et Pyongyang. Les deux parties se rejetaient l'échec de l'élimination de leur ennemi. Pyongyang reprochait à ses affiliés japonais d'avoir sous-traité avec un yakuza. Et la Chosen Soren expliquait que pour l'instant, étant donné l'opération en préparation, il valait mieux ne pas attirer l'attention.

Quand le plan d'exfiltration de l'argent amassé à la Chosen Soren serait prêt à être mis en œuvre, on éliminerait cet agent de la CIA, *avant* que les choses ne se déclenchent.

Pyongyang avait donné son accord : priorité au transfert des fonds, une opération complexe et dangereuse, étant donné la vigilance des *coast guards* japonais équipés d'un excellent matériel.

Cependant, l'agent de la CIA ne perdrait rien pour attendre.

* *

– *Saké sashimi* [1] !

L'énorme cuisinier en tenue noire, le crâne rasé ceint d'un bandana blanc, tendit à Malko sur une palette quelques morceaux de saumon cru en criant la commande.

Aussitôt, les trois autres garçons la répétèrent en chœur comme un écho.

Au *Robataya*, au cœur de Roppongi, on se serait cru dans une cabane au fond des bois. Tout était rustique. Les clients se tenaient d'un côté d'une grande table de bois où étaient étalés tous les mets offerts et les cuisiniers se trouvaient de l'autre côté. Servant grâce à des palettes fixées à l'extrémité de longs bâtons.

---

1. Sashimi de saumon.

Nobuko Funamachi était venue chercher Malko au *Grand Hyatt* après son rendez-vous à la police pour aller déjeuner dans cet étrange restaurant.

Elle souffla à l'oreille de Malko :

— L'immeuble appartient à la Kokusui Kai, mais ce n'est pas le quartier général, qui se trouve à Ginza.

— Puisque j'ai la carte de Shigeta Katagiri, pourquoi ne pas lui téléphoner ou aller le voir ? s'étonna Malko.

Nobuko lui jeta un coup d'œil amusé.

— Tu peux lui faire perdre la face... Il faut que la rencontre se déroule à son initiative. On va déjà lui faire savoir que tu es à Tokyo et désires lui souhaiter en personne dix mille ans de félicité. Il sera flatté que tu emploies les codes japonais. Donne-moi sa carte.

Elle la prit et alla voir le caissier. Quand elle vint se rasseoir, elle annonça :

— Ça y est ! Heureusement que son sceau se trouvait sur la carte. Comme ça, ils savent que tu l'as vraiment rencontré.

En effet, le bristol du yakuza était orné d'un dessin géométrique représentant un losange, avec au milieu un caractère japonais. Nobuko se pencha vers Malko.

— Regarde l'épaule du garçon !

Malko suivit son regard. Au-dessus d'un enchevêtrement de tatouages, il distingua le losange horizontal tatoué à l'encre bleue. Il était bien dans l'antre de la Kokusui Kai.

— Que fait-on maintenant ? interrogea-t-il.

— J'ai laissé ton numéro de portable japonais et celui du *Grand Hyatt*. Il faut attendre qu'il réagisse.

— Et s'il ne réagit pas ?

– Ce sera mauvais signe. On ne peut pas forcer ces gens-là.

– Peux-tu obtenir d'autres informations sur lui et son gang ?

– Je vais essayer.

Il paya une addition monstrueuse, salué par les cuisiniers qui ressemblaient à des tortues Ninja. La Lexus noire surgit comme par miracle. Nobuko adressa quelques mots à sa « chauffeure » et lança à Malko un regard assuré.

– Je lui ai dit d'aller au *Hyatt*. Je dois être à mon bureau seulement à quatre heures…

À peine dans l'ascenseur du *Grand Hyatt*, elle se vissa contre Malko de tout son corps. Il eut l'impression qu'avant le onzième étage, elle avait déjà joui plusieurs fois.

Les Japonais ne faisaient rien avec mesure.

Hitumi Kemiko attendait Malko à la caféteria du *Hyatt* avec un énorme dossier. Nobuko Funamachi l'avait laissé plutôt frustré, alors qu'elle repartait rayonnante. Sa méthode était très simple. Lorsque Malko avait atteint une érection convenable, elle nouait à la base de son sexe un ruban rouge, grâce à un nœud coulant. Et, dès qu'elle le sentait au bord de l'éjaculation, elle serrait. Le maintenant prêt pour une autre performance. C'était pour Malko, transformé en « sex-machine », assez frustrant. Nobuko le consommait avec la même voracité que les Japonaises se jetaient sur les sacs Hermès.

La douce Hitumi Kemiko était bien loin de ce déchaî-

186 LE DÉFECTEUR DE PYONGYANG, t. II

nement sexuel. Elle ne songeait qu'à mériter le salaire
élevé promis pour ses prestations d'enquêteuse.

Malko commençait à avoir une idée plus précise de
ce qu'il voulait faire.

— Hituma, demanda-t-il, pouvez-vous reprendre votre
enquête sur la drogue importée de Corée du Nord ?

— Bien sûr, Malko-San. Que voulez-vous savoir ?

— Je suppose qu'elle est apportée à intervalles plus
ou moins réguliers, par grosse quantité. Comment pour-
rait-on savoir la date de la prochaine livraison ?

Hitumi Kemiko se concentra quelques instants avant
de répondre :

— À Tokyo, on ne peut rien savoir. Ce sont des revendeurs qui ne sont pas au courant de la logistique. Il faudrait retourner à Matsue.

— Vous pouvez y aller ?

— Oui, bien sûr, fit-elle sans hésiter. Je pourrais
me faire passer pour une revendeuse. Beaucoup de filles
de mon âge en consomment. Sinon, on ne me dira rien.

— Ce serait formidable, approuva Malko. Vous pouvez partir ce soir ou demain ?

— Oui…

Il la sentit brusquement réticente et insista :

— Cela pose un problème ?

Hitumi baissa pudiquement les yeux.

— Il faudrait de l'argent, sinon on ne me croira pas.

— Pas de problème. Combien ?

— Un million de yens, au minimum.

— Je vais vous donner deux millions, proposa Malko.
Le temps d'aller les chercher. Pouvons-nous nous
retrouver ici dans deux heures ?

— Bien sûr !

Elle semblait ravie et il ajouta :

— Pour ce job, vous aurez mille dollars par jour.

Hitumi ouvrit des yeux comme des soucoupes.

— Mille dollars, Malko-San ! Mais c'est beaucoup trop.

— Ce que vous allez faire est risqué, souligna-t-il. Les trafiquants de drogue sont des gens méfiants et dangereux.

Son idée s'était affinée. Grâce aux révélations de Kim Song-hun, il *savait* que la Chosen Soren était sur le point d'exfiltrer du Japon les sommes colossales amassées depuis l'interruption du trafic maritime en juillet 2006. Il était logique de penser que le navire qui apporterait de la drogue en provenance de Corée du Nord repartirait avec le trésor japonais de la Chosen Soren.

Le tout était de savoir de quel bateau il s'agissait et de connaître la date de son arrivée. Hitumi Kemiko devenait une pièce maîtresse dans son dispositif.

Il appela Philip Burton pour lui annoncer ce dont il avait besoin.

— Je vous prépare cela, fit le chef de station. Et, en plus, j'ai une surprise pour vous.

Philip Burton accueillit Malko d'un air mystérieux et le fit entrer dans son bureau avec des mines de conspirateur. La pièce semblait avoir rapetissé ! Plantés au milieu, deux montagnes de chair occupaient tout l'espace : Chris Jones et Milton Brabeck, quatre cents livres à eux deux, plus l'armement d'un petit porte-avions.

Les gorilles préférés de Malko, qui avait partagé avec eux quelques aventures.

– C'est un ordre de Langley, après l'incident de l'autre soir, précisa le chef de station. Ils n'ont pas confiance dans les Japonais.

Chris Jones s'avança, les bras écartés, et écrasa Malko sur son poitrail puissant.

– *Holy shit !* Ils m'ont tout juste laissé le temps de prendre une brosse à dents, lança-t-il.

Les deux gorilles de la CIA semblaient un peu froissés, après une vingtaine d'heures d'avion depuis Washington. Toujours semblables à eux-mêmes. Quelques cheveux gris se mêlaient à leur toison coupée très court, mais les avant-bras comme des jambons de Virginie étaient toujours là. Deux cents kilos de muscles et d'os au service des bonnes causes.

C'est-à-dire de l'Oncle Sam.

Nés natifs du Middle West, à leurs yeux la sauvagerie commençait à l'État de New York, et la Californie était déjà le royaume de Sodome et Gomorrhe. Alors, le reste du monde...

– Regardez ! fit Milton Brabeck.

Il ouvrit une grosse mallette métallique, découvrant de quoi fournir un petit salon de l'armement... Pistolets, revolvers, mini-pistolets mitrailleurs, grenades éclairantes, aveuglantes, asphyxiantes et explosives : tout y était.

– C'est arrivé par la base d'Okinawa, expliqua-t-il. Sur des vols militaires.

Chris Jones souleva le bas de son pantalon, découvrant un petit « deux pouces » accroché au-dessus de sa cheville.

– On est prêts, dit-il simplement. Les *gooks* [1] n'ont qu'à bien se tenir.

À eux deux, ils ne craignaient ni Dieu ni Diable. Furieusement dévoués à Malko, ils l'auraient suivi même dans des pays où on ne pouvait pas boire l'eau du robinet. Car leur seule hantise, c'était les microbes, les germes, les insectes. Tout ce qu'on trouvait dans les pays tropicaux. Ainsi, évidemment, que la nourriture exotique, c'est-à-dire tout ce qui s'écartait du Big Mac…

– Ils ne vous quitteront plus ! décida Philip Burton qui arrivait tout juste à l'épaule des deux gorilles. Les Nord-Coréens sont trop dangereux et les Japonais trop mous.

Malko allait ouvrir la bouche pour dire que ce n'était pas *forcément* une bonne idée de trimballer deux monstres aussi voyants dans Tokyo, lorsqu'il eut une inspiration qui le fit sourire.

– Il va falloir que vous vous mettiez dans la peau du rôle, dit-il. Oubliez que vous êtes des officiers fédéraux. À partir d'aujourd'hui, vous êtes des mafieux.

Les mâchoires se décrochèrent.

– Des mafieux ? s'exclamèrent en chœur Chris et Milton.

– Je vous expliquerai, promit Malko.

Si le yakuza Shigeta Katagiri acceptait le contact, les deux gorilles seraient parfaits pour renforcer sa «légende».

Philip Burton lui tendit une grosse enveloppe : les deux millions de yens qu'il allait remettre à Hitumi Kemiko.

*
* *

1. Bougnoules.

Malko s'arrachait tout juste aux bras de Nobuko lorsque la réception l'appela.

— *Sir*, quelqu'un vous attend au bar.

— Qui ?

— Il n'a pas voulu dire son nom.

Le pouls de Malko s'accéléra. Depuis la veille, il attendait anxieusement la réponse de Shigeta Katagiri. Après avoir remis l'argent à Hitumi Kemiko, il avait déjeuné avec la pulpeuse et brûlante Nobuko qui ne le quittait plus, se vautrant dans l'orgasme comme d'autres enchaînent les « grandes bouffes ». Elle ne faisait plus que de brèves apparitions à son bureau, attirée vers le grand lit du *Hyatt* par ses ovaires en ébullition, comme le fer par un aimant.

Malko venait juste d'accomplir la prestation de l'après-midi, toujours stoppée avant son aboutissement par le même procédé, ce qui laissait encore un bon potentiel pour la soirée.

Nobuko avait entendu la conversation. Elle sauta du lit.

— C'est sûrement un envoyé de Shigeta Katagiri ! lança-t-elle. Allons-y.

Pendant qu'elle s'habillait, Malko appela la chambre où Chris et Milton dormaient depuis pratiquement vingt-quatre heures.

— Rejoignez-moi au bar, dit-il. *Avec* votre quincaillerie. Et, si les gens que je vais rencontrer vous adressent la parole vous ne leur répondez pas.

— Ça, c'est facile, fit Chris Jones, on ne parle pas japonais. Moi, je ne connais qu'un mot : Tora-Tora. Ça doit être difficile à placer.

CHAPITRE XV

Hitumi Kemiko avait dîné très tôt au *Ryang Tae Sik*, un restaurant tenu par un Coréen, connu pour être une des plaques tournantes du trafic de drogue à Matsue, et elle traînait à sa table avant de retourner se coucher à son hôtel, le *ryokan*[1] *Terazuya* où elle avait un tatami pour la modique somme de quatre mille yens la nuit.

Ici, à 800 kilomètres de Tokyo, les prix étaient beaucoup plus raisonnables.

Après avoir débarqué du train, elle avait traîné dans les petites ruelles du quartier d'Isemiya-Cho, non loin de la gare, cherchant à se procurer de la drogue. À la fin de la journée, elle avait acquis une certitude : il n'y avait plus un sachet d'amphétamines à Matsue. Tous les petits revendeurs s'étaient plaints à elle de ne plus rien avoir à vendre. Elle s'était présentée comme une acheteuse venue de Tokyo. Son dernier interlocuteur lui avait alors conseillé de s'adresser au patron du *Ryang Tae Sik*, ce qui confirmait les informations recueillies lors de son enquête pour l'*Asahi Shimbun*.

1. Hôtel à la japonaise.

Hélas, ce soir, le patron demeurait invisible. Elle paya et ressortit. Il n'y avait plus rien à faire jusqu'au lendemain.

*
* *

Un énorme Japonais au crâne rasé était assis très droit sur la banquette en face de l'entrée, vêtu d'une veste noire portée sur un col roulé noir, une mallette en crocodile noire posée sur la table devant lui.

Debout de part et d'autre de la table, deux ex-lutteurs de sumo, les mains croisées sur le ventre, l'encadraient, impassibles.

Prudents, les autres clients du bar s'étaient repliés un peu plus loin, tandis que le maître d'hôtel, visiblement réprobateur, surveillait le trio à bonne distance.

Malko s'effaça pour laisser passer Nobuko.

— À vous ! souffla-t-il.

Dans l'ascenseur, il lui avait fait la leçon. La Japonaise s'avança vers l'homme au crâne rasé, courbée en deux, et la conversation s'engagea. Un échange d'aboiements feutrés, puis Nobuko se retourna.

— Tsukasa-San est envoyé par le très honorable Katagiri-San pour prendre contact avec vous.

Malko était resté debout, encadré par Chris Jones et Milton Brabeck.

— Dites-lui que je suis très honoré de son invitation, dit-il en s'asseyant en face du gros Japonais. Je souhaite qu'il transmette à Katagari-San mon invitation à dîner.

Pendant qu'elle traduisait, Malko appela le maître d'hôtel qui arriva à la vitesse de la lumière.

– Champagne.

Le yakuza semblait favorablement impressionné par la carrure des deux gorilles. On était entre gens sérieux. Les clients retenaient leur souffle, se demandant si cette rencontre n'allait pas dégénérer en massacre.

Un garçon déboula, ventre à terre, et déposa sur la table une bouteille de Taittinger Comtes de Champagne Blanc de Blancs millésimé 1998. Nobuka lui lança :

– Ne remplissez que *deux* verres !

Tsukasa prit sa flûte, la leva et lança un sonore « *Kempai*[1] ». Ensuite, il prononça une longue tirade, à la vitesse d'une mitrailleuse.

– Le très honorable Katagiri-San souhaite vous recevoir demain à quatre heures à son bureau de Ginza, traduisit Nobuko.

Le Japonais reposa sa flûte, se leva, se cassa en deux devant Malko et sortit, encadré par ses deux sumos. Aussitôt, le maître d'hôtel s'approcha de Malko et dit en anglais :

– *Sir*, la prochaine fois, je préférerais que vous donniez rendez-vous à vos amis ailleurs. Nous ne voulons pas de yakuzas dans cet établissement.

Nobuko Funamachi cracha quelques mots d'un ton furieux et il battit en retraite.

– Que lui avez-vous dit ?

– Que c'était *très* imprudent de parler de cette façon. Il a eu peur.

– Très bien, fit Malko en se reversant du Taittinger.

Au prix facturé, c'était un crime de le laisser perdre.

1. À votre santé !

– Tsukasa-San m'a demandé si vous étiez au Japon
en vacances ou pour affaires. J'ai dit « pour affaires ».

– Parfait, approuva Malko. Maintenant, je vais vous
expliquer mon plan. C'est très risqué et vous n'êtes pas
obligée d'y participer.

Nobuko l'écouta en buvant son champagne à petites
gorgées. Chris Jones se pencha vers Malko.

– *Maintenant*, on peut avoir du champagne, nous
aussi ?

– Absolument, dit Malko. Il ne faut pas m'en vouloir. Au Japon, la hiérarchie est plus marquée qu'aux
États-Unis. C'est une jeune démocratie.

– Le mec au crâne rasé, c'est votre copain ? s'enquit
Milton Brabeck.

– Si les choses se passent comme je le souhaite, ce
sera bientôt un associé, précisa Malko.

Une douzaine de femmes triées sur le volet parmi les
employées de la Chosen Soren s'affairaient dans
les immenses sous-sols du bunker stalinien de l'organisation nord-coréenne. Sous l'autorité d'une « camarade » de la direction, Chok Dojin, elles confectionnaient
des colis avec des liasses de billets de dix mille yens, la
plus grosse coupure japonaise. D'abord de petits paquets
de dix liasses entassées ensuite dans des containers
métalliques doublés de plastique noir. Chacun avait un
numéro noté soigneusement par la responsable.

Une centaine de containers s'amoncelaient déjà dans
une pièce verrouillée qu'on n'ouvrait que pour y intro-
duire de nouveaux colis. Chaque boîte contenait cent

cinquante millions de yens [1]. Il y en avait déjà une dizaine fermées, prêtes à partir.

Un employé déposa à l'entrée du sous-sol des boîtes en carton contenant du riz au poisson et des boissons.

— Un quart d'heure de pause, ordonna la responsable. Nous devons avoir tout terminé dans deux jours. C'est un ordre du comité central du Parti des travailleurs.

Pour ces « fourmis » qui gagnaient autour de cent mille yens par mois, tout cet argent était abstrait. Elles savaient seulement qu'il s'agissait de la survie de leur mère patrie, la Corée du Nord. Sans le Japon, le fameux *juche* tant vanté n'aurait été qu'une écorce vide.

Hitumi Kemiko, installée à une table de bois du restaurant *Ryang Tae Sik*, attendait son « contact », le cœur battant. À force de traîner dans les ruelles d'Ise-miya-Cho, elle avait trouvé un petit revendeur qui, pour cent mille yens, avait accepté de la recommander à son grossiste. Un certain Kogai.

La rumeur s'était répandue dans le milieu qu'une dealeuse de Tokyo traînait en ville à la recherche de drogue.

La porte du restaurant s'ouvrit sur un homme au crâne légèrement dégarni, au regard vif, vêtu d'un pull bleu ciel. Comme elle était la seule cliente du restaurant, il marcha droit sur elle et aboya, d'un ton rogomme :

1. Un million de dollars.

— Hitumi ?
— *Hai*[1] ! Kogai-San ?
— *Hai.*
— Tu as ce que je cherche ?
— Tu as l'argent ?

Elle entrouvrit son sac et il aperçut les liasses de billets de dix mille yens. Aussitôt, son ton s'adoucit.

— Aujourd'hui, je n'ai rien, avoua-t-il. Mais si tu peux attendre trois ou quatre jours, je pourrai t'en vendre autant que tu pourras en acheter.

— À combien ?
— Cinq mille yens la dose.
— C'est cher.

Il haussa les épaules.

— Si tu n'en veux pas...
— Si, si.
— Où habites-tu ?
— Au *ryokan Terazuya.*
— Très bien, je te contacterai là.

Hitumi se leva et s'inclina profondément.

— *Domo ! Domo arigato*[2], Kogai-San.

Elle attendit un peu pour quitter à son tour le restaurant, puis appela Malko de son portable.

— Malko-San, annonça-t-elle triomphalement, le bateau doit arriver dans trois ou quatre jours.

— Bravo ! Vous connaissez son nom ?
— Non.
— Il faut absolument le savoir.
— Je vais essayer, promit la jeune Japonaise.

1. Oui !
2. Merci, merci beaucoup.

Très fière de satisfaire son boss.

Malko était presque euphorique. Si son raisonnement était exact, ce bateau apportant de la drogue de Corée du Nord allait remporter les milliards de yens destinés à Pyongyang. Il lui restait à obtenir la collaboration de l'honorable Shigeta Katagiri pour sa manip tortueuse et hyperdangereuse.

*
* *

— C'est ici, annonça Nobuko Funamachi en ordonnant à sa « chauffeure » de s'arrêter.

Ils se trouvaient à Ginza, le quartier du shopping, non loin de la gare centrale et du palais impérial. Au coin de l'avenue Ginza-Dori et d'une rue sans nom, comme la plupart des voies de Tokyo. Il n'y avait pas d'adresse, on procédait par points de repère et les facteurs connaissaient chacun de leurs clients.

Ils passèrent devant l'énorme boutique Hermès qui faisait le coin et s'engagèrent à pied dans une rue étroite sans trottoir. L'immeuble du QG de la Kokusui Kai, haut de quatre étages, était plutôt décrépit, sauf une plaque de cuivre gravée de caractères japonais sur la porte, ornée du sigle de l'association. Un gorille veillait dans le couloir. Sur une injonction de la Japonaise, il s'écarta avec une profonde courbette. Ils se tassèrent tous les quatre dans le petit ascenseur. Chris et Milton étaient muets.

Au deuxième étage, deux autres gorilles veillaient devant une porte qu'ils ouvrirent, révélant un grand bureau avec une table ornée d'un immense aigle en quartz rose. Dans un coin, des caisses de vin français : des grands crus, entassés jusqu'au plafond.

Ils traversèrent cette salle de réunion pour gagner le bureau de Shigeta Katagiri.

Ce dernier n'avait pas changé depuis Bangkok. Massif, souriant, le crâne rasé, vêtu d'une chemise rose. Il s'inclina profondément, adressa une longue phrase à Malko, qui s'inclina à son tour. Ils purent enfin s'asseoir de part et d'autre d'une table basse.

Chris Jones et Milton Brabeck restèrent debout à côté du siège de Malko, en symétrie avec les deux gorilles japonais. Le yakuza posa une question traduite par Nobuko.

— L'honorable Katagiri-San désire savoir si vous voyagez toujours avec vos hommes.

— Ils viennent de me rejoindre, expliqua Malko. Je ne les utilise que lorsque je travaille.

Le yakusa sembla impressionné.

Malko repéra plusieurs toiles de maître dans le bureau. Il y en avait pour beaucoup d'argent. Shigeta Katagiri semblait parfaitement détendu, en dépit de sa déconfiture supposée.

Un homme entra dans la pièce et vint se pencher à son oreille. Le chef de la Kokusui Kai inclina la tête affirmativement. L'homme ressortit et revint, poussant devant lui un garçon aux cheveux frisés, assez frêle, qui, à chaque pas, se courbait jusqu'au sol. Arrivé devant Shigeta Katagiri, il lui tendit dans le creux des mains une petite boîte en laque rouge, que le yakuza posa négligemment sur la table basse. Puis, il lança ensuite quelques mots à Nobuko sur un ton joyeux. La jeune femme traduisit :

— Il s'excuse de recevoir cet homme en votre présence, car il s'agit d'une affaire disciplinaire. Il a

oublié un rendez-vous téléphonique très important.
Pour éviter d'être exclu, il s'est coupé le petit doigt qu'il
a apporté en sollicitant humblement le pardon pour cette
erreur. En l'honneur du très honorable visiteur étranger,
Katagiri-San a décidé de lui pardonner.

Avec un bon sourire, celui-ci ouvrit la boîte et la tendit à Malko. Lequel réprima une grimace de dégoût.
Elle contenait un auriculaire fraîchement coupé. Sur un
lit de coton rose… Malko regarda la main gauche du
jeune yakuza : elle portait un énorme pansement.

Chris Jones et Milton Brabeck étaient blancs comme
des linges. En train d'apprendre, sinon le japonais, du
moins le Japon.

Cela rappela à Malko Hong Kong, où il avait *aussi*
failli perdre son auriculaire.

Souriante Asie…

L'amputé repartit à reculons, entrecoupant ses pas
d'une courbette… Shigeta Katagiri consulta un énorme
chronographe Breitling Bentley, en or massif, bourré
d'aiguilles et de cadrans, et prononça quelques mots.

— Il a organisé une soirée en votre honneur ce soir
dans une boîte qui lui appartient, le *Fusion*, traduisit
Nobuko.

— Quand sera-t-il libre pour discuter affaires ?
demanda Malko.

Il vit le regard du yakuza s'animer. Visiblement,
Malko lui faisait bonne impression.

— Après la soirée, traduisit Nobuko.

Ils se levèrent. Il y eut un long aparté entre la Japonaise et le yakuza, qui, finalement, raccompagna
lui-même Malko à l'ascenseur.

— Il voulait savoir qui j'étais, expliqua ensuite la

jeune femme. Les yakuzas se méfient des femmes. Je lui ai parlé de mon grand-père et cela a arrangé les choses. Il accepte que je vienne avec vous ce soir.

— Et nous ? demandèrent en chœur Chris et Milton.

— Vous venez aussi, bien entendu, fit Malko.

Tourné vers Nobuko, il demanda :

— Qu'en pensez-vous ?

— Il bluffe : les tableaux de son bureau sont des copies. Le vin a été volé. Je crois que vous l'intriguez. Il m'a dit qu'il vous avait rencontré en compagnie d'un homme très puissant et très respecté, à Bangkok. C'est exact ?

— Oui, le chef d'une triade, la Sun Yee On. Il ne vous a pas posé d'autres questions sur moi ?

— Si. Je lui ai dit que vous aviez un réseau de distribution de drogue en Europe et aux États-Unis. Que vous étiez quelqu'un de très important. Que vous aviez un projet à réaliser au Japon dont vous vouliez lui parler.

— Il me prend *vraiment* pour un voyou ?

— Bien sûr ! Je lui ai dit que je vous avais connu par mon mari qui est l'avocat de grands criminels à Tokyo. Il est complètement en confiance. Vos gardes du corps lui inspirent confiance aussi. C'est très japonais. La face...

Tout allait se jouer dans la soirée.

CHAPITRE XVI

Un énorme aquarium trônait en bas de l'escalier du *Fusion*. À l'intérieur, une fille aux seins pointus, uniquement vêtue d'un slip noir et d'un loup, ondulait gracieusement en adoptant des poses sexy. Une nuée d'hôtesses cassées en deux accueillirent Shigeta Katagiri et ses invités avec des gazouillements énamourés. La boîte, en sous-sol, cachée au fond d'une petite *yokocho* [1] de Roppongi, comportait plusieurs salles. C'était un vrai bar à hôtesses aux tarifs prohibitifs. Qu'on mettait d'ailleurs sous le nez des clients dès leur arrivée. L'heure coûtait environ quatre cents euros pour trois ! Gazouillis d'hôtesses et papouilles comprises.

Toutes les hôtesses se prostituaient, mais hors de l'établissement, pour des tarifs aussi élevés. Jusqu'à une date récente, les employés des grosses sociétés japonaises pouvaient mettre sur leurs notes de frais ce genre de dépense.

Le yakuza et ses invités, dont Nobuko, impassible dans cette atmosphère sulfureuse, se retrouvèrent dans un petit salon du fond, à une table à la japonaise

1. Ruelle.

installée au-dessus d'une fosse. Et les toasts commencèrent. Malko avait dû expliquer à Chris et Milton que, s'ils pouvaient et devaient conserver leur artillerie, ils étaient obligés d'ôter leurs chaussures, mais qu'on les leur rendrait.

Le saké, la bière, le whisky japonais se mirent à couler à flots. Des hôtesses apportaient sans arrêt de nouveaux plats savamment décorés et on parlait peu. Malko attendait la fin de la soirée.

Sashimis, sushis, tempura, viande de kobé, tout défila, dans une orgie de saké. Probablement jaloux de la présence de Nobuko, Shigeta Katagiri avait installé à sa droite une sculpturale hôtesse, maquillée comme une actrice de théâtre Kabuki, qui n'ouvrait pas la bouche mais le servait délicatement avec ses baguettes.

Bercés par le saké, les deux gorilles commençaient à apprécier l'exotisme, bien qu'à plusieurs reprises, Malko ait surpris Chris Jones en train de faire passer des shashimis directement de son assiette à sa poche...

On apporta des desserts au goût étrange, puis du cognac vieux d'un siècle. Le yakuza semblait somnoler. Il n'y avait plus rien à manger et pourtant, il ne se levait pas de table, béat, les yeux mi-clos.

Soudain, Malko vit Chris Jones blêmir et tressauter de tout son corps. Tétanisé comme par une décharge électrique, les mains à plat sur la table, il jeta un regard de détresse à Malko.

— Vous êtes malade ? demanda celui-ci.

Le gorille secoua la tête sans pouvoir répondre, regardant ses genoux. Et soudain, Malko sursauta à son tour. Quelque chose frôlait son pantalon. D'abord, il pensa à un animal. Mais aucun animal n'a de mains.

Celles-ci étaient en train d'ouvrir son pantalon et de dégager délicatement son sexe.

Il sentit ensuite la tiédeur d'un bouche qui n'appartenait pas non plus à un animal...

Il regarda ses voisins. Ils arboraient la même expression satisfaite. Nobuko se pencha vers lui.

— C'est une tradition chez les yakuzas qui veulent honorer particulièrement un hôte. Les filles sont passées par une trappe dans le plancher. Il y a plusieurs étages de sous-sol...

Effectivement, la fosse laissait un espace important entre la table et le sol. On n'entendait plus que quelques soupirs. Chris et Milton semblaient transformés en statues. Malko se sentit partir sous le regard désapprobateur de Nobuko qui voyait sa précieuse semence s'évaporer dans une bouche inconnue.

Un des gardes du corps de Shigeta Katagiri poussa à son tour un soupir bref, accompagné d'une brusque secousse. Les mains à plat sur la table, Shigeta Katagiri souffla quant à lui comme un bœuf. Et Milton Brabeck poussa un cri de souris, empourpré jusqu'aux oreilles. Seul Chris Jones resta droit comme un i. Comme s'il était chez le dentiste. Le silence se prolongea encore un peu. Il n'y avait plus aucune animation sous la table.

Shigeta Katagiri lança quelques mots à Nobuko.

— Il désire que nous allions bavarder tous les trois dans un autre salon.

Ils se retrouvèrent dans une petite pièce aux profonds canapés qui servait d'habitude au karaoké, avec un grand écran plat. Une bouteille de cognac était posée sur la table basse.

Malko attaqua :

— Demande-lui s'il veut gagner dix milliards de yens.

Les yeux du yakuza se plissèrent et il jappa aussitôt.

— C'est une somme importante ! Il doit y avoir des risques, traduisit Nobuko.

— Beaucoup de risques, confirma Malko, et il faut quelqu'un de très fort comme lui. Dispose-t-il d'une quinzaine d'hommes sûrs prêts à tout ?

— Il en a dix fois ce chiffre ! traduisit la Japonaise. Il veut savoir quelle est ton idée.

— Explique-lui que j'ai fait des affaires avec les Nord-Coréens et qu'ils m'ont volé. Sur des commissions pour la livraison de matériel hypersensible. J'étais venu à Bangkok pour essayer de récupérer mon argent, mais cela n'a pas marché. Ensuite, une autre réunion, à Macao, s'est très mal passée et ils ont essayé de me tuer pour ne pas me payer...

Le yakusa écoutait la traduction simultanée, approuvant par de petits signes de tête. On était en terrain connu. Il laissa tomber une seule phrase, que Nobuko traduisit :

— Il pense que les Coréens sont des chiens qui ne méritent pas de vivre.

Voilà un homme qui pensait bien... Malko sentait que son interlocuteur était tendu, contrairement à l'apparence qu'il voulait donner. Si les infos de Nobuko étaient exactes, il allait sauter sur son offre.

— Voilà mon idée, expliqua-t-il. À Macao, j'ai appris que la Chosen Soren, coupée de la Corée à cause de l'interruption des liaisons maritimes, s'apprête à transférer une somme énorme, autour de cinquante milliards de yens, en Corée.

Un seul mot sortit de la bouche du yakuza :

— Comment ?

– Par bateau. Ils continuent à importer de la drogue avec des bateaux de pêche japonais. Ils veulent faire la même chose en sens inverse. Charger l'argent sur un bateau japonais partant du Japon qui rencontrera ensuite un navire nord-coréen en pleine mer.

Le yakuza eut un petit rire sec.

– Il n'a pas de bateau, traduisit Nobuko.

– Le tout, expliqua Malko est d'intercepter cet argent avant qu'il ne soit parti de Tokyo.

– Vous savez comment cela va se passer ?

– Pas encore, mais j'espère y arriver. Dans ce cas, il faudra l'intercepter, ici, à Tokyo. Pour cela, j'ai besoin d'alliés sûrs.

On ne voyait plus les yeux du Japonais. Il demeura silencieux un long moment puis laissa tomber :

– C'est une opération très dangereuse. La Chosen Soren est très puissante et alliée avec la Sumiyoshi Kai.

– Je sais tout cela, fit Malko. Peut-être l'affaire se révélera-t-elle impossible. Mais je cherche un accord de principe. Ici, je n'ai que deux hommes. Ils sont bons et fidèles, mais ne parlent pas japonais. Réfléchissez. Sinon, je proposerai cette affaire à d'autres gens. Les Chinois, par exemple. Ils aiment prendre des risques.

Nobuko traduisait simultanément, à toute vitesse. Malko vit Shigeta Katagiri se raidir. Vexé.

– Il va demander à son conseiller, annonça-t-elle. Il donnera sa réponse très vite.

– Son conseiller ?

– Oui, tous les yakuzas ont des conseillers, des hommes sages et âgés, qui approuvent ou désapprouvent une opération. Le sien s'appelle Kodu Kasiyoshi.

206 LE DÉFECTEUR DE PYONGYANG, t. II

C'est un conseiller suprême qui donne toujours des avis sages.

La réunion était terminée. Après un festival de courbettes, ils sortirent entre deux haies d'hôtesses cassées en deux.

— C'est dingue, ce pays ! lança Chris Jones, à peine dans la Lexus. J'ai même pas vu la fille qui…

Il s'arrêta, réalisant la présence de Nobuko. Celle-ci se tourna vers lui avec un sourire angélique.

— Les femmes japonaises aiment beaucoup s'occuper des hommes, dit-elle d'une voix douce, c'est une tradition culturelle.

Les deux gorilles rougirent jusqu'aux oreilles et n'ouvrirent plus la bouche.

Même la « chauffeure » les tétanisait.

Dans la chambre, Nobuko éclata de rire, déjà pressée contre Malko.

— J'espère que cette fille n'a pas asséché tout ton fluide vital, dit-elle espièglement. L'honorable Katagiri t'a traité royalement.

— Tu crois qu'il va accepter ?

— En temps normal, non, dit-elle. Mais il est aux abois.

*
* *

Le *Pong-Su*, chalutier nord-coréen de quatre mille tonneaux, immatriculé à Tuva, avait quitté le port de Wonsan deux jours plus tôt. Officiellement pour une campagne de pêche à la crevette dans la mer du Japon. En réalité, il transportait dans des containers étanches un million de doses d'amphétamines, fabriquées par l'usine d'État de Cheong Jin. Vendu au détail au Japon cela rapporterait un milliard de yens.

Le capitaine du *Pong-Su* savait que la minuscule mer du Japon, entre le Japon et les deux Corées, était surveillée en permanence par les avions et les navires de la *coast guard* japonaise et les patrouilleurs aériens P3-C de l'US Navy. Même en pleine mer, il n'était pas totalement en sécurité.

Le véritable maître à bord n'était pas le capitaine, mais un colonel du *General Security Bureau,* Woo Si-Yun, accompagné de plusieurs hommes. Ils disposaient d'armes légères pour se défendre, mais avaient ordre de ne pas tenir tête à des navires de guerre. Toute la cargaison pouvait être larguée en moins d'une heure. C'est ce qu'ils feraient de toute façon, à un point déterminé dès le départ de Corée du Nord. Les paquets comportaient des GPS qui permettraient à ceux qui viendraient les récupérer de les retrouver facilement.

Ensuite, le *Pong-Su* avait ordre d'attendre les instructions dans les eaux internationales de la mer du Japon. L'archipel s'étalant, avec toutes ses îles, sur trois mille kilomètres de long, la *coast guard* avait beaucoup à faire pour surveiller les côtes et la zone des deux cents milles.

Hitumi Kemiko était inquiète. Son dealer l'avait longuement questionnée sur ses relations à Tokyo, expliquant qu'il voulait être certain de ne pas empiéter sur le territoire d'un gang de yakuzas. La jeune femme avait expliqué qu'elle revendait dans une banlieue éloignée, un territoire « vierge ». Elle espérait l'avoir convaincu. Dans le cas contraire, elle savait que ces gens n'hésiteraient pas à l'éliminer physiquement.

Une fois de plus, elle dînait sagement au *Ryang Tae Sik* d'un peu de poisson et de riz lorsqu'un nouveau venu pénétra dans l'établissement. À ses vêtements, elle vit tout de suite que ce n'était pas un local : veste de cuir, plutôt élégant, les cheveux frisés, des lunettes noires. C'était un yakuza.

Le patron vint le rejoindre et les deux hommes se plongèrent dans une longue conversation, tandis que Hitumi Kemiko s'absorbait dans la lecture de l'*Asahi Shimbun*.

Une heure plus tard, l'inconnu fut raccompagné à la porte par le patron. Lorsqu'il passa devant elle, Hitumi aperçut un tatouage sur sa main gauche. Le losange de la Sumiyoshi Kai. Les yakuzas liés à la Chosen Soren. L'homme avait déjà disparu et elle se replongea dans la lecture de son quotidien, intriguée.

Que faisait un yakuza de Tokyo dans ce bled perdu ? En plus, il semblait être venu pour une raison précise.

*
* *

Malko avait envie de sauter de joie. L'information que venait de lui communiquer Hitumi était précieuse. La présence de ce membre de la Sumiyoshi Kai à Matsue signifiait vraisemblablement que la drogue était sur le point d'arriver au Japon.

Si son hypothèse était exacte, le bateau qui l'apportait servirait à exfiltrer l'argent de la Chosen Soren.

Laissant Nobuko cuver ses multiples orgasmes, il alla

prendre une douche. Lorsqu'il se glissa hors de la suite, elle dormait encore.

À peine fut-il sorti du *Grand Hyatt*, que la « chauffeure » de Nobuko surgit au volant de la grosse Lexus.

— *American embassy!* fit Malko.

Le rendez-vous avait été fixé dans un endroit neutre et protégé. Un bureau anonyme dans le quartier de Kojimachi, le KS building, siège d'une société contrôlée par la Chosen Soren. Son président Choi Ju Hwal, vêtu de noir, toujours aussi sinistre, s'était déplacé lui-même pour rencontrer son associé dans le commerce de la drogue, Azuma Rengo, un des responsables de la Sumiyoshi Kai.

Les deux hommes en étaient encore au thé et aux amabilités. C'est le Japonais qui rompit le silence.

— Que me vaut l'honneur de cette rencontre? demanda-t-il.

— Une bonne nouvelle! annonça le Coréen. Dans quelques jours, vous allez recevoir un million de doses d'hilopan.

— Par quel moyen?

— Comme d'habitude. Un de nos navires va larguer les ballots en pleine mer et votre navire venu de Matsue n'aura plus qu'à les repêcher.

— Nous les distribuerons aux grossistes directement à partir de Matsue, décida le Japonais. Cela diminuera les risques. Je vais réunir la somme d'argent nécessaire à cet achat.

La Sumiyoshi Kai payait la drogue deux ou trois mille yens le sachet.

Le directeur de la Chosen Soren eut un large sourire, complètement inhabituel chez lui.

– Azuma-San, le paiement peut attendre.

Le yakuza n'en crut pas ses oreilles ! Le paiement de la drogue se faisait *toujours* d'avance, avant même la récupération en mer. Une telle générosité était éminemment suspecte… Le Nord-Coréen enchaîna aussitôt :

– Azuma-San, je dois vous demander un petit service.

– Je vous le rendrai avec plaisir, si c'est possible, affirma aussitôt le Japonais.

– Voilà. Votre navire qui va amener la marchandise à Matsue devra ensuite repartir jusqu'à Tokyo pour y charger une marchandise extrêmement spéciale.

Le silence lourd qui suivit dura longtemps. Le Japonais s'attendait à tout sauf à ça.

– C'est un très long voyage, observa-t-il. Il faut contourner tout le sud du pays.

Le Coréen eut un léger haussement d'épaules.

– Comme il bat pavillon japonais, il ne risque pas d'être contrôlé. S'il était arraisonné, il prétendrait venir réparer une avarie à Tokyo.

– C'est impossible de faire autrement ?

– Oui, trancha Choi Ju Hwal. Cette cargaison ne peut pas être morcelée et nous devons impérativement la faire partir.

Le Japonais avait compris.

– Il s'agit de beaucoup d'argent ?

– Oui.

Comme l'autre continuait à hésiter, Choi Ju Hwal se leva et boutonna sa veste sur sa poitrine creuse.

– Je vous fais un milliard d'excuses ! dit-il, j'ai un

rendez-vous important avec des gens qui s'intéressent aux produits que vous distribuez au Japon.

Azuma Rengo se força à sourire devant ce probable bluff. De toute façon, il ne pouvait pas perdre la face.

— Je vous souhaite un grand succès dans vos négociations, dit-il, et je vais réfléchir à votre proposition.

Sans le problème de « face », il aurait dit oui tout de suite. La distribution d'amphétamines était une mine d'or.

Chris Jones et Milton Brabeck regardaient avec des yeux émerveillés l'énorme torpille humaine japonaise de la Seconde Guerre mondiale où un kamikaze chevauchait un cylindre d'une quinzaine de mètres chargé d'explosifs. Naviguant juste en dessous de la surface de la mer, grâce à un périscope, il allait se jeter sur les navires de guerre américains.

— *My god!* soupira le gorille, ces types ne sont pas comme nous. Heureusement qu'on les a « nukés[1] ».

— On avait calculé qu'un million d'Américains seraient tués s'ils envahissaient le Japon, précisa suavement Nobuko. Et plus de trois millions de Japonais. L'empereur était très respecté.

Finalement, Hiroshima avait été une bénédiction…

La Japonaise les avait emmenés d'abord au sanctuaire des héros et de là, au musée de la Guerre qui le jouxtait. Les deux gorilles avaient observé les gens venant s'incliner devant le sanctuaire.

Depuis qu'ils avaient repéré plusieurs McDo, ils

1. Atomisés.

avaient retrouvé leur sérénité. Ayant fait jurer à Malko qu'il ne mentionnerait jamais à personne l'épisode sulfureux du dîner yakuza.

Nobuko s'écarta pour répondre sur son portable et revint vers Malko, les yeux brillants.

– C'était Katagiri-San. Il envoie une voiture ce soir à six heures, à l'hôtel.

– C'est bon signe ?

– Je pense.

Malko, en repassant devant le sanctuaire, prit quelques pièces de monnaie et les lança dans le bassin, sous l'œil attendri d'un vieux militaire, étonné de voir un *gaijin* rendre hommage aux morts des armées japonaises.

Par pure superstition, il voulait mettre toutes les chances de son côté.

CHAPITRE XVII

L'énorme Rolls-Royce Phantom V grenat tranchait sur les taxis alignés devant le *Grand Hyatt*. Dès que Nobuko, Malko et les deux gorilles sortirent de l'hôtel, un Japonais en col roulé jaillit de la Rolls et ouvrit les portières arrière, commençant un cycle de courbettes qui ne s'arrêta que lorsque tout le monde fut monté.

– Il l'a louée ! souffla Nobuko à Malko. Il veut t'impressionner.

Sa Lexus suivait, avec Chris Jones et Milton Brabeck.

Vingt minutes plus tard, l'énorme limousine qui pouvait à peine entrer dans la ruelle où se trouvaient les bureaux du yakuza stoppait devant.

On parqua les deux gorilles dans la salle de conférences, sous l'aigle en quartz rose, et Malko, accompagné de sa traductrice à la voracité sexuelle intacte après, pourtant, plusieurs jours de prestations quasi ininterrompues, pénétra dans le bureau de Shigeta Katagiri.

Ce dernier se leva avec solennité et, après les courbettes rituelles, lança une phrase gutturale, traduite aussitôt par Nobuko.

– Nous allons procéder à la cérémonie du *sayazuki-goto* !

C'est alors que Malko remarqua un petit guéridon en face du bureau, sur lequel étaient posés un carafon en grès et deux tasses de porcelaine, devant un panneau portant quelques caractères japonais.

– Qu'est-ce que c'est ? demanda-t-il.

– En principe, la cérémonie d'initiation pour les nouveaux membres, expliqua Nobuko. Ici, c'est plutôt pour sceller votre accord.

Malko dissimula sa satisfaction. Il était en train de franchir le premier obstacle.

Shigeta Katagiri versa du saké dans les deux tasses, leva la sienne, la choqua à celle de Malko et prononça quelques mots. Lorsque les tasses furent vides, il ajouta encore quelques mots sur un ton emphatique.

– Il souhaite à votre entreprise mille ans de prospérité, traduisit Nobuko.

Malko se dit qu'il se contenterait de quelques semaines, mais il ne fallait pas insulter l'avenir…

Re-courbettes. Le pacte était scellé.

– Il va te faire rencontrer son associé, le très honorable Aizu Kotetsu, annonça la Japonaise. C'est le chef de la Société du dragon bleu qui a des liens avec la Kokusui Kai. Ce sont des *uyokus* très violents qui ont déjà assassiné plusieurs intellectuels de gauche.

Ils s'installèrent tous les trois à l'arrière de la Rolls-Royce. La Lexus était derrière avec les gorilles.

– Nous allons à Kita-Ku, expliqua Nobuko ; dans le nord.

Quarante minutes plus tard, la Rolls pénétrait dans

une grande cour où étaient alignées une douzaine de 4×4 blanc et noir, décorés de caractères rouges et d'un sigle représentant un flamboyant dragon bleu qu'on aurait pu croire dessiné par Yves Klein.

Un homme au bouc bien taillé, élégant, sec comme un coup de trique, le cheveux ras, s'inclina profondément devant Malko et lança une phrase d'une voix de stentor.

— Il vous souhaite dix mille ans de félicité pour votre combat contre les Rouges, traduisit Nobuko.

Ils pénétrèrent dans un bureau encombré. Dans un coin, un homme accroupi polissait la lame d'un énorme sabre. Il se leva vivement pour une profonde courbette, puis reprit son occupation.

Ils s'installèrent tous autour d'une table basse et Nobuko se mit à traduire.

— Notre ami Kotetsu-San dispose d'une centaine d'hommes déterminés, expliqua le yakuza. Dès que vous aurez des éléments précis, nous leur dirons comment procéder.

— Cela risque d'être violent, souligna Malko. Les gens de la Chosen Soren ne vont pas se laisser faire.

Aizu Kotetsu lança une phrase rapide, sans hésiter, avec un large sourire.

— Il vous remercie de lui donner l'occasion de trancher quelques têtes de ces dragons venimeux...

Dans sa bouche, ce n'était pas une métaphore. L'homme au sabre s'était levé et effectuait des moulinets, fléchi sur les genoux. Il alla dans un coin où se trouvait un mannequin, poussa un cri sauvage, tourbillonna sur lui-même, le sabre fendit l'air et la tête du mannequin vola à dix mètres...

Chris et Milton n'en croyaient pas leurs yeux...
C'était le Japon traditionnel.

– Putain ! fit Milton Brabeck, j'ai l'impression de
regarder *Kill Bill.*

– *Yeah !* rétorqua Chris Jones. Seulement, ici, ce
n'est pas du cinéma.

Devant l'admiration visible des deux Américains,
Aizu Kotetsu proposa aussitôt :

– Nous pourrions former vos hommes en quelques
semaines. Cela peut être très utile et le sabre impres-
sionne beaucoup les gens.

L'essentiel étant dit, Shigeta Katagiri se leva. L'en-
tretien était terminé. Dans la Rolls, Nobuko se tourna
vers Malko, après un bref conciliabule avec le yakuza.

– Notre ami voudrait savoir comment vous pensez
partager cet argent.

– Que propose-t-il ?

– 80-20.

– Pour qui les 80 ?

Le yakuza éclata de rire à cette bonne plaisanterie.

– Pour lui, bien sûr, qui va exposer la vie de ses
hommes et doit rétribuer ceux du Dragon Bleu.

Malko sourit poliment.

– Certes ! Mais *moi*, je lui apporte les informations
pour savoir où et quand frapper... 50-50.

Le yakuza rit encore, mais Malko pouvait discerner
dans ses prunelles sombres une lueur dangereuse. Ce
n'était pas un allié facile. Quand ils passèrent devant
l'hôtel *Impérial*, à l'entrée de Ginza, ils étaient tombés
sur 60-40 au profit du yakuza. Malko lui aurait bien
donné 100 %, mais Shigeta Katagiri aurait eu des soup-
çons.

La CIA trouverait toujours à utiliser les 40 %. Même avec le dollar à 150 yens cela ferait beaucoup d'argent. Ils se séparèrent sur un festival de courbettes. Chris Jones remarqua, un peu vexé, en rejoignant Malko :

— Avec des gus pareils, vous n'avez pas besoins de « baby-sitters ».

— Qu'est-ce que vous voulez faire exactement ? demanda Milton Brabeck alors qu'ils roulaient vers le *Grand Hyatt*, de nouveau dans la Lexus.

— Les Nord-Coréens du Japon possèdent un énorme trésor de guerre à Tokyo, expliqua Malko. Ils vont le transférer hors du pays, avec l'aide de trafiquants de drogue. Mon idée est d'intercepter ce transport et de s'emparer de l'argent.

Les deux gorilles en restèrent bouche bée. D'une voix étranglée, Chris Jones remarqua :

— C'est totalement *unlawful*[1]. On va être mêlés à ça ?

— Non, promit Malko, vous êtes là *seulement* pour ma protection. Et, dites-vous que ceux que vous avez vus sont des agneaux comparés aux Nord-Coréens.

Il n'avoua pas qu'il lui manquait encore l'essentiel, les modalités et la date de l'exfiltration du trésor de guerre de la Corée du Nord.

***

— Mille années de bonheur à notre Cher Leader, camarade, lança Chok Dojin en pénétrant dans le bureau austère du président de la Chosen Soren, Choi Ju Hwal.

1. Illégal.

Celui-ci était si froid qu'il en paraissait mort. Il esquissa à peine un sourire et demanda d'une voix détachée :

— Combien ?

Il connaissait parfaitement la somme qui avait été comptée et recomptée depuis son arrivée.

— Cinquante-sept milliards de yens, camarade président, claironna la Nord-Coréenne.

Cela faisait quand même trois cent quatre-vingts millions de dollars. Choi Ju Hwal vérifia le chiffre sur un papier placé devant lui et conclut :

— Il n'y a plus qu'à attendre. Le *Pong-Su* est déjà sur zone depuis plus de quarante-huit heures. Vous pouvez charger les colis en combien de temps ?

— Deux à trois heures. Il faudra faire entrer le véhicule dans la cour.

— Bien.

Il était nerveux, pas à cause des Japonais, mais des Américains et des Sud-Coréens. Ces derniers interceptaient toutes les communications de Pyongyang et les Américains avaient toujours à Tokyo ce chef de mission qui avait déjà sévi à Macao et à Hong Kong. Dès qu'il aurait la date exacte du transfert, Choi Ju Hwal le ferait éliminer. Les Américains au Japon étaient lents et vivaient sur leurs lauriers. Le temps qu'ils réagissent, l'argent de la Chosen Soren serait loin. Cette fois, il ne sous-traiterait pas, et utiliserait des agents du général Kim Shol-su.

***

Le commandant du *Pong-Su* avançait dans la brume à toute petite vitesse, donnant de fréquents coups de sirène. Le vent était tombé et la visibilité nulle. Ce qui ne lui déplaisait pas. Le colonel Woo Si-yun pénétra dans la dunette, une carte à la main.

— Nous sommes sur la zone, annonça-t-il. Stoppez les machines et commencez le largage. Tout doit être terminé dans une heure.

Les manœuvres commencèrent immédiatement. Les panneaux de cale avaient déjà été déplacés et des grues montaient les colis renfermant la drogue, regroupés par quatre. Chaque « unité » comportait une balise radio émettant dans un faible rayon, sur une fréquence peu usitée, afin de permettre son repérage par le navire japonais qui allait récolter cette pêche miraculeuse. Le *Pong-Su* s'immobilisa totalement, aux coordonnées déterminées par le GPS.

Aussitôt, le palan pivota et commença à descendre la première cargaison dans la mer.

En moins d'une heure, le chargement de métamphétamines était à l'eau. Attachés les uns aux autres avec des cordes, les colis flottaient, pratiquement invisibles de loin.

— On repart, ordonna le capitaine.

Le *Pong-Su* mit cap au nord et commença à s'éloigner. Son rôle consistait à rester dans les eaux internationales en attendant les ordres pour récupérer la cargaison à rapporter en Corée du Nord. Le signal serait donné par Pyongyang.

Le brouillard commença à se lever. Installé sur la dunette, le colonel Woo Si-yun balayait l'horizon avec ses jumelles. Il poussa soudain une exclamation satisfaite.

Un autre navire venait d'apparaître, à une dizaine de milles, se dirigeant vers la zone d'où ils venaient.

Le navire battant pavillon japonais qui allait récupérer la drogue. Il conserva les jumelles vissées à ses yeux. Jusqu'à ce qu'il ait vu l'autre bâtiment stopper. L'opération se déroulerait parfaitement.

*
* *

Hitumi Kemiko sentit les battements de son cœur s'accélérer lorsque l'employé de la réception du *Terazuya* lui tendit une enveloppe fermée.

C'était un mot de Kogai, le dealer, lui fixant rendez-vous à six heures au *E.A.D.*, un petit café situé non loin de la gare. Elle avait juste le temps de s'y rendre. Kogai l'accueillit avec un large sourire.

— La marchandise arrive demain matin à l'aube.

— C'est sûr ?

— Oui.

— On se retrouve près du bateau ? ne put-elle s'empêcher de demander.

Kogai lui jeta un regard méfiant.

— Non. Ici demain, à huit heures. Tu paies, tu prends la came et tu te tires !

Il descendit de son tabouret et s'éloigna. Hitumi se maudissait. Ces gens étaient extrêmement méfiants et elle avait commis une erreur. Pourvu que cela n'ait pas de conséquences... Elle attendit d'être de retour dans sa chambre pour activer son portable.

— Le bateau arrive demain matin, annonça-t-elle à Malko. Vers sept heures, je crois.

— Vous connaissez son nom ?

— Pas encore.

— Il faut absolument l'apprendre, insista-t-il.

– Je vous rappelle dès que je l'ai, promit Hitumi Kemiko.

*
* *

Shigeo Nishigushi, le responsable de la Sumiyoshi Kai, avait donné rendez-vous à un représentant de la Chosen Soren au bar de l'hôtel *Ana*, désert à cette heure.

– Nous avons un problème, annonça-t-il. Mon contact à Matsue a repéré une femme qui se trouve là-bas depuis plusieurs jours et prétend être une acheteuse de drogue. Or, aujourd'hui, elle a posé des questions inquiétantes. Elle voulait connaître le nom du navire amenant la marchandise. Il pense qu'elle travaille pour les Stups.

L'homme de la Chosen Soren se figea. Les Stups étaient le seul service japonais qui leur causait des soucis. En plus, ils coopéraient avec la DEA américaine qui recueillait de nombreux renseignements électroniques.

– Il faut éliminer cette femme, trancha-t-il.

Le Japonais, ignorant la suite des opérations, ne comprit pas cette réaction violente.

– Attends ! fit-il prudemment. À Matsue, on n'a personne pour ce genre de travail. Et puis, liquider un flic, c'est sérieux. On va la suivre et surtout veiller à ce qu'elle ne recueille pas d'informations dangereuses.

*
* *

Il faisait plus que frais et Hitumi Kemiko frissonnait. Son thé avait refroidi lorsque Kogai fit son entrée dans l'*E.A.D.* Il avait un sac de sport qu'il posa par terre et semblait plus tendu que d'habitude.

— O.K., tu as l'argent ?

— Combien ?

— Deux millions.

Elle sortit des liasses de son sac et il les compta rapidement, avant de les enfouir dans ses poches. Levant la tête, il demanda d'une voix égale :

— Tu as ton portable ?

— Oui, bien sûr.

Elle le sortit de son sac et le lui tendit. Sans s'en servir, il le mit dans sa poche et se leva.

— Mes amis sont prudents ! expliqua-t-il. Je te le rendrai quand tu reviendras. Et puis, tu peux t'en acheter un autre avec tout l'argent que tu vas gagner !

Il sortit, laissant le sac de sport sur le sol. Hitumi avait du mal à empêcher ses mains de trembler. Elle ramassa le sac de sport et sortit. Il fallait coûte que coûte trouver le nom du bateau. Elle ne voyait qu'un seul moyen. Elle prit un taxi et se fit conduire à la capitainerie du port.

L'homme de quart l'accueillit avec un sourire, surpris.

— Qu'est-ce que je peux faire pour toi ? demanda-t-il.

— J'ai un copain qui arrive ce matin, expliqua-t-elle, mais j'ai perdu le nom de son bateau. Il y en a beaucoup qui sont arrivés ce matin ?

— Un seul, dit-il, le *Chikuzen*. Il est au quai n° 6.

— *Domo, domo arigato*, remercia la jeune femme.

En s'éloignant, elle avait envie de faire des bonds de joie. Elle arrêta un taxi et se fit conduire directement à la gare. Tant pis pour le portable.

Pour être certaine de ne pas l'oublier, elle nota le nom du bateau sur un petit carnet.

Kogai, le dealer, étouffait de rage en redescendant de la capitainerie. Il avait suivi son acheteuse depuis le café et s'était renseigné à la capitainerie. Désormais, il était édifié.

— La salope ! pensa-t-il, c'est un flic.

Il appela aussitôt son correspondant de Tokyo. Qui bondit au plafond.

— Tu as bien fait de lui prendre son portable, dit-il. Où est-elle ?

— Elle prend le train.

— Prends-le avec elle. On se retrouvera à la gare. Tu me la montreras et on avisera.

Hitumi Kemiko ne se sentit rassurée que dans le train pour Kyoto. Là, elle changerait pour un train Shinkansen [1] qui l'amènerait à Tokyo en deux heures vingt. Elle n'avait même pas eu le temps de téléphoner d'une cabine, aussi s'adressa-t-elle à sa voisine :

— *Dozo* [2]. On m'a volé mon portable. Pourriez-vous me prêter le vôtre pour que je prévienne la personne qui vient me chercher ?

Bien entendu, sa voisine accepta et Hitumi Kemiko composa le numéro de Malko. Il était sur messagerie et elle laissa un message expliquant à quelle heure elle arrivait à la gare centrale.

1. TGV japonais.
2. S'il vous plaît.

Se demandant si elle allait garder la drogue ou la jeter, elle décida de la conserver : cela pouvait être une pièce à conviction. Cela l'excitait beaucoup de faire ce genre d'enquête ! C'était plus amusant que de traduire des documents insipides. En plus l'idée d'avoir gagné soixante-quinze mille yens pour ses cinq jours à Matsue la grisait.

*
* *

La Ueno Station était un immense caravansérail où arrivaient la plupart des trains venant de la province. Des milliers de voyageurs y transitaient sans arrêt. Malko attendait à la porte Asakuza, juste en face de la voie du Shinkansen, accompagné des deux gorilles qui regardaient les Japonais se ruer sauvagement sur les trains déjà bondés.

Le train de Kyoto entra en gare. Au bout de quelques instants, il aperçut enfin Hitumi descendre d'un wagon et elle le vit aussi, lui adressant un petit signe de la main.

– Elle est mignonne ! remarqua Milton Brabeck. On dirait une poupée.

Malko repéra soudain un homme qui cherchait visiblement à se rapprocher de la jeune femme, bousculant les gens dans son sillage.

Un torrent d'adrénaline fit gonfler ses artères et il hurla :

– Hitumi ! Attention !

Son appel se perdit dans le brouhaha de la gare.

L'homme derrière Hitumi s'était rapproché. Jeune, avec de grosses lunettes. Il allongea le bras et il y eut trois claquements secs, comme des bouchons de champagne.

Hitumi partit en avant comme si elle avait trébuché et s'effondra de tout son long.

Cette fois, Chris et Milton avaient vu la scène. Dégainant leurs pistolets, ils fonçaient déjà à contre-courant de la foule des voyageurs. Des gens commençaient à s'attrouper autour de la jeune femme allongée sur le quai. L'homme qui avait tiré sur elle s'enfuyait en courant. Les deux gorilles le virent mais impossible de tirer dans cette foule compacte... En quelques secondes, il se fut noyé dans les flots sortant de la gare.

Malko était déjà accroupi à côté de Hitumi Kemiko. Il la retourna avec précautions et aperçut son regard vitreux. En tombant, elle s'était blessée au visage et elle ne respirait plus.

Deux policiers arrivèrent, écartèrent les badauds. Malko était en train d'appeler Kaoru Omoto.

* **

— Le pistolet est un Black Star chinois, annonça le policier en tenant l'arme par le bout du canon. Importé frauduleusement. Il ne mènera nulle part. Elle était en possession d'un sac contenant quatre cents sachets d'hilopan.

— Je sais, dit Malko, c'est moi qui lui avais donné l'argent pour l'acheter. C'était sa couverture.

Il contenait sa fureur, ignorant toujours le nom du bateau qui avait apporté la drogue et allait probablement remporter le trésor des Nord-Coréens. On avait jeté un drap sur le corps de Hitumi Kemiko. Les passants s'écartaient, indifférents ; tous les jours, des voyageurs mouraient d'une crise cardiaque dans un lieu public. Personne ou presque n'avait remarqué le tueur.

Malko était même incapable de le décrire de façon précise. Un jeune Japonais, avec des lunettes, vêtu d'une veste de cuir et d'un jean.

— Je peux inspecter son sac ? demanda-t-il.

L'inspecteur Omoto le lui tendit. Malko commença à le fouiller soigneusement : il ne contenait que des papiers, du maquillage, des clefs, de l'argent et un petit carnet. Il l'ouvrit et tomba, dès la première page, sur une inscription en biais. Quatre caractères japonais.

— Qu'est-ce que cela veut dire ? demanda-t-il au policier.

Ce dernier y jeta un coup d'œil.

— *Chikuzen*. C'est probablement le nom d'un bateau.

Malko regarda la forme étendue sous le drap. Peut-être que Hutimi n'avait pas sacrifié sa jeune vie pour rien, après tout. Penauds, les deux gorilles gardaient la tête baissée. Malko les réconforta.

— Au mieux, vous auriez abattu le tueur, mais vous ne l'auriez pas sauvée, dit-il. Il est arrivé derrière elle et lui a tiré dans le dos. Il était dans le train ou l'attendait sur le quai.

Comment ses adversaires avaient-ils soupçonné la jeune femme ?

*
* *

Perdu dans la foule, Hinoko Matsuba, un journal ouvert à la main, surveillait les trois étrangers. Le tueur venu d'Okinawa avait bien travaillé. Un homme le rejoignit. Un Coréen de la Chosen Soren. Après un bref coup d'œil en direction de Malko, il dit à voix basse :

— C'est lui, ce salaud de *seungniané mijé*[1]. On ne le lâche plus. Tu as d'autres gens ?

— Oui. Ils sont venus à trois d'Okinawa.

— Tu connais les ordres. Rends-moi compte.

— Il est protégé, observa Hinoko Matsuba.

L'homme de la Chosen Soren lui jeta un regard méprisant.

— Tes hommes sont des professionnels et doivent avoir l'esprit de sacrifice.

Ces jeunes tueurs arrivaient d'Okinawa pour se faire une place au soleil. Le seul moyen était de prendre des risques. Beaucoup de risques. La peine de mort existait toujours au Japon.

Hinoko Matsuba emboîta le pas aux trois *gaijin* qui sortaient de la gare. Le plus dur restait à faire.

— Le *Chikuzen* est un gros chalutier basé à Matsue, annonça Philip Burton. Son propriétaire est une coopérative de pêche. Il est totalement inconnu de la police et des Stups.

— Il est toujours à Matsue ?

— Non. Il est reparti quelques heures après son arrivée.

— Si mon raisonnement est juste, dit Malko, c'est lui qui doit servir à transporter l'argent de la Chosen Soren.

L'Américain le regarda, sceptique.

— Il viendrait le chercher à Tokyo ? De Matsue, il

1. Agent américain.

faut contourner tout le Japon. Voulez-vous que je le signale aux *coast guards* japonais ?

— Surtout pas ! Il faut qu'ils se croient en sécurité, sinon, ils changeront leurs plans.

Philip Burton n'insista pas. Après un moment de silence, il demanda presque timidement :

— Si vraiment ce bateau vient à Tokyo, comment pensez-vous procéder ? Il y a déjà un mort dans cette affaire, cette malheureuse journaliste.

— Il risque d'y en avoir d'autres, conclut Malko. Mon nouvel « associé », Shigeta Katagiri, a avec lui une bande de fous furieux qui haïssent les Nord-Coréens. Ils rêvent de les découper en tranches.

— En plein Tokyo ?

— Ce n'est pas impossible…

Devant l'expression de l'Américain, il ajouta froidement :

— On ne fait pas d'omelette sans casser des œufs. S'il y a des victimes, ce seront des voyous.

— Il y a aussi beaucoup de monde qui circule dans Tokyo, remarqua le chef de station. En cas de dommages collatéraux, les Japonais vont réagir.

— Ils n'ont qu'à faire le ménage eux-mêmes, trancha Malko. Si j'ai un conseil à vous donner, dites-en le moins possible à Langley.

Cela risquait de saigner. Ni les Nord-Coréens ni les Japonais n'étaient des tendres et il allait se trouver au milieu. Il valait mieux que l'honorable yakuza n'apprenne pas son appartenance à la CIA.

CHAPITRE XVIII

Le *Chikuzen* filait droit vers le sud, à une dizaine de milles de la côte japonaise. Il lui fallait un jour et demi pour atteindre le détroit de Kita-Kyushu qui lui évitait un plus grand détour vers le sud. Ensuite, il remonterait le long de la côte est vers Tokyo. Battant pavillon japonais et n'ayant aucune cargaison à bord, il ne risquait rien des garde-côtes.

Le retour, après avoir chargé sa précieuse marchandise à Tokyo, serait plus problématique. Il remonterait vers le nord, en passant par le détroit de Tsuguru, et, ensuite, dans les eaux internationales, retrouverait le *Pong-Su* pour y transférer sa cargaison.

Pyongyang avait refusé de procéder comme avec la drogue, en jetant les containers de billets à la mer. Trop risqué. Ils exigeaient donc un rendez-vous bref en un lieu déterminé, dont les coordonnées GPS seraient transmises par Pyongyang.

Le *Chikuzen* ne devait pas rester plus de quelques heures dans le port de Tokyo, afin de ne pas éveiller l'attention. Il n'y avait pas de port de pêche à Tokyo. Heureusement, l'argent tiendrait peu de place et pourrait être facilement dissimulé dans les cales vides, sous une couche de caisses de poissons.

Le représentant de la Chosen Soren pénétra sur la dunette et se pencha sur la table des cartes.

– Nous sommes dans les temps ?

– Absolument, confirma le capitaine. Nous atteindrons Tokyo dans quatre jours.

Le restaurant *Oriental Wave* occupait tout le quatrième étage de l'immeuble. On y accédait par l'ascenseur et il était découpé en plusieurs salles séparées par des cloisons à mi-hauteur. En plein cœur de Roppongi, c'était un des meilleurs chinois. Après l'incident de la gare de Tokyo, c'est Nobuko qui l'avait choisi pour dîner. Elle y venait régulièrement.

Choqué par la mort de Hitumi Kemiko, la Japonaise semblait perplexe.

– Les yakuzas utilisent rarement les armes à feu, difficiles à trouver au Japon, remarqua-t-elle. Pour avoir agi ainsi, ils devaient avoir une raison impérieuse.

– Ce meurtre conforte mon hypothèse, conclut Malko. Hitumi Kemiko ramenait à Tokyo le nom d'un chalutier japonais qui venait de rentrer à Matsue avec une cargaison de drogue nord-coréenne récupérée en pleine mer. Je pense que c'est le même bâtiment qui doit venir chercher à Tokyo l'argent de la Chosen Soren. Les armateurs du chalutier ont dû soupçonner Hitumi de s'y intéresser et l'ont supprimée, sans savoir qu'elle avait noté son nom, le *Chikuzen*, dans son carnet. Bizarrement, on n'a pas retrouvé son portable et elle m'a appelé du train sur un autre portable.

— Avec le nom, vous aurez facilement le signalement du *Chikuzen*, remarqua Nobuko. Les YS 11 [1] de la *coast guard* japonaise le repéreront facilement. Ce sont eux qui contrôlent la mer du Japon. S'il doit rallier Tokyo, il ne va pas s'éloigner des côtes.

— Je ne veux surtout pas l'alerter, dit Malko. Ils doivent croire que Hitumi a emporté son secret dans la tombe. Sinon, ils risquent d'annuler l'opération.

On leur apporta des empilements de « dim-sum », spécialité de la maison. Chris Jones et Milton Brabeck les regardèrent avec méfiance :

— On dirait des escargots ! fit Milton Brabeck. Ce n'est pas de la nourriture de Blanc, ça.

Ils étaient assis, face à face, à côté de Nobuko et de Malko. Le restaurant était à moitié plein. Deux hommes vinrent s'installer à la table voisine, face à Malko et à Chris Jones. Tous attaquèrent les « dim-sun », même les deux gorilles, quoique d'un air dégoûté.

Ils les avaient presque terminés quand Malko vit soudain un de ses voisins lever la main, comme pour signaler sa présence. Il aperçut alors un homme qui se dirigeait dans leur direction, vêtu d'une combinaison bleu sombre, fermée par un Zip sur toute sa longueur.

Un Asiatique, très jeune.

En s'approchant de leur table, il plongea la main dans sa poche, sortant un pistolet automatique.

Chris Jones avait déjà réagi. En une fraction de seconde, il se leva, arrachant son 357 Magnum de son

_____
1. Appareils de reconnaissance.

holster. L'agresseur n'eut même pas le temps de viser. Le revolver de Chris tonna et il fut rejeté en arrière, basculant sur une table voisine.

Malko et Milton Brabeck s'étaient levés à leur tour. Ils n'eurent pas le temps de se réjouir. Un des deux convives de la table voisine avait, à son tour, sorti un pistolet de sa ceinture. Le tenant à deux mains, il ouvrit le feu.

Les détonations claquèrent à toute vitesse : il vidait son chargeur sur le groupe des trois étrangers.

Malko eut soudain l'impression qu'on lui enfonçait un couteau chauffé à blanc dans le côté droit. Le souffle coupé, il retomba sur sa chaise.

Le silence se fit brutalement. Le jeune tueur regardait stupidement la culasse ouverte. Libérant son chargeur vide, il le fit tomber à terre. Il était en train d'en prendre un autre dans sa poche quand Chris et Milton tirèrent en même temps. L'Asiatique sembla pris de la danse de Saint-Guy, le corps secoué par les impacts, puis sa tête éclata et il tomba en arrière.

Le silence se fit à nouveau pendant quelques secondes, rompu par les hurlements des clients terrifiés.

Les deux tueurs étaient étendus dans des mares de sang et les deux gorilles, armes au poing, surveillaient tout ce qui bougeait. C'est alors que Chris Jones remarqua le visage livide de Malko.

– *Jesus-Christ! You're hit*[1]!

Nobuko ouvrit la veste de Malko. Tout le côté droit de sa chemise n'était plus qu'un placard de sang. Elle attrapa une serviette et la pressa contre la blessure. Le

_____
1. Mon Dieu, vous êtes touché !

patron du restaurant arrivait, affolé. Le second occupant de la table voisine avait disparu.

– On l'emmène à l'hôpital ! lança Nobuko.

Déjà, elle appelait sa « chauffeure » sur son portable. Malko avait du mal à marcher. Soutenu par Milton Brabeck, le front couvert de sueur, il réussit à gagner l'ascenseur. Il souffrait beaucoup, mais respirait normalement. Une fois dans la Lexus, il se laissa aller, au bord de la syncope.

– La fille est morte et l'Américain est grièvement blessé, annonça Hinoko Matsuba au responsable de la Chosen Soren.

– Et vos hommes ?

– Deux ont été tués par ses gardes du corps.

La fin d'une carrière prometteuse.

– Ils peuvent mener quelque part ? demanda le Nord-Coréen.

– Non, ils sont arrivés avant-hier d'Okinawa. Ils sortaient de prison. Ils avaient reçu chacun un million de yens. Ils seront identifiés, mais cela s'arrêtera là.

– Parfait, approuva le Nord-Coréen.

La route était enfin libre pour la dernière partie de l'opération. Il n'y avait plus qu'à attendre l'arrivée du *Chikuzen*.

Bourré d'antibiotiques, un gros pansement sur son flanc droit, Malko émergea du Minatu Hospital dans un état second, entre la réaction, le choc de la blessure et les calmants. Heureusement, la balle de 9 mm du calibre .38 avait traversé son flanc sans toucher aucun organe vital. Il en était quitte pour une grosse hémorragie et deux cicatrices rondes, à l'entrée et à la sortie. Chris Jones l'installa à l'arrière de la Lexus et soupira :

— C'est un putain de miracle ! Ce type a tiré huit fois et il a touché une fois ! À deux mètres de distance.

— *God is positively on our side*[1] *!* conclut en écho Milton Brabeck, membre actif d'une secte presby-térienne. J'ai toujours pensé qu'il n'aimait pas les *gooks*.

Malko se sentait trop fatigué pour participer à cette discussion quasi philosophique. Arrivés au *Grand Hyatt*, Nobuko le déshabilla, ne lui laissant que son gros pansement.

— Je vais te masser, proposa-t-elle, tes muscles sont tout contractés.

Il y avait de quoi. Peu à peu, il se détendit, mais quand elle voulut le retourner, il poussa un cri de dou-leur. L'effet des calmants commençait à s'estomper. Le médecin avait prévu quatre jours de repos pour une cicatrisation complète. Malko voyait encore la flamme sortir du canon du pistolet et ses tympans résonnaient des détonations sèches.

Il s'assoupit sous les doigts pleins de douceur de Nobuko.

*
**

1. Dieu est définitivement de notre côté.

Les messages s'accumulaient dans le bureau de Philip Burton. D'abord, un avion patrouilleur américain P3-C avait repéré le *Chikuzen* longeant la côte est du Japon grâce à la description du chalutier récupéré dans un annuaire maritime. Volant à haute altitude, le P3-C ne risquait pas d'alerter sa cible. Le *Chikuzen* filait à quinze nœuds en direction du sud.

Cela, c'était le côté positif.

Pour le négatif, il y avait un long télégramme crypté de la Direction des Opérations de la CIA, élevant les plus vives réserves sur le projet de Malko, même s'il n'impliquait pas de sujets américains. Les États-Unis étaient en train de négocier avec la Corée du Nord et une affaire comme celle-là serait considérée comme une provocation… Donc, la décision était tombée : on démontait !

Il n'y avait plus qu'à prévenir Malko…

Ce qui venait de se passer à l'*Oriental Wave* n'encourageait pas à poursuivre. Deux morts de plus et des explications à fournir aux Japonais. Avec Hitumi Kemiko, cela faisait trois cadavres japonais.

Philip Burton se sentait *très* mal.

– Les deux tueurs étaient arrivés d'Okinawa la veille, annonça l'inspecteur Omoto. Deux jeunes gens du Sud aux abois. Regardez.

Il tendit à Malko des photos prises à la morgue : les deux corps étaient entièrement tatoués, des pieds à la tête ! Ensuite, l'*Asahi Shimbun* avec une manchette sur huit colonnes :

« *Shoot out at Oriental Wave restaurant panics twenty diners! Police on alert for more violence*[1]. »

Le reste de l'article parlait de deux tueurs et d'étrangers qui en étaient la cible et avaient riposté.

Malko pâlit.

– *Himmel !* Il faut absolument communiquer aux journaux que les étrangers qui ont riposté sont interrogés par la police !

Si les journaux révélaient que les deux Américains étaient membres de la CIA, Shigeta Katagiri allait se poser des questions. Malko était supposé être un voyou, pas l'agent d'une Agence fédérale américaine.

Évidemment, l'inspecteur Omoto ignorait son marché avec le yakuza.

– Que se passe-t-il avec Chris Jones et Milton Brabeck ? demanda-t-il au Japonais.

– Ils sont interrogés par la Municipal Police. Je crois que Burton-San s'en occupe.

– Merci, dit Malko, je vais me reposer.

Le Japonais d'éclipsa poliment et Malko sauta aussitôt sur son portable, appelant le chef de station de la CIA.

– Personne ne doit savoir qui sont réellement Chris et Milton, avertit-il lorsqu'il eut l'Américain en ligne.

Philip Burton le rassura immédiatement.

– N'ayez crainte : j'ai passé un deal avec les Japonais. Ils vont les « expulser ».

– Parfait ! approuva Malko.

—————

1. « Une fusillade au restaurant *Oriental Wawe* provoque la panique parmi les clients. La police craint d'autres violences. »

Sans réaliser tout de suite que Philip Burton semblait plutôt satisfait de cette solution qui privait Malko de « baby-sitters ». Ce dernier n'eut pas le temps de se poser de questions. Nobuko ouvrait la porte à Shigeta Katagiri.

L'air grave, le yakuza s'inclina trois fois devant le lit de Malko et Nobuko traduisit son discours.

— Il vous souhaite un prompt rétablissement et s'inquiète pour vos hommes.

— Rassurez-le, dit Malko. Comme ils étaient en état de légitime défense, ils vont simplement être expulsés du Japon. Dites-lui que c'est votre mari qui s'est occupé de leur cas.

Shigeta Katagiri écouta les explications de la jeune femme et parut s'en satisfaire. Il remarqua simplement :

— La Sumiyoshi Kai est décidée à se défendre. Avez-vous du nouveau ?

— J'ai le nom du bateau, dit Malko. Mais ils l'ignorent.

— Pourquoi ont-ils voulu vous tuer, dans ce cas ?

— Parce que je leur fais peur.

— Quand saurez-vous la date d'arrivée de ce navire dans le port de Tokyo ? insista le Yakuza.

— C'est une question de jours, assura Malko.

— Il faut aussi savoir où il va s'amarrer, souligna Shigeta Katagiri. Le port de Tokyo est immense, il y a des dizaines d'endroits ou un navire de cette taille peut accoster. C'est impossible de surveiller en permanence tous les quais.

— Je sais, reconnut Malko.

Visiblement soucieux, le yakuza laissa tomber :

— Je vais essayer de trouver un moyen de le savoir.

Il repartit, le visage fermé.

Malko n'arriva pas à se reposer. Comment trouver

l'endroit où le *Chikuzen* allait accoster ? Sans cette information, tout son plan s'effondrait.

Il était encore plongé dans ses réflexions lorsque Philip Burton débarqua à son tour. Lui aussi avait l'air préoccupé.

Il prit longuement des nouvelles de Malko, lui raconta ses tractations avec la police japonaise qui avait accepté de relâcher les deux gorilles en leur confisquant leurs armes, et lâcha finalement :

— Nous avons un problème avec Langley !

— Lequel ?

— La Maison Blanche ne veut plus de l'opération.

Malko crut avoir mal entendu.

— Ce sont *eux* qui sont demandeurs, depuis le début ! Ils sont devenus fous ?

— Non, ils négocient avec les Nord-Coréens et craignent que ceux-ci prennent prétexte de cette affaire pour rompre les pourparlers. Parce qu'ils comprendront vite que nous sommes derrière.

— Ils se font rouler dans la farine !

— Je sais, reconnut piteusement le chef de station, mais le DDO a reçu une note comminatoire de la Maison Blanche : on arrête tout. Si vous aviez été en forme, on vous remettait dans l'avion pour éviter les tentations. Bien sûr, on vous félicite pour l'extraordinaire travail que vous avez fait...

— Alors, qu'est-ce que je dis à mon yakuza ?

— Rien, vous laissez tomber.

Malko se dit qu'heureusement, Shigeta Katagiri ignorait le nom du *Chikuzen*. Sans cette information, il ne pouvait rien faire.

Philip Burton ne savait plus où se mettre.

– Les ordres sont clairs ! insista-t-il. Vous démontez. Moi, je suis obligé de renvoyer vos « baby-sitters » aux États-Unis. Je suis désolé, c'est la politique. George W. Bush veut absolument obtenir un deal avec les Nord-Coréens. Il emploie la carotte et le bâton. Vous, c'est le bâton : on vient de passer en période « carotte ».

Malko préféra ne pas répondre.

Il était six heures du soir. Malko avait somnolé tout l'après-midi pour le deuxième jour consécutif, quand Nobuko se pencha sur lui.

– Shigeta Katagiri est en bas. Il monte.

Cinq minutes plus tard, le yakuza était dans la suite. Après la rafale de courbettes habituelles, il eut un petit rire satisfait.

– Le mari de notre amie s'est bien débrouillé ! J'ai appris par mes contacts que vos deux « soldats » ont été expulsés vers les États-Unis. Je venais vous dire que vous n'avez rien à craindre : vous êtes sous ma protection. Deux de mes hommes sont désormais dans le *lobby*.

– Merci, fit Malko.

– J'ai une autre bonne nouvelle, enchaîna Shigeta Katagiri.

– Laquelle ?

– J'ai trouvé un moyen de savoir où accostera votre navire.

Malko sentit l'adrénaline bouillonner dans ses veines. Il ne manquait plus que cela.

– C'est formidable ! dit-il. Comment ?

– Nous avons identifié un homme qui travaille régulièrement avec la Chosen Soren. Il possède une petite entreprise de transport et c'est un Nord-Coréen. C'est sûrement lui qui va assurer le transport de l'argent entre le siège de la Chosen Soren et le navire.

— C'est bien, approuva Malko. Que voulez-vous faire ?

— L'enlever et le faire parler, annonça paisiblement Shigeta Katagiri.

CHAPITRE XIX

Malko sentit le sang se retirer de son visage. Inquiet, le yakuza se tourna vers Nobuko en train de préparer un café, et lui lança quelques mots.

– Ça ne va pas ? demanda-elle aussitôt à Malko. Il paraît que tu es tout pâle.

– J'ai bougé brusquement, ça m'a fait mal. Demande-lui de te donner des détails de son plan.

La jeune femme revint avec les cafés et interrogea le Japonais, qui se lança dans une longue explication.

– L'homme dont il t'a parlé est lié à la Sumiyoshi Kai. C'est chez lui qu'ils prennent leurs voitures pour les mauvais coups. Il a une affaire de location de véhicules commerciaux qui s'appelle Day-Uno. Ses hommes ont appris que la Chosen Soren lui avait demandé de réserver un camion pour les jours qui viennent. Ils le préviendront la veille au soir.

– Ils lui indiqueront la destination ?

– Oui, parce qu'eux-mêmes ne seront pas *dans* le camion. Ils assureront sa protection avec d'autres véhicules. Or, nous connaissons celui qui doit venir passer la commande pour la Chosen Soren. Comme nous surveillons ce garage en permanence, nous ne pouvons pas le rater. Il suffira alors de kidnapper le garagiste et de le faire parler.

Nobuko traduisait non-stop, en simultanée.

— Mais la Chosen Soren va s'en apercevoir, objecta Malko.

— Non, il faudra le kidnapper le soir, après qu'il sera parti de son garage. Même s'il ne se montre pas le lendemain matin, personne ne s'inquiétera. Il lui arrive de n'arriver au bureau que tard dans la matinée. Au pire, on le forcera à passer un coup de fil pour dire qu'il est malade.

Nobuko se tut, ayant traduit. Un ange passa, volant en rond comme un vautour.

Malko était atterré. Il avait déclenché une machine infernale… Shigeta Katagiri ajouta quelques mots.

— Il veut aussi savoir comment tu désires récupérer ta part.

Malko ne pouvait décemment pas lui dire de l'envoyer à l'ambassade américaine. Devant son embarras, la Japonaise lança quelques mots.

— Je lui ai dit que je le lui dirais plus tard.

Satisfait, le yakuza repartit en laissant des fleurs… Aussitôt, Malko sauta sur son téléphone.

— Venez me voir ! dit-il à Philip Burton. C'est important.

Peu à peu, la douleur de sa blessure s'atténuait, mais il se sentait encore faible.

Deux fois par jour, Nobuko lui refaisait son pansement.

*
* *

Philip Burton était blême.

— On ne peut pas laisser faire cela ! conclut-il. Même si nous ne participons pas à la phase finale, les Nord-Coréens nous mettront l'affaire sur le dos.

— Je ne vois pas ce que je peux lui dire ! objecta Malko. Ce yakuza est au bout du rouleau. Il a absolument besoin de cet argent, sinon, il saute. Il ne m'écoutera pas et risque de réagir violemment. C'est un brutal.

— Dans ce cas, conclut l'Américain, il n'y a qu'une chose à faire : prévenir la police japonaise.

— En lui disant quoi ?

L'Américain demeura muet...

— Il faut trouver une autre solution, conclut Malko. Pouvez-vous dire que les écoutes des P3-C de la Navy nous font penser que le *Chikuzen* transporte de la drogue ? S'il est arraisonné, la Chosen Soren annulera son opération.

— C'est jouable, reconnut Philip Burton.

— Seulement, il faut faire vite, précisa Malko. Avant que le *Chikuzen* arrive à Tokyo.

— Je dois rédiger des faux, conclut l'Américain. Ils ne bougeront pas sans un dossier complet.

Il partit, les épaules voûtées. Malko n'en pouvait plus. Avoir monté une opération pareille et la démonter pour faire plaisir à des politiciens !

— Détends-toi, conseilla Nobuko. Tout va s'arranger. Je vais t'aider.

Elle écarta le drap. Malko était nu à l'exception de son slip. Nobuko s'allongea à côté de lui et dit :

— Ferme les yeux.

Il sentit ses mains courir sur lui, avec une douceur et une efficacité incroyables. Nobuko le massait d'une

façon presque impalpable, comme si elle voulait seulement effacer une douleur.

— Tu n'as pas mal ? demanda-t-elle en effleurant sa
blessure. Je t'ai mis de la xylocaïne tout à l'heure. Tu
ne devrais rien sentir.

Effectivement, il ne sentait rien.

— Non, dit-il, ça va.

Soudain, il sursauta : la bouche de Nobuko venait de
se refermer très doucement sur son sexe. C'était une
caresse aérienne, très douce. Comme un fantôme. Lorsqu'elle s'interrompit, il faillit crier de dépit. Il ouvrit les
yeux. Nobuko était debout près de lit, en train de faire
glisser sa culotte noire le long de ses jambes. Ensuite,
elle remonta sa jupe sur ses hanches et se plaça à califourchon sur lui, mais sans le toucher. Puis, elle abaissa
un peu son corps et il sentit la chaleur de son sexe
entrouvert. Elle s'arrêta aussitôt.

— Je ne te fais pas mal ?

— Non, fit Malko d'une voix étranglée.

Lentement, millimètre par millimètre, elle s'empala
sur le sexe dressé. Elle demeura quelques secondes en
équilibre.

— Le sang bat dans tes veines, murmura-t-elle ; c'est
très excitant.

Puis son bassin remonta. Ne laissant que l'extrémité
du membre en elle. Malko la sentait tendue comme une
corde à violon. Lui-même faisait un effort surhumain
pour ne pas l'empaler plus violemment.

De nouveau, elle se laissa tomber avec douceur, s'arrêtant quelques millimètres avant que leurs peaux ne se
touchent. Seuls leurs sexes les réunissaient. Nobuko
continua son manège, accélérant légèrement. Malko

commençait à ressentir les picotements du plaisir. Soudain, la jeune femme poussa un cri bref :

– Tu vas me faire jouir !

Ces mots déclenchèrent l'orgasme de Malko. Il cria, sans pouvoir se retenir. Avant de se vider dans le ventre de la jeune femme.

Une sensation exquise de repos l'envahit et il sentit à peine Noboko s'arracher de lui.

Le *Chikuzen* remontait l'immense baie de Tokyo, laissant à sa gauche Kawasaki City et l'aéroport de Hanedo. Le port de Tokyo proprement dit se trouvait encore à une dizaine de kilomètres, le long du quartier de Shinagawa. Il n'y avait pas de port de pêche, mais des bassins de mouillage où certains navires pouvaient s'amarrer pour quelques heures. Le capitaine du chalutier avait reçu l'autorisation des autorités portuaires pour s'amarrer dans le bassin d'Harumi, non loin du Disneyland Tokyo, près de la rivière. C'est la Chosen Soren qui avait choisi l'emplacement, parce qu'il était particulièrement désert. Des quais peu employés, des terrains vagues et le mouillage d'un bateau école qui ne bougeait jamais.

En plus, l'endroit était facilement accessible par l'expressway de Shinugaya. De l'immeuble de la Chosen Soren, il fallait une demi-heure.

Malko n'avait plus que deux petits trous rouges sur le flanc droit. Heureusement, le projectile du .38 avait traversé dans le gras, ressortant immédiatement, et c'est la brûlure qui l'avait fait le plus souffrir.

Il sortit de la douche, reposé. Trois jours dans une suite d'hôtel, il commençait à en avoir assez.

Il n'avait plus de nouvelles de Philip Burton et commençait à s'inquiéter. Rien non plus du côté de Shigeta Katagiri, mais c'était prévu. Il ne devait le recontacter que lorsque le *Chikuzen* serait arrivé dans le port de Tokyo. Il se mit à rêver que le yakuza le double et fasse l'opération tout seul, pour récupérer la totalité de l'argent de la Chosen Soren. Ainsi tout serait réglé et il pourrait quitter Tokyo l'âme en paix, après avoir sauvé un yakuza en péril…

Son portable sonna.

– J'ai de mauvaises nouvelles, annonça Philip Burton d'une voix lugubre. Je peux passer ?

– Je vais venir, dit Malko, j'en ai assez d'être à l'hôtel. Je prends un taxi.

Pour une fois, Nobuko n'était pas avec lui. Il s'habilla et fila à l'ambassade américaine.

Philip Burton semblait avoir encore rapetissé.

– Ces enfoirés de la Navy ne m'ont toujours rien donné ! Parce que j'ai fait la connerie de leur dire que c'était pour les Japonais.

– Je croyais que le Japon était un allié sûr et fidèle.

L'Américain ricana.

– *You bet !* Un escadron de F-22 « Raptors » vient d'arriver à Okinawa. Les Japonais n'ont même pas le droit de les regarder de loin… Comme s'ils allaient les voler.

– Sans documents, les Japonais ne vous écouteront pas ?

– Si, mais ils mettront une semaine à réagir.

— Les dés sont jetés ! fit Malko, fataliste. Vous aurez fait ce que vous pouviez. Je n'ai plus de nouvelles de mon yakuza. Il a peut-être eu un problème.

— Que Dieu vous entende… Prévenez-moi dès qu'il vous donne des nouvelles.

Le bureau de Day-Uno se trouvait dans une petite impasse de Tan-Dana Dori, en plein quartier d'Adachi, au nord-est de Tokyo. Une cour où se trouvaient une douzaine de fourgons de différentes tailles et, au fond, un bureau vitré avec la salle de dispatching. Une petite entreprise qui ne travaillait que localement, ne dédaignant pas de trafiquer des voitures ou d'aider les yakuzas qui volaient des motos à les maquiller. Depuis quatre jours, les hommes de la Kokusui Kai se relayaient dans l'avenue, sous différentes couvertures, pour en surveiller l'entrée.

Une autre équipe planquait aussi devant la Chosen Soren, à l'autre bout de Tokyo. Le portable d'un des hommes de la Kokusui Kai sonna.

— Il est parti, annonça l'homme en faction devant la Chosen Soren. Il porte un costume noir. Il devrait être là dans une demi-heure. Il a pris le métro.

À la Chosen Soren, on ne gaspillait pas… Jamais de taxi, sauf cas exceptionnel.

Nobuo Igaki se cassa en deux en voyant débarquer dans son bureau le puissant M. Kim Hong. C'était rare

qu'il se déplace lui-même. Les deux hommes échangèrent les courbettes habituelles et le représentant de la
Chosen Soren expliqua sa visite.

— J'ai besoin du fourgon pour demain matin huit
heures.

— Pour aller où ?

— Sur le port de Tokyo, en face de Shinegaya. Tu
vois où est amarré le bateau école ? Là où tous les taxis
viennent se reposer.

— Oui.

— C'est là. Tu prends deux hommes en plus du chauffeur. Ils aideront au chargement.

— Il y en a pour longtemps ?

— Deux heures plus le trajet. Combien tu me prends ?

— Cent mille yens.

Le Nord-Coréen se récria.

— Je peux traiter pour beaucoup moins !

C'était toujours la même chose avec eux. Finalement,
ils se mirent d'accord sur quatre-vingt mille yens,
payables d'avance, ce qui réduisait les contacts au
maximum.

— Demain matin, on t'attendra et tu pénétreras dans
la cour.

Ils se saluèrent et l'homme de la Chosen Soren repartit prendre son métro. Nobuo Igaki rangea les billets dans
son coffre : sans illusion sur ce qu'il allait transporter.
Tout Tokyo savait que, depuis l'interruption des liaisons
maritimes, la Chosen Soren croulait sous l'argent.

Seulement, lui-même avait de la famille en Corée du
Nord et ne tenait pas à lui causer des problèmes.

Si la police intervenait, il pourrait toujours prétendre
qu'il ignorait ce qu'il transportait. Il était près de six

heures du soir et il se dit qu'avant de regagner sa banlieue, il allait faire un tour au *Wall Street*, un bar où il
y avait de la bonne bière.

**

Malko regardait les lumières s'allumer tout autour du
Grand Hyatt. De nuit, Tokyo était presque beau. Il avait
fait appeler Shigeta Katagiri qui avait fait dire que tout
allait bien, par l'intermédiaire de Nobuko.

Son portable sonna. C'était la voix excitée de Philip
Burton.

— Je suis en bas ! dit-il. Je peux monter ?

L'Américain, extrêmement pudique, avait toujours
peur de tomber sur les ébats sexuels de Malko. Toute
l'ambassade suivait le coup de cœur de la belle Nobuko
qui s'était vantée auprès de ses copines d'avoir trouvé
un homme avec qui elle avait envie de faire l'amour
toutes les trois heures.

Malko ouvrit la porte et Philip Burton lui jeta, avant
même de dire «Hello !» :

— Les pourparlers sont rompus !

— Quels pourparlers ?

— Les négociations entre nous et les Nord-Coréens.
Ces enfoirés viennent de quitter la table, à Beijing, sous
un prétexte futile. C'est la sixième fois en trois ans.

— Quand on négocie avec des gens comme ça, fit
Malko, philosophe, il vaut mieux faire la guerre. Mais
pourquoi êtes-vous si excité ?

— Notre affaire est de nouveau sur les rails ! Je viens
de recevoir un télégramme de Langley m'ordonnant de
la réactiver !

Malko dut s'asseoir.

— Je n'ai plus de nouvelles de Shigeta Katagiri, dit-il. Il a peut-être laissé tomber. Et j'ignore où se trouve le *Chikuzen*.

— Vous pouvez le relancer ?

— Bien sûr ! Mais ensuite, on ne pourra plus rien arrêter...

— Je sais. Heureusement que je n'ai pas prévenu la police...

— Je dis à Nobuko de reprendre contact. Scotch ?

Tandis que l'Américain tournait ses glaçons, Malko appela la Japonaise, lui expliquant à mots couverts la nouvelle situation.

— Je l'appelle, dit-elle aussitôt.

*
* *

Nobuo Igaki, installé au bar du *Wall Street*, en était à sa troisième bière. Non loin de lui, sur un des box surélevés, un couple de *gaijins* flirtait outrageusement. Deux filles, des Australiennes, se démenaient en face du bar, faisant voler leurs jupes. Un orchestre jouait au fond. La musique faisait trembler les murs. Le garagiste regarda sa montre. Encore une bière et il ratait son métro.

Il demanda l'addition et tituba jusqu'au trottoir. Un énorme Nigérian lui susurra à l'oreille qu'il avait de la bonne drogue mais il l'écarta. Il y avait peu de monde dans la petite rue. Deux hommes venaient vers lui, titubant eux aussi, et cela le toucha. Il n'était pas le seul à avoir bu. Ils s'arrêtèrent à sa hauteur et lancèrent :

— Bonsoir ! Tu viens avec nous prendre un verre ?

Il déclina en souriant. Il se dégageait quand il sentit

quelque chose lui piquer le flanc droit à la hauteur du foie.

— Tu viens avec nous ! répéta l'ivrogne.

Mais ce n'était plus le même ton et sa voix n'était plus avinée du tout... Nobuo Igaki les regarda et comprit : c'était des yakuzas.

Que lui voulait-ils ?

L'un enfonçant toujours la pointe d'un couteau dans son flanc et le second le tenant fermement par le bras, ils l'entraînèrent jusqu'à une impasse sombre. Aussitôt, le coffre d'une grosse Toyota s'ouvrit automatiquement et les deux hommes, d'un seul élan, le projetèrent à l'intérieur. Le coffre se referma et Nobuo Igaki sentit la voiture démarrer.

Sonné, étonné, mais pas vraiment inquiet : il ne devait d'argent à personne, il était protégé par la Sumiyoshi Kai et le kidnapping n'était pas une habitude japonaise. Ce devait être une erreur. Ils roulèrent longtemps et lorsqu'il sortit du coffre, il vit un métro aérien, puis on le poussa dans une cour. Il dut descendre dans un sous-sol éclairé d'une lumière crue. Trois hommes, des Japonais, l'entourèrent. L'un d'eux portait le tatouage de la Kokusui Kai sur le poignet.

— Qu'est-ce que vous voulez ? demanda-t-il. Je suis Nobuo Igaki et je n'ai de dette envers personne !

— Je sais, fit un des trois hommes, âgé d'une trentaine d'années. Nous ne te voulons pas de mal.

Les deux autres qui l'encadraient étaient des jeunes, mal habillés et faméliques.

— Nous voulons juste un renseignement, fit le tatoué. On t'a loué un camion pour demain. Où dois-tu aller ?

Il n'hésita pas.

— Je ne peux pas vous le dire. Ce sont des gens puissants qui me tueraient.

Un des jeunes, sur un signe du chef, sortit un poignard et en posa la pointe sur sa gorge.

— Nous aussi, on peut te tuer ! fit le plus âgé. Et on va le faire si tu ne réponds pas.

Il sentait déjà la pointe s'enfoncer dans son larynx. Il n'avait pas envie de mourir.

— Je vais à la Chosen Soren, dit-il.

La pointe s'éloigna de son cou et l'homme inclina la tête avec un léger sourire.

— C'est bien. Mais, *après*, où vas-tu ?

Nobuo Igaki secoua la tête avec lenteur et mit toute sa conviction dans sa réponse.

— Je l'ignore. Ils me le diront là-bas.

Il avait compris. S'il parlait, ils le tueraient sûrement. Du moment que le chef n'avait pas dissimulé son tatouage, cela signifiait qu'il jouait le tout pour le tout. S'il tenait assez longtemps, ils ne le tueraient pas. Enfin, pas tout de suite. La pointe du couteau s'enfonça de nouveau dans son larynx. Il leva la tête, des larmes de douleur plein les yeux, et dit simplement :

— Je ne sais pas où je vais ensuite. Et même si je le savais, je ne pourrais pas le dire. Sinon, ils me tueront, moi et ma famille.

— Tu es un chien de Coréen !

— Je suis japonais, mais j'ai de la famille à Nambo.

Le chef sentit qu'il était sincère. On ne peut pas grand-chose contre un homme qui est prêt à mourir. Pourtant, il devait obtenir ce renseignement. Il se tourna vers un des jeunes types.

– Va chercher la machine dans la voiture. Toi, attache-le.

Ils l'attachèrent à un lourd siège de bois, avec du fil électrique : les chevilles, la taille, le cou, les poignets ramenés dans le dos. Il pouvait juste bouger les doigts.

Le jeune homme réapparut avec une boîte en carton. Le tatoué l'ouvrit et en sortit une grosse perceuse électrique qu'il brancha à une prise dans le mur.

Nobuo Igaki sentit la sueur couler dans son dos. Il pouvait à peine parler.

Le tatoué s'accroupit devant lui et leva la tête dans sa direction.

– Quand tu voudras parler, tu le dis.

Il lança la perceuse qui se mit à ronronner. La tenant bien en main, il posa l'extrémité de la mèche sur le genou gauche du prisonnier et poussa. La mèche s'enfonça avec une facilité déconcertante dans le cartilage, transperçant le ménisque.

Nobuo Igaki poussa un hurlement inhumain et vomit. Il hurlait encore quand son bourreau retira la perceuse à la mèche couverte de sang et l'enfonça à nouveau, un peu plus bas.

Le cri du garagiste n'avait plus rien d'humain. Il n'aurait jamais cru qu'on puisse éprouver une souffrance aussi aiguë. Il eut un hoquet et perdit connaissance.

Le yakuza retira la perceuse et l'arrêta.

– Donne-lui un peu de saké ! dit-il. Il faut qu'il se réveille.

Il avait l'ordre de faire parler le prisonnier et le ferait, même s'il devait lui faire des trous partout dans le corps.

CHAPITRE XX

Malko mit un certain temps à réaliser que la sonne-rie stridente qui l'avait arraché au sommeil était celle de son portable. Cela s'arrêta et il jeta un coup d'œil aux aiguilles lumineuses de sa Breitling. Six heures dix du matin. Nobuko dormait à plat ventre, la croupe moulée par le drap, cuvant ses orgasmes. Machinalement, Malko tâta son flanc droit. Pratiquement plus de douleur. Et le portable se remit à sonner. Cette fois, il eut le temps de l'attraper.

— Malko-San?

C'était une voix japonaise inconnue.

— *Yes*.

— *Your friend, Nobuko-San, here?*

Nobuko venait d'ouvrir les yeux. Malko lui tendit le portable. Après une brève conversation elle le lui rendit, cette fois totalement réveillée.

— C'est un des adjoints de Shigeta Katagiri, dit-elle. Il veut nous voir tout de suite. Il nous envoie une voiture en face de l'imeuble de TV Asahi, dans un quart d'heure.

Malko sauta du lit. Cela ne pouvait signifier qu'une chose : l'opération était pour aujourd'hui, donc le *Chikuzen* avait dû arriver la veille au soir. Et le yakuza avait sans doute kidnappé l'homme qui travaillait avec la Chosen Soren. À peine habillé, il appela Philip Burton.

— J'y vais, conclut-il. Restez au bout de votre portable, je ne sais pas comment les choses vont se passer. Et, surtout, ne dites *rien* à vos amis japonais. Ni à Langley. C'est encore trop tôt.

Cinq minutes plus tard, Nobuko et lui traversaient le *lobby* désert du *Hyatt*.

Une grosse Toyota sombre était arrêtée devant TV Asahi, à deux pas de l'hôtel. Deux hommes à bord. L'un d'eux ouvrit la portière et Nobuko l'interrogea aussitôt.

— Il nous conduit à son boss, dit-elle. Il ne sait rien de plus.

Ils roulèrent vingt minutes dans les rues de Tokyo en train de s'animer. Déjà, les bouches de métro crachaient des hordes de travailleurs matinaux mal réveillés. Finalement, ils entrèrent dans le garage souterrain d'un petit immeuble, à Akasaka.

Shigeta Katagiri les attendait dans le sous-sol, vêtu d'un polo et d'une veste noire. Visiblement très satisfait. Il dit quelques mots à Nobuko.

— Il nous invite à prendre un thé, traduisit-elle. Il va nous expliquer ce qui se passe. Nous sommes dans un de ses bureaux clandestins.

Ils suivirent un long couloir, atteignant une pièce au plafond bas, meublée de bric et de broc, éclairée au néon. Plusieurs hommes s'y trouvaient déjà et Malko fut tout de suite frappé par l'odeur fade et écœurante qui l'emplissait. Le sang et la sueur.

Son regard accrocha une forme allongée sur un établi, à droite de la porte, et il sentit le sang se retirer de son visage. C'était un homme d'une cinquantaine d'années, littéralement couvert de sang séché ! Son pantalon était troué à plusieurs endroits et il avait un petit trou rond juste au milieu du front. Trop petit pour être l'orifice d'entrée d'une balle.

Soudain, il aperçut, posée par terre, une perceuse, dont la longue mèche portait encore des traces brunâtres.

Ce qui s'était passé était évident : l'homme avait été torturé et achevé. Cela ne pouvait être que le loueur du camion destiné à transporter les fonds.

Shigeta Katagiri, de toute évidence pas ému, fit un bref commentaire. Ses phrases claquaient comme des balles. Malko avait envie de vomir. L'horreur le rattrapait. Le plan qu'il avait conçu tournait au film gore. Il avait honte.

— Je ne peux pas admettre cela, dit-il à Nobuko, d'une voix glaciale.

En même temps, fou de rage, il se rendait compte qu'il ne lui restait qu'une solution : s'esquiver et aller prévenir la police japonaise, quelles qu'en soient les conséquences. Shigeta Katagiri n'avait sûrement pas compris ses paroles, mais devait parfaitement interpréter l'expression de son visage. Il continuait néanmoins son exposé comme si de rien n'était. Et Nobuko traduisait toujours.

— Le *Chikuzen* est arrivé tout à l'heure, à l'aube, et il est ancré au bout du parc Harumi, à la sortie du canal du même nom. Nos hommes sont déjà en place là-bas, discrètement. Nous devons y aller tout de suite.

— Dites-lui que nous nous y rendons de notre côté, dit Malko.

Nobuko avait sûrement deviné ses intentions, mais elle se contenta de traduire d'un ton neutre.

Shigeta Katagiri ne broncha pas, mais son regard devint dur comme de la pierre. Il lâcha une phrase brève d'une voix douce.

– Il dit que nous devons partir tous ensemble, traduisit Nobuko.

L'atmosphère s'était brusquement tendue. Le yakuza se retourna et dit quelques mots. À côté de la porte, un de ses hommes posa la main sur la poignée de son sabre et l'y laissa.

Comme pour faire descendre la pression, Shigeta Katagiri adressa une longue phrase à Nabuko, d'un ton nettement plus conciliant.

– Il comprend que vous éprouviez de la pitié pour cet homme. Mais il paiera le prix du sang à sa famille. Maintenant, il faut y aller. Si nous refusons, il va nous tuer, ajouta-t-elle. Nous en savons trop.

Malko admit qu'elle avait raison. Cela ne servirait à rien de se faire massacrer dans ce sous-sol.

Ils regagnèrent le garage à la queue leu leu et se répartirent dans deux voitures. Shigeta Katagiri monta avec eux dans celle qui les avait amenés.

Après avoir roulé un long moment, ils aperçurent enfin la baie de Tokyo. Durant le trajet, ils ne s'étaient pas adressé la parole.

– C'est le marché de Tsukiji, annonça Nobuko, pour rompre le silence pesant. Nous ne sommes pas loin.

Le plus grand marché aux poissons du monde.

Ils tournèrent ensuite à droite, enjambant la Samida Gawa, petite rivière se jetant dans le port de Tokyo. Encore à droite. Ils étaient désormais sur une langue de terre s'avançant dans le port comme un doigt. Aucun immeuble d'habitation, mais deux hôtels et une usine d'incinération.

Partout des espaces découverts, donnant directement sur l'eau. Plusieurs taxis étaient alignés le long de certaines allées près de l'hôtel *Mariner's Court*, leurs chauffeurs lisant ou dormant. C'était un de leurs lieux de repos préférés.

Les deux voitures stoppèrent.

Shigeta Katagiri descendit et fit signe à ses « invités » de le suivre, tandis que ses hommes se dispersaient.

Ils continuèrent à pied, traversant un parc à la végétation maigrichonne.

Soudain, à travers les arbres, Malko aperçut un bateau blanc, long d'une trentaine de mètres, amarré au bout de la jetée, dans un espace absolument désert. Ils s'approchèrent encore et il aperçut le nom sur le tableau arrière, en caractères japonais et latins.

Chikuzen, Matsue.

Le navire affrété par la Chosen Soren pour faire sortir son trésor du Japon. Celui qui avait apporté la drogue à Matsue quelques jours plus tôt.

S'il n'y avait pas eu la vision abominable du sous-sol, son plaisir aurait été sans limite. Shigeta Katagiri dit quelques mots à voix basse, comme si on pouvait l'entendre du bateau.

— Ne restons pas là, il y a certainement des hommes à bord qui observent ! traduisit Nobuko.

Ils rebroussèrent chemin et Malko examina plus attentivement les alentours. Il n'y avait qu'un accès à cette langue de terre, celui qu'ils avaient emprunté. Ou alors, il fallait faire un énorme détour pour retomber sur le Shuto Expressway qui enjambait la baie de Tokyo, depuis Minato-Ku.

À leur droite se dressait un bâtiment futuriste et hideux, le Gaz Science Center. À droite et à gauche, des canaux déserts.

— Pourquoi Shigeta Katagiri a-t-il voulu que je vienne ? demanda soudain Malko.

Nobuko traduisit la question et le visage du Yakuza s'éclaira.

— Il veut que vous soyez certain qu'il ne vous vole pas ! Nous ignorons la somme d'argent que nous devons partager, n'est-ce pas ?

C'était une trop belle intention pour être vraie… Malko commençait à se sentir mal à l'aise. D'autant que deux des hommes de Shigeta Katagiri ne le quittaient pas d'une semelle.

Impossible de leur fausser compagnie.

— Que compte-t-il faire de l'argent ?

— Nous allons l'emporter dans un endroit sûr où nous effectuerons le partage. Venez.

Ils regagnèrent la zone de l'hôtel *Mariner's Court* et remontèrent dans la voiture. De là, ils surveillaient parfaitement l'avenue Harumi-Dori, seule voie d'accès.

Le silence retomba. Quelques pêcheurs s'installèrent le long du canal. Une dizaine de taxis étaient alignés en face de l'hôtel. Des mouettes passaient en piaillant. Tout respirait le calme le plus absolu.

*
* *

Chok Dojin était inquiète. Certes, le camion de Day-Uno s'était présenté à la Chosen Soren à six heures pile, comme prévu, mais elle n'arrivait pas à joindre Nobuo Igaki, le loueur de voitures. Or, elle voulait lui demander d'enchaîner un autre job à sa prestation du matin : le transport d'une douzaine de Pachinkos soustraits à un débiteur.

Son portable ne répondait pas. Elle découvrit enfin le numéro de son domicile personnel. C'est sa femme qui répondit.

— Nobuo n'est pas rentré hier soir, dit-elle. Il a dû rater le dernier métro et coucher dans un « love hôtel ». Cela lui arrive parfois. Il va sûrement m'appeler en arrivant au bureau, vers sept heures.

— Quand vous l'aurez, dites-lui qu'il m'appelle, conclut la Nord-Coréenne.

Les membres de la Chosen Soren convoqués pour le transfert étaient en train de faire la navette entre les sous-sols et le camion, y entassant les caisses de billets de dix mille yens. Chok Dojin les accompagnerait jusqu'au port, et ensuite resterait sur le *Chikuzen* jusqu'au rendez-vous avec le *Pong-Su*.

Le chargement touchait à sa fin. Les six hommes chargés de l'accompagner étaient prêts. Chok Dojin ressortit son portable. Il était presque sept heures et demie et Nobuo Igaki ne l'avait pas rappelée.

À son bureau, elle tomba sur un employé qui ne l'avait pas encore vu. Elle rappela alors son épouse. Le ton avait changé.

— Je ne comprends pas, dit celle-ci, j'ai appelé partout, son portable ne répond pas. J'espère qu'il ne lui est pas arrivé quelque chose.

— Il doit dormir dans un « love hôtel », conclut la Nord-Coréenne. Ne vous inquiétez pas.

Après avoir raccroché, elle prit le temps de réfléchir. En soi, le retard de Nobuo Igaki n'avait rien d'inquiétant. Mais, dans une opération aussi sensible, elle ne pouvait rien négliger. Elle s'approcha du chauffeur prêt à démarrer.

— Attends un peu, ordonna-t-elle.

Elle remonta dans son bureau au sixième étage et appela Hinoko Matsuba, le responsable de la Sumiyoshi Kai en charge de la distribution de la drogue.

— Nous avons peut-être un problème, annonça-t-elle. Il faudrait être prêt pour une *kennomi*[1].

— Les Américains ?

— Je ne sais pas, avoua la Nord-Coréenne. Combien de temps te faut-il ?

— Je viens chez toi ?

— Non. Donnons-nous rendez-vous devant le marché Tsukiji. Tu peux y être quand ?

— Une heure.

— C'est long.

— Je dois prévenir les gens. Il faut qu'ils s'équipent.

— Qu'ils s'équipent bien, conseilla la Nord-Coréenne.

Le yakuza la rassura :

— J'ai eu un arrivage d'Okinawa. Des jeunes gens qui veulent faire leurs preuves. Compte sur moi. Je serai là-bas à huit heures et demie.

Chok Dojin regagna la cour et, au passage, avisa un de ses seconds.

— Tu vas filer au *Chikuzen* annoncer que nous avons un retard technique, mais qu'il pourra repartir vers midi, comme prévu.

1. Contre-attaque surprise.

Il ne faudrait pas que le capitaine du *Chikuzen* panique et lève l'ancre avant leur arrivée…

*
* *

Un silence pesant régnait dans la grosse Toyota de Shigeta Katagiri. Rien ne bougeait, ni sur le *Chikuzen* ni alentour. Les Nord-Coréens auraient dû être là depuis une heure. Soudain, un taxi déboucha de l'avenue Harumi-Dori et s'arrêta non loin d'eux, le long du canal. Un homme seul en sortit, qui partit en direction du *Chikuzen*.

Le taxi ne repartit pas.

Shigeta Katagiri dit quelques mots entre ses dents.

– C'est sûrement un messager de la Chosen Soren. Si le bateau change de place, c'est ennuyeux, traduisit Nobuko.

Malko ne répondit pas. Impossible de prévenir Philip Burton. Ni de s'en aller. Comme souvent dans les manips tortueuses, le destin l'avait rattrapé.

L'inconnu du taxi était en train de monter la passerelle du *Chikuzen*. Il eut une brève conversation avec un des occupants du bateau, puis redescendit et regagna le taxi.

Anxieusement, ils guettèrent des signes d'appareillage, mais rien ne bougea… Apparemment, il n'y avait pas de changement de programme. L'attente recommença, toujours aussi éprouvante. L'endroit avait été bien choisi, pas de ronde de police, même pas de curieux. Juste les chauffeurs de taxi qui se reposaient à leur volant.

Shigeta Katagiri émit soudain un grognement guttural. Malko, automatiquement, regarda vers l'avenue Harumi-Dori. Un véhicule blanc était en train de franchir le pont au-dessus du canal. Il tourna à gauche, se dirigeant dans leur direction.

Malko aperçut sur le fronton du fourgon une inscription en lettres rouges «Day-Uno». C'était le véhicule contenant le trésor des Nord-Coréens ! Shigeta Katagiri était déjà en train de parler à toute vitesse dans son portable. Malko échangea un regard avec Nobuko. Les prochaines minutes allaient être cruciales.

CHAPITRE XXI

Chok Dojin avait laissé partir devant elle le fourgon contenant l'argent de la Chosen Soren, demeurant en bordure du marché aux poissons. Les hommes de la Sumiyoshi Kai étaient en retard. Enfin, trois voitures bourrées d'hommes s'arrêtèrent derrière la sienne. Elle sortit à la rencontre de Hinoko Matsuba.

— Excuse-nous ! fit ce dernier, il a fallu réunir les hommes.

— Vous êtes armés ?

— Oui.

— Quoi ?

— Des pistolets, des sabres, des couteaux et des lances de bambou. Ils sont tous courageux.

— Tout cela ne servira peut-être à rien, remarqua Chok Dojin. *Banzai !*

Elle courut jusqu'à sa voiture et les autres véhicules lui emboîtèrent le pas.

Les muscles tendus, elle s'engagea sur le pont au-dessus de la rivière, dominant toute cette partie du port jusqu'à l'expressway. Elle aperçut le fourgon blanc qui avait presque atteint le Chikuzen.

Tout semblait parfaitement calme.

Elle poussa intérieurement un soupir de soulagement. Qui se transforma quelques secondes plus tard en une exclamation de fureur.

Plusieurs hommes venaient de surgir de deux véhicules arrêtés près de l'hôtel *Mariner's Court* et fonçaient en direction de *son* fourgon. En tenue noire, le front ceint d'un bandana blanc, brandissant des sabres de combat !

Des *uyokus* !

Ennemis mortels de la Chosen Soren !

Empoignant frénétiquement son portable, elle hurla à l'intention du chef des yakuzas de la Sumiyoshi Kai :

– Éliminez-les ! *Hayaku*[1] *!*

Elle sortit de sa mallette un pistolet Makarov russe, un énorme automatique 9 mm, et fit monter une balle dans le canon. Le programme était simple : il fallait charger le *Chikuzen* et tuer tous ses adversaires.

Avant que la police ne rapplique.

Tout le monde avait jailli des voitures. Shigeta Katagiri se retourna vers Nobuko et Malko et lança :

– Venez !

C'était un ordre… D'ailleurs, les deux yakuzas ne les quittaient pas des yeux. Lorsqu'ils arrivèrent à la hauteur du fourgon de la Chosen Soren, il était déjà entouré d'une douzaine *d'uyokus* brandissant des armes diverses.

L'un deux ouvrit la portière et arracha le chauffeur de son siège, lui plantant à deux mains un épieu de bambou dans le cou. Un autre ouvrit les portières arrière du

1. Vite !

fourgon et recula. Quatre hommes bondirent dehors. Des coups de feu claquèrent et deux des *uyokus* s'effondrèrent. Dans cet espace découvert, le bruit des détonations ne portait pas loin.

Un des *uyokus* fonça en hurlant, tenant son sabre à deux mains. Il balaya l'air à l'horizontale et la tête d'un des convoyeurs s'envola, retombant sur une pelouse tandis que le corps s'effondrait dans l'herbe.

Le quatrième convoyeur eut encore le temps de tirer sur ses agresseurs, mais fut embroché par l'un d'eux qui, après avoir retiré son sabre, lui donna un coup à la volée, lui tranchant net la tête...

L'attaque n'avait pas duré plus d'une minute, et il y avait huit cadavres étendus sur le sol...

Shigeta Katagiri lança un ordre.

Un de ses hommes accourut et grimpa aussitôt dans la cabine du fourgon blanc.

Le yakuza y monta à son tour, tenant à la main un pistolet-mitrailleur israélien dont il ne s'était pas servi. Sans même se retourner vers Malko et Nobuko.

Déjà, le fourgon faisait demi-tour, prêt à repartir, tandis que des hommes dégringolaient la passerelle du *Chikuzen*, armés eux aussi.

Malko n'eut pas le temps de se poser des questions sur l'étrange abandon de Shigeta Katagiri. Un *uyoku* du Dragon bleu se dressa brusquement devant lui. Le sabre brandi, il fonça, les yeux injectés de sang, les traits déformés, hurlant des mots incompréhensibles. Sorti tout droit du Moyen Âge. Malko comprit instantanément pourquoi Shigeta Katagiri avait tenu à les emmener avec lui.

Il avait décidé d'éliminer Malko pour ne pas avoir à partager le pactole de la Chosen Soren ! Que Malko lui

aurait pourtant volontiers abandonné en entier !
Nobuko, terrifiée, s'enfuit, poursuivie par un des fous
furieux du Dragon bleu.

Malko recula. Coincé entre le port et *l'uyoku* bien
décidé à le décapiter. Ce dernier se ramassa, les yeux
hors de la tête, brandit son sabre à la verticale et se rua
sur lui avec un hurlement dément.

Malko n'avait plus le choix. Il se retourna, courut jusqu'au bord et plongea dans l'eau du port. C'était ça ou
la décapitation. La fraîcheur de l'eau lui glaça le cerveau. Quand il remonta à la surface, il était trop en
contrebas pour voir ce qui se passait sur le wharf. Il se
mit à nager pour gagner la rive de Shibanza.

N'osant plus penser au sort de Nobuko.

Au moment où le camion plein de caisses de billets
allait tourner dans Harumi-Dori en direction du pont, il se
trouva nez à nez avec quatre véhicules à la queue leu leu.

Le chauffeur commença à reculer, mais une douzaine
d'hommes armés de façon disparate, mais efficace, jaillirent des voitures et foncèrent en direction du fourgon.

Shigeta Katagiri poussa un hurlement de fureur et
sauta à terre, son Uzi au poing. Cette contre-attaque
était une surprise totale.

À force de hurlements sauvages, il rameuta les *uyokus* du Dragon bleu, sauvant involontairement la vie de
Nobuko. Celui qui la poursuivait se détourna pour
affronter leurs nouveaux adversaires. Hélas pour Shigeta Katagiri, les jeunes yakuzas importés d'Okinawa

n'avaient rien à perdre. S'ils voulaient percer, il fallait montrer leur courage.

Ils bousculèrent facilement leurs adversaires. Le premier *uyoku*, atteint de plusieurs balles, fut achevé avec un épieu de bambou planté dans le cœur.

Le yakuza au volant du fourgon n'eut pas le temps de tirer son poignard. Un épieu de bambou plongé dans l'œil jusqu'au cerveau, il mourut sur-le-champ.

– Emmenez le camion au bateau ! Vite ! hurla Chok Dojin.

La police n'allait pas tarder à rappliquer, attirée par les coups de feu.

Elle aperçut Shigeta Katagiri qui s'enfuyait vers les taxis et cria de le rattraper ; deux hommes se lancèrent à sa poursuite, mais le chef de la Kokusui Kai se retourna et les abattit froidement, avant de reprendre sa course.

Nobuko allait en faire autant, mais fut rattrapée par les yakuzas de la Sumiyoshi Kai. Elle n'essaya même pas de se défendre : ils l'auraient tuée sur place.

– Mettez-la dans ma voiture, ordonna Chok Dojin.

Après, il faudrait en savoir plus. Quelqu'un de la Chosen Soren avait été imprudent.

Elle courut jusqu'au fourgon et prit elle-même le volant, fonçant vers le *Chikuzen*, dont un membre de l'équipage l'accueillit.

– Dis-leur de mettre en route ! lança-t-elle. Lancez les moteurs, levez les ancres, larguez les amarres. Vous devez être partis dans une demi-heure.

Déjà, une meute de marins dévalait la passerelle en courant pour aider au déchargement.

* *
*

Le courant entraînait sournoisement Malko vers le sud. Il avait pensé atteindre la rive de la Shibanza en quelques minutes. Au lieu de cela, il dérivait, en dépit de ses efforts, vers le Rainbow Bridge enjambant le pont de Tokyo. L'eau était froide et ses vêtements l'empêchaient de bien nager. Pas un bateau à la ronde ! Il redoubla d'efforts pour rejoindre le bord qui semblait s'éloigner. Il était désormais assez loin pour apercevoir l'endroit d'où il avait sauté. Ce qu'il vit ne le remplit pas de joie.

Le fourgon blanc était à nouveau arrêté au pied du *Chikuzen* et des hommes escaladaient la passerelle du chalutier, chargés comme des baudets.

Apparemment, Shigeta Katagiri avait été mis en déroute. Il eut le cœur serré en pensant à Nobuko. Elle devait être parmi les cadavres. La manip se terminait en désastre.

Il continua à nager, les dents serrées, regardant le wharf désert se rapprocher lentement.

* *
*

Ichiro Hokuriku avait conduit son taxi une partie de la nuit et décidé de prendre un peu de repos ; ayant incliné son siège en arrière, il s'était endormi immédiatement au volant de son véhicule.

Il sursauta en entendant sa portière s'ouvrir. À cet endroit, il ne chargeait jamais de clients. Il se retourna et se heurta au regard injecté de sang d'un homme corpulent à l'allure inquiétante.

Instantanément, il reconnut un yakuza.

– Conduis-moi à Ginza, lança son client. Et passe par le pont Harumi-bashi.

Le chauffeur ne discuta même pas. Cela faisait un grand détour mais son client avait sûrement de bonnes raisons. Shigeta Katagiri se retourna, ravagé par la fureur et le dépit. La vue du fourgon de nouveau à côté du *Chikuzen*, de son pactole en train d'y être transféré, lui arracha un grognement de fureur.

Sa vie était finie. Non seulement, il avait perdu beaucoup de *ses* hommes, mais les *uyokus* du Dragon bleu avaient, eux aussi, eu des pertes et il n'avait pas les moyens financiers de les dédommager.

Pour couronner le tout, il devait le lendemain, avant neuf heures et demie, apporter à la banque un milliard de yens pour couvrir l'effet qu'il avait remis à la Yamaguchi Gumi pour effacer sa dette. Or, il n'avait pas le premier yen de cette somme.

Pour couronner le tout, la police risquait de l'arrêter, ce qui serait la honte suprême.

*   *
  *

Malko avait enfin atteint le wharf, utilisant une échelle fixée à un des poteaux de soutien pour se hisser sur le plancher de bois. Il avait toujours son portable, mais après son bain dans le port, il ne fonctionnait plus.

Il porta son regard de l'autre côté du port : comme des fourmis, les marins du *Chikuzen* continuaient de monter le long de la passerelle. Il tordit sa veste et, trempé, grelottant, se mit à la recherche d'un téléphone.

Miracle, cent mètres plus loin, il y avait un hôtel, le long du Shibura Wharf.

La réceptionniste poussa un petit cri de surprise en le voyant dans cet état.

— Je suis tombé à l'eau, expliqua Malko. Mon portable ne marche plus. Puis-je utiliser votre téléphone ?

Trente secondes plus tard, il avait Philip Burton en ligne.

— Venez tout de suite à l'hôtel *Hinode*, à Shibura, dit Malko. Je suis à la réception. Si vous pouvez, amenez-moi des vêtements secs. Je suis tombé dans l'eau.

— Qu'est-ce qui se passe ?

— Des catastrophes.

— Je préviens la NPA ?

— Inutile ! À mon avis, ils vont venir, de toute façon.

Il enleva sa veste, tandis que deux employés lui tendaient des serviettes. Il claquait des dents et accepta un saké. Sans cesser de penser au sort de Nobuko.

Le *Chikuzen* s'éloignait du quai Harumi en marche arrière. Le dernier colis de billets venait tout juste d'être balancé dans la cale.

Le fourgon blanc était en train de s'éloigner, conduit par un des hommes de la Chosen Soren. De l'affrontement sanglant entre la Sumiyoshi Kai et la Kokusui Kai, il ne restait que des cadavres, allongés là où ils étaient tombés.

Les trois voitures de la Sumiyoshi Kai étaient reparties avec leurs morts et leurs blessés. Les cadavres étaient ceux des Dragons bleus et de la Kokusui Kai.

Chok Dojin se retourna avant de s'engager sur le pont Harumi-bashi, juste à temps pour voir les premières voitures de police dévaler l'avenue Harumi-Dori dans un concert de sirènes.

Le *Chikuzen* était déjà à plusieurs centaines de mètres de l'endroit où il s'était amarré et rien ne le reliait à ce qui s'était passé dans le parc Harumi. La Nord-Coréenne avait décidé au dernier moment de rester à Tokyo. Pyongyang allait leur demander des comptes.

Les policiers risquaient de mettre un certain temps à comprendre ce qui s'était passé. Le seul témoin vivant se trouvait dans son coffre. Avant de mourir, elle aurait sûrement beaucoup de choses à dire.

* *

Une demi-douzaine de voitures de police cernaient le parc Harumi, interrogeant les très rares témoins du massacre, des chauffeurs de taxi qui n'avaient rien vu.

Personne ne parla du chalutier amarré pendant quelques heures au bout du parc Harumi. À ce stade, la police penchait pour un règlement de comptes sanglant entre deux bandes de yakuzas. Cela arrivait encore. On avait recouvert de draps blancs les corps et les morceaux de corps disséminés un peu partout.

Malko débarqua, vêtu d'un pantalon trop grand et d'un blouson porté sur un T-shirt militaire emprunté à un Marine de l'ambassade américaine, en compagnie de Philip Burton.

L'estomac noué par l'angoisse.

L'inspecteur Kaoru Omoto arriva quelques minutes plus tard et assura la liaison avec les autres policiers japonais. Ils commencèrent alors la tâche macabre de l'identification des cadavres. Chaque fois que l'on soulevait un drap, Malko sentait son estomac se rétracter.

Cela prit dix minutes.

Grâce à leurs tatouages, on savait qu'il n'y avait là que des membres de la Kokusui Kai et des *uyokus* de la bande du Dragon bleu. Nobuko Funamachi ne faisait pas partie des morts. Ou Shigeta Katagiri l'avait emmenée avec lui en fuyant, mais Malko ne voyait pas pourquoi. Ou elle avait été embarquée sur le *Chikuzen* comme otage. Ou elle était aux mains de la Chosen Soren. Encore vivante, mais sûrement pas pour longtemps. Il devait d'abord éliminer la première hypothèse.

— J'ai besoin d'aller rendre visite à Shigeta Katagiri, dit-il à Philip Burton. Il peut nous renseigner sur le sort de Nobuko.

L'Américain était, lui aussi, rongé d'angoisse.

— Je viens avec vous, dit-il immédiatement. L'inspecteur Omoto va nous organiser une escorte.

Cinq minutes plus tard, ils filaient vers Ginza, suivis de deux voitures de police. Malko regarda au fond du port. Le *Chikuzen* n'était déjà plus visible, mais un chalutier ne dépasse pas quinze nœuds.

N'importe quel hélico des *coast guards* japonais le rattraperait en une demi-heure.

Il fallait d'abord être certain que Nobuko se trouvait à bord.

*
**

Le Conseiller suprême Kodu Kasiyochi raccrocha le téléphone d'une main tremblante. Se disant qu'il aurait dû prendre sa retraite plus tôt. Son « client », le chef de la Kokusui Kai, venait de lui relater ce qui s'était passé. Or, Kodu Kasiyochi lui avait conseillé de tenter cette opération, seule issue à ses problèmes financiers.

– *Sayonara*[1] *!* balbutia-t-il d'une voix chevrotante, avant de raccrocher.

Certes, Shigeta Katagiri ne lui avait fait aucun reproche, relatant simplement les faits.

Le vieil homme – il venait d'avoir soixante et onze ans – but une gorgé de thé vert et prit dans le tiroir de son bureau sa vieille arme de service de l'armée japonaise. Un pistolet Nambu qui avait fait la guerre.

Il l'arma, plaça le canon très en arrière sous son menton, bien vertical, et appuya sur la détente.

***

Les deux yakuzas qui gardaient le couloir de l'immeuble de la Kokusui Kai n'opposèrent aucune résistance. Menottés, ils furent emmenés immédiatement par la police.

Malko pénétra le premier dans la salle de conférences, les policiers sur ses talons. L'aigle de quartz rose était toujours là, ainsi que les caisses de vin. Un yakuza s'effaça devant lui. Il poussa la porte et s'immobilisa.

Shigeta Katagiri était affalé dans le grand fauteuil derrière son bureau, la tête rejetée en arrière, les traits crispés. Ses deux mains disparaissaient sous le bureau, comme si elles étaient croisées sur son ventre. Seulement, Malko aperçut une tache sombre, énorme, qui s'étalait sous le bureau, jusqu'au tapis bleu.

1. Au revoir !

Il fit le tour du bureau et aperçut alors les deux mains de Shigeta Katagiri crispées sur le manche d'un poignard enfoncé dans son ventre, juste au-dessous de la ceinture.

Selon la tradition japonaise, il s'était fait *seppuku*. Après avoir tenté le tout pour le tout pour se sortir de son impasse financière. Comme tous ceux qui choisissent cette voie, il méritait le respect.

Malko ressortit de la pièce et demanda à Kaoru Omoto :

— Pouvez-vous demander si, lorsqu'il est revenu ici, il était seul ?

Le yakuza ne se fit pas prier pour parler.

— Il l'a vu arriver en taxi, expliqua l'inspecteur Omoto, parce qu'il le guettait. Il était seul.

— A-t-il entendu parler d'une femme qui aurait été kidnappée sur le port et emmenée par les amis de M. Katagiri ?

— Une femme...

Le yakuza secoua la tête, incrédule. Les yakuzas ne s'attaquaient pas aux femmes.

Philip Burton et Malko redescendirent. L'Américain proposa aussitôt :

— Allons au bureau. Il faut organiser une réunion avec les Japonais. Le *Chikuzen* est en train de longer la côte pour repasser dans la mer du Japon par le nord ou le sud. Cela nous laisse un peu de temps ; les appareils de la *coast guard* le repèreront facilement. Ensuite, ce sera facile de le faire arraisonner.

— Ne dites encore rien aux Japonais, répliqua Malko.

— Pourquoi ?

— Je veux retrouver Nobuko, si elle est encore vivante, et il semble que ce soit le cas. Elle ne peut être qu'à deux endroits : au siège de la Chosen Soren ou sur le *Chikuzen*.

— Si elle est sur le bateau, nous pouvons la récupérer en l'arraisonnant, suggéra Philip Burton.

Malko lui jeta un regard ironique.

— Philip, ne soyez pas naïf ! Ils auront dix fois le temps de l'égorger et de la jeter par-dessus bord.

— Si elle est à la Chosen Soren, c'est pareil, objecta l'Américain ; sauf que jamais les Japonais n'accepteront d'y intervenir. Ils n'ont pas envie d'avoir cent mille manifestants nord-coréens sur le dos.

— Je suis d'accord avec vous, reconnut Malko, c'est pour cela qu'il faut trouver une troisième solution.

— Laquelle ?

— Négocier.

L'Américain en eut presque un haut-le-corps.

— Négocier ! Mais quoi ?

— Le *Chikuzen* et sa cargaison. Nous avons un argument de poids. La Chosen Soren *sait* que nous pouvons faire intercepter ce navire, par les Japonais ou par la VIIe Flotte qui croise en mer de Chine.

L'Américain avait pâli.

— Vous envisagez d'échanger des milliards de yens contre Nobuko Funamachi ? Mais…

Il ne trouvait plus ses mots. Malko le regarda froidement.

— Philip, je ne suis pas *seulement* chef de mission à la Central Intelligence Agency. Je suis aussi un homme qui se rase tous les matins. Et je ne veux pas regarder dans la glace un visage dont j'aurais honte. Vous achetez mon sang, mon cerveau, mais pas mon âme. Alors, je ne quitterai le Japon qu'après avoir tenté tout ce qui est humainement possible pour retrouver Nobuko. C'est une question d'honneur. Vous devriez être familier de cette notion : dans ce pays, les gens mettent fin à leur vie lorsqu'ils estiment avoir perdu la face.

Vu sa réaction, l'Américain était à l'abri de ce genre de désagrément.

– Que voulez-vous faire ? bredouilla-t-il, mal à l'aise. Il faut évidemment sauver Mme Funamachi.

– Je suis heureux de vous l'entendre dire, répliqua froidement Malko.

CHAPITRE XXII

— Il faut un contact avec la Chosen Soren, expliqua
Malko. Ce sont eux qui ont kidnappé Nobuko, qu'elle
se trouve sur le *Chikuzen* ou ici, à Tokyo. Et il faut agir
très vite, avant qu'ils ne s'en débarrassent.

— Comment voulez-vous avoir un contact avec eux ?
Par les Japonais ?

— Surtout pas. Ils ont peur des Nord-Coréens.

— Par qui, alors ?

— Je vais faire parvenir un message au président de
l'association. Son nom n'est pas un secret.

— Mais par qui ?

— Par Chang Myong Sue, la femme que j'ai rencontrée à la manifestation et qui, ensuite, a essayé de me
faire assassiner.

— Où allez-vous la rencontrer ?

— Elle travaille à l'hôpital Nishiarai. J'ai simplement
besoin de lui remettre une lettre. Elle n'osera pas ne pas
la transmettre.

L'Américain semblait de plus en plus inquiet.

— Qu'allez-vous dire dans cette lettre ?

— Les termes en seront très simples, expliqua Malko :
je vais leur rappeler que nous pouvons faire arraisonner

le *Chikuzen* très facilement, mais que nous sommes prêts à le laisser continuer sa route si nous récupérons Nobuko Funamachi.

— Ils croiront à un piège, objecta l'Américain. L'échange est disproportionné.

— Les échanges d'otages sont toujours disproportionnés, rétorqua Malko. Les Israéliens échangent parfois des centaines de Palestiniens pour une poignée des leurs. Tout dépend de la valeur qu'on attache aux gens... Seulement, il me faut une personne sûre pour ce contact. Qui parle japonais ou coréen. Vous avez quelqu'un sous la main ?

— Kaoru Omoto ?

— Un policier japonais ? Il va se poser des questions. À votre avis, que savent les Japonais de l'affrontement de ce matin ?

— Pas grand-chose encore, reconnut l'Américain. Le *Chikuzen* était déjà parti quand ils sont arrivés. Mais, en interrogeant des membres de la Sumiyoshi Kai, ils vont vite découvrir la vérité.

Malko fixa tout à coup l'Américain avec un drôle de sourire.

— Philip, vous parlez japonais, je crois ?

Philip Burton pâlit.

— Vous ne voulez pas que...

— Si, fit Malko. Ainsi, cela ne sortira pas de la famille. Et il ne faut pas perdre de temps.

— *Jesus-Christ !* soupira Philip Burton. Si l'Agence apprend que je me suis mouillé là-dedans, je suis viré.

— Personne ne le saura, dit Malko, en dehors de nous deux. Et ce n'est pas déshonorant. Il s'agit de sauver la vie d'une femme qui nous a beaucoup aidés.

– Mais vous sabotez la mission, objecta le chef de station de la CIA.

– La Maison Blanche l'avait stoppée il y a trois jours. Bon, rédigeons ce message. Faites-le à l'ordinateur. Ainsi cela restera anonyme.

– Et si cette Nord-Coréenne me reconnaît ?

– Cela ne serait pas une catastrophe. Elle saura ainsi qu'il s'agit d'un problème entre la Chosen Soren et les États-Unis. Sans les Japonais.

Chok Dojin s'était enfermée avec le président de la Chosen Soren, Choi Ju Hwal, dès son retour du port de Tokyo. Afin d'envoyer un long message crypté à Pyongyang, annonçant la bonne nouvelle : l'argent avait pu être chargé sur le *Chikuzen* qui faisait route vers la mer du Japon, en longeant la côte est. Elle avait été obligée de mentionner l'attaque de la Kokusui Kai qui avait failli tout faire rater, l'attribuant à une alliance entre la CIA et un groupe de yakuzas.

Elle en saurait plus dès que la prisonnière aurait été interrogée. Sa présence sur les lieux signifiait qu'elle savait beaucoup de choses.

Ensuite, elle serait discrètement liquidée ou expédiée en Corée du Nord.

La Nord-Coréenne n'arrivait pas encore à comprendre comment une citoyenne japonaise s'était retrouvée mêlée à cette histoire : les yakuzas n'utilisaient pas de femmes.

Un de ses adjoints lui apporta une carte avec la route projetée pour le *Chikuzen*. Personne ne semblait avoir remarqué sa brève escale dans le port de Tokyo.

Battant pavillon japonais, il n'attirait pas l'attention. Chok Dojin prit congé du président et, accompagnée du représentant du *General Security Bureau*, descendit au sous-sol.

La prisonnière avait été installée dans une cellule qui servait d'habitude à la punition des membres de la Chosen Soren auteurs de fautes graves. Elle était assise sur un lit, hagarde, le visage maculé de sang.

Elle toisa les deux Nord-Coréens d'un air méprisant.

— Libérez-moi immédiatement ! lança-t-elle. Je suis une citoyenne japonaise et il s'agit d'un kidnapping. Vous savez que mon gouvernement est extrêmement sensible à ce genre de problème…

Tout le Japon se passionnait pour l'histoire de la jeune fille enlevée trente ans plus tôt et que les Nord-Coréens prétendaient morte.

Chok Dojin ne répondit pas. De toute sa force, elle gifla à la volée la Japonaise qui tomba sur le lit. Avec toute la haine dont elle était capable, elle cracha :

— Personne ne sait que vous êtes ici ! Vous avez le choix entre répondre à mes questions et mourir d'une façon honorable. Ou refuser d'y répondre et regretter d'être née.

Elle avait parlé d'une seule traite. Nobuko Funamachi se redressa avec lenteur, croisa son regard et, d'un seul élan, lui sauta à la gorge !

L'homme qui accompagnait Chok Dojin lui donna un violent coup de poing et, à deux, ils la maîtrisèrent, la bourrant ensuite de coups.

— Tes amis américains ne viendront pas te chercher ici ! aboya la Nord-Coréenne.

— Ils viendront ! riposta Nobuko Funamachi. En ce

moment, ils sont sûrement en train d'ameuter tout le Japon.

Folle de rage, la Nord-Coréenne battit en retraite, claquant la porte de la cellule.

— Qu'on ne lui donne ni à boire ni à manger, ordonna-t-elle.

Elle remonta ensuite dans son bureau pour envoyer un nouveau message à Pyongyang.

* *
*

Une douzaine de patients loqueteux patientaient dans la salle d'attende de l'hôpital Nishiarai quand Philip Burton et Malko y pénétrèrent. Le chef de station de la CIA, particulièrement mal à l'aise, alla au guichet vitré des entrées et demanda Mme Chang Myong Sue.

L'employé sembla surpris de voir un *gaijin* parler japonais et s'intéresser à une de leurs employées.

— Elle est à son travail, dit-il.

— J'ai un message urgent de sa famille ! insista l'Américain. C'est important.

Les Japonais ont le sens de la discipline. Devant la détermination de ce *gaijin*, l'employé céda et décrocha son téléphone. La conversation s'effectuant en coréen, Philip Burton ne put la suivre.

— Elle arrive, annonça l'employé en raccrochant.

Lorsque Chang Myong Sue, en blouse blanche, déboucha dans la salle d'attente, elle s'arrêta net en voyant les deux hommes et surtout Malko. Prête à s'enfuir. Philip Burton fonça sur elle avec un sourire engageant, laissant Malko en retrait.

— Chang Myong Sue-San, j'ai un message urgent à

transmettre au président de votre association, Choi Ju Hwal-San. Il s'agit d'une affaire extrêmement importante. Il doit avoir ce message dans les heures qui viennent.

En même temps, il lui tendit une lettre cachetée, portant l'adresse écrite en japonais. Elle la regarda comme si c'était un serpent.

— Qui êtes-vous ? demanda-t-elle.

— Le responsable d'une administration américaine à Tokyo, dit-il, sans prononcer le mot « CIA ».

Après une courte hésitation, elle prit l'enveloppe et l'enfouit dans la poche de sa blouse, puis fit demi-tour et disparut.

— Vous croyez qu'elle le fera ? demanda Malko.

L'Américain n'hésita pas.

— Oui, les Coréens sont encore plus disciplinés que les Japonais. Elle va y courir dès que nous aurons tourné le dos.

Il n'y avait plus qu'à attendre. Il avait fixé un rendez-vous à six heures, devant le sanctuaire Yasukuni, là où on honorait les morts des guerres menées par le Japon.

Le soleil brillait sur Pyongyang, mais le général Kim Shol-su ne s'en rendait même pas compte, plongé dans une profonde réflexion à la suite du message arrivé à l'instant de Tokyo. Son premier réflexe avait été d'ordonner la liquidation de la prisonnière, mettant ainsi fin au problème. Seulement, il s'agissait d'une décision *politique*, en raison des conséquences possibles. Les Japonais étaient extrêmement susceptibles en ce qui concernait leurs nationaux. Apparemment, la femme détenue dans les locaux de la Chosen Soren à Tokyo appartenait à une famille importante, son mari était un avocat connu. Si ses proches ameutaient les médias, cela risquait de déclencher une crise aussi violente que celle de juillet 2006 qui s'était soldée par l'interruption des liaisons maritimes entre la Corée du Nord et le Japon.

Ce genre de décision revenait au Cher Leader Kim Jong-il. D'autant que le sort du trésor de guerre de la Chosen Soren était également en jeu.

Le général décida de demander audience à Kim Jong-il qui se trouvait dans sa résidence en train de visionner les derniers DVD en provenance de Chine.

*
* *

Malko était arrivé à six heures moins le quart devant le sanctuaire Yasukuni, accompagné de Philip Burton. La Chosen Soren pouvait envoyer quelqu'un ne parlant que le japonais. Une demi-douzaine de *case officers* de la CIA armés jusqu'aux dents étaient répartis dans le parc. Au cas où les Nord-Coréens, imprévisibles, auraient de mauvaises pensées.

Les termes de la lettre étaient clairs : rendez-vous à six heures devant le sanctuaire avec un responsable de la Chosen Soren afin de discuter du sort de la personne disparue le matin sur le port et du *Chikuzen*. La mention du nom du chalutier montrerait aux Nord-Coréens qu'ils avaient quelques cartes en main.

Malko était certain que le message avait été transmis, mais il ignorait la réaction de la Chosen Soren.

Le *Chikuzen* mettrait entre soixante-douze et

quatre-vingt-cinq heures selon sa vitesse pour rejoindre la mer du Japon, loin des eaux territoriales. Soit entre trois et quatre jours.

Un couple arriva devant le sanctuaire, assez âgé. Ils s'inclinèrent profondément, claquèrent des mains pour attirer les esprits, jetèrent quelques piécettes dans le bassin du sanctuaire, se recueillirent quelques instants, s'inclinèrent de nouveau et repartirent.

À six heures pile, un homme surgit d'une allée latérale, vêtu de sombre, cravaté, un visage passe-partout de fonctionnaire. Il marcha droit sur les deux *gaijins* et demanda, sans aucune formule de politesse :

– C'est vous qui avez remis la lettre à l'hôpital ?

Il parlait un anglais saccadé, mais compréhensible. Malko lui confirma aussitôt :

– Oui, c'est moi. Qui êtes-vous ?

– La personne que vous avez demandé à voir. Que voulez-vous ?

– L'essentiel est dans cette missive, précisa Malko. Vous détenez une citoyenne japonaise du nom de Nobuko Funamachi, que vous avez kidnappée sur le port de Tokyo ce matin. Nous tenons à la revoir saine et sauve. Pour ce faire, nous sommes prêts à ne pas faire arraisonner le *Chikuzen*. Il nous faut une réponse rapide.

Des gens allaient et venaient autour d'eux. Un couple se faisait photographier devant le sanctuaire. Le Nord-Coréen resta impassible, puis son regard sombre se posa sur Malko.

– Nous ne sommes pas propriétaires de ce navire, aussi, son sort nous importe peu, dit-il enfin. Quand à la personne que vous avez mentionnée, nous ignorons tout d'elle.

Autrement dit, c'était une fin de non-recevoir. Raide comme un piquet, le Nord-Coréen s'apprêtait à repartir quand Malko lui lança :

– Libre à vous d'adopter cette attitude. Mais je dois vous prévenir que nous ne bluffons pas. Le *Chikuzen* a à son bord une somme considérable exportée illégalement du Japon. Vos responsables savent qui je suis et vous devriez me prendre au sérieux. Voici ma carte. Si vous changez d'avis, contactez-moi. Je vous donne vingt-quatre heures. C'est-à-dire jusqu'à demain soir, à la même heure.

Après une brève hésitation, le Nord-Coréen prit la carte et s'éloigna de son pas raide. Laissant Malko partagé entre l'angoisse et la fureur.

– Ce sont des durs, conclut-il. Il faut mettre la pression sur eux. La *coast guard* japonaise peut-elle localiser le *Chikuzen* ?

L'Américain hésita.

– Normalement, elle opère avec des avions comme le Falcon 900, équipés de radars à imagerie Thalès capables de repérer la tête d'un homme à 45 000 pieds de hauteur. Seulement, ils ne peuvent pas, à cette altitude, identifier un navire. Il vaudrait mieux utiliser un de leurs hélicos MH-806. La *coast guard* dépend du ministère de l'Équipement japonais. Cela ne sera pas facile de leur expliquer un coup tordu. Ils vont poser des tas de questions.

– Si vous leur dites que des informations recueillies par l'Agence indiquent que ce navire transporte des matériaux sensibles ?

– On peut essayer.

En arrivant à son bureau, Philip Burton trouva un long message de la NP.A.

— Les Japonais ont interrogé des yakuzas qui leur ont parlé de l'attaque d'un camion chargé de beaucoup d'argent, annonça l'Américain. Et ils ont *aussi* mentionné la présence d'un navire dont ils ignorent le nom, lié à cette opération. Comme vous étiez sur place, ils demandent des explications.

— C'est peut-être le moment de leur en donner ! conclut Malko. Dites-leur que nous pensons que ce navire exfiltre des agents nord-coréens et, peut-être, des citoyens japonais kidnappés.

Philip Burton eut un haut-le-corps.

— On leur dit le nom du navire ? Sinon, ils ne peuvent rien faire.

— Si on leur donne, remarqua Malko, nous ne contrôlons plus rien…

— Ils risquent de l'arraisonner immédiatement, renchérit l'Américain. La question des «kidnappés» est extrêmement sensible ici.

— Bon, conclut Malko, nous attendons vingt-quatre heures. Demain à six heures expire l'ultimatum que j'ai donné à la Chosen Soren. Si les Nord-Coréens ne bougent pas, il sera toujours temps de lâcher les chiens. Le *Chikuzen* ne sera pas hors d'atteinte.

Philip Burton était en train de lire un second message. Il pâlit.

— Le mari de Nobuko s'inquiète. Sa femme ne lui a pas donné signe de vie depuis hier soir.

— Mentez ! conseilla Malko, dites qu'elle est dans l'impossibilité de téléphoner, mais qu'il n'a pas à s'inquiéter. Il sait qu'elle coopère avec l'Agence…

— O.K., admit Philip Burton, mais on ne peut pas gagner *beaucoup* de temps. Vous me faites prendre une responsabilité écrasante.

— Je sais, reconnut Malko. Mais nous devons tout faire pour sauver Nobuko. Pensez-vous que la police japonaise perquisitionnerait à la Chosen Soren, si on leur jure qu'une citoyenne japonaise y est détenue ?

— Seul le Premier ministre peut prendre une telle décision, affirma l'Américain. Je ne suis pas certain qu'il le fasse.

— Donc, il faut tenir vingt-quatre heures.

— Je dois aller à la *party* de l'ambassadeur, dit Philip Burton. Venez aussi. Cela vous changera les idées.

Malko n'avait nulle envie de faire des ronds de jambe, mais ils ne pouvaient rien faire jusqu'au lendemain.

*
**

Le soleil était encore très bas sur l'horizon et le *Chikuzen* passait par le travers de Hachinohe, grande ville côtière de la côte est.

Encore quatre heures de navigation et ils s'engageraient dans le détroit de Tsumaru, afin de gagner la côte ouest du Japon et la mer du Japon.

Le capitaine aperçut un point qui se déplaçait rapidement, très bas au-dessus de l'eau. Il ne mit pas longtemps à identifier un hélicoptère. Kim Man-yu, le représentant de la Chosen Soren, monté à Tokyo avec deux de ses hommes, l'avait vu aussi et il pâlit.

L'appareil se rapprochait. Il amorça un virage et les deux hommes purent voir sur son flanc l'inscription « Coast Guard ». Il se mit à voler parallèlement au chalutier. C'était un gros MH-806 dont les portes latérales étaient ouvertes. Quelques instants plus tard, le radio surgit sur la dunette, visiblement inquiet.

– C'est la *coast guard*. Ils nous demandent de nous identifier et de fournir notre destination.

– Dites-leur que nous retournons à notre port d'attache, Matsue, après des réparations à Tokyo, ordonna le capitaine.

Le représentant de la Chosen Soren était tétanisé. L'hélico pouvait leur intimer l'ordre de gagner le port le plus proche et ils seraient obligés d'obtempérer.

L'hélico continuait à voler parallèlement au *Chikuzen*.

Le radio réapparut :

– Ils nous souhaitent bonne route, annonça-t-il. C'était une vérification de routine.

Effectivement, l'hélico des *coast guards* commençait à s'éloigner vers la côte. L'homme de Pyongyang le suivit des yeux, l'estomac noué. Ce n'était pas de la routine. Les *coast guards* ne s'intéressaient qu'aux bâtiments soupçonnés d'activités illicites.

Il dégringola l'échelle menant à la cabine du radio. Il voulait alerter d'urgence Pyongyang et Tokyo de cet inquiétant développement.

CHAPITRE XXIII

Malko avait mal à la tête. Le fantôme de Nobuko ne l'avait pas quitté une seconde pendant la soirée, où il avait bu beaucoup trop de vodka. Sans parvenir à faire fondre la petite boule dure comme du tungstène qui pesait sur son estomac. Il savait qu'aux yeux des Américains, la vie d'une «civile», même alliée et japonaise, ne pesait pas lourd. Et que la CIA ne se défoncerait pas pour la sauver.

Si la Chosen Soren laissait expirer l'ultimatum, il faudrait ameuter les médias, avec l'aide du mari de la Japonaise.

La CIA n'apprécierait pas beaucoup.

En plus, il connaissait les Nord-Coréens : à leurs yeux la vie humaine ne valait rien. Ils risquaient de liquider la jeune femme pour se protéger...

Son téléphone fixe sonna et il s'imposa de ne répondre qu'à la troisième sonnerie.

— M. Malko Linge ? demanda en anglais une voix à l'accent japonais qui prononçait «maiko». Nous nous sommes rencontrés hier au sanctuaire Yasukuni. Soyez-y à midi.

Malko avait déjà sauté du lit. Sa manip avait marché ! Dans un premier temps du moins. Pendant qu'il était sous

la douche, il réalisa quand même que le plus dur restait
à faire. Les Nord-Coréens étaient des négociateurs redou-
tables, menteurs, sans la moindre éthique. Comment leur
« vendre » un échange où une des deux parties allait
prendre un risque ? S'ils libéraient Nobuko avant que le
Chikuzen soit arrivé à destination, ils risquaient une interception américaine ou japonaise. Dès qu'il s'agissait de
terrorisme, les Américains ne connaissaient plus les lois
internationales, intervenant où bon leur semblait.

Et, d'un autre côté, une fois que le navire transpor-
tant l'argent aurait atteint la Corée du Nord, Malko
n'avait plus aucun recours contre ses adversaires.

La négociation n'allait pas être facile…

Il appela Philip Burton pour le prévenir de son arrivée et l'Américain lui dit aussitôt :

— J'allais vous appeler. Nous avons un *gros* souci !

Philip Burton était décomposé.

— La police japonaise a trouvé le nom du *Chikuzen*
en interrogeant le port de Tokyo !

— *Himmel !* fit Malko entre ses dents.

C'était la tuile.

— Vous les avez mis au courant pour Nobuko ?

— Non, pas encore. J'attendais d'en parler avec vous.

— Qu'est-ce qu'ils ont fait avec le *Chikuzen* ?

— Je ne sais pas encore. La *coast guard* ne dépend
pas d'eux.

— Ils ont probablement *fait* quelque chose, souligna
Malko. Je viens de recevoir un appel de la Chosen

Soren me donnant rendez-vous à midi. Il faut absolument savoir ce qui se passe. Avant midi.

— O.K., fit l'Américain. Je monte à l'assaut de mes homologues.

***
***

Il était midi moins dix quand le portable de Malko sonna. C'était Philip Burton.

— La *coast guard* a simplement survolé et contrôlé le *Chikuzen*, annonça-t-il. Ils ne savent pas encore trop sur quel pied danser.

— Merci, dit Malko, je vous laisse, le voilà.

Perturbé, il regarda s'approcher l'homme de la veille.

Il était sur le fil rouge. Si les Japonais faisaient du zèle, il n'avait plus rien à négocier. Et Nobuko était perdue. En plus, une sale petite idée commençait à faire son chemin dans sa tête : la Chosen Soren accepterait-elle de relâcher quelqu'un qui en savait tellement, qui avait été kidnappée et voudrait peut-être se venger ? Connaissant la parano des Nord-Coréens, la réponse était évidente : jamais !

L'homme en noir s'arrêta devant lui, saluant d'un très léger signe de tête.

— Vous avez réfléchi ? demanda Malko, entrant directement dans le vif du sujet.

Avec les Nord-Coréens, il était inutile de finasser.

Son interlocuteur lui jeta un regard méfiant.

— Je n'ai pas réfléchi. *Vous* avez demandé à me rencontrer à nouveau.

Cela commençait bien… La dialectique communiste était redoutable. À base de mensonges et de trucages.

– Dans ce cas, conclut Malko, je n'ai rien de plus à vous dire.

Comme il esquissait le geste de s'éloigner, le Nord-Coréen lança de mauvaise grâce :

– Que voulez-vous ?

– Je vous l'ai dit, fit calmement Malko. Récupérer la jeune femme que vous détenez en échange du libre passage jusqu'à son port de destination du *Chikuzen*. Je crois savoir qu'il a été repéré par un appareil des *coast guards* japonais. C'était seulement un avertissement, afin de montrer que nous sommes informés et sérieux. La suite des événements dépend de vous.

– Ce navire ne transporte aucune cargaison illicite, répliqua le Nord-Coréen. Ni drogue ni armes.

– Seulement des yens, corrigea Malko. Beaucoup de yens dont vous avez besoin. Je peux vous jurer que si vous ne libérez pas cette femme, ils n'arriveront jamais à Pyongyang. N'oubliez pas : je ne représente pas le gouvernement japonais, mais le gouvernement américain.

Il y eut un court silence et le Nord-Coréen admit à regret :

– Je n'ai aucun moyen de contrôler la course de ce navire.

– Mais vous avez celui de libérer Nobuko Funamachi.

Comme si cela lui avait échappé, le Nord-Coréen lâcha un seul mot :

– Non.

Malko sonda ses prunelles noires inexpressives. Pour la première fois, il y lut une trace d'humanité et comprit très vite le sens de sa réponse : Pyongyang s'opposait à la libération de Nobuko.

L'homme qu'il avait en face de lui n'avait pas le

pouvoir de lui rendre la jeune femme. Peut-être était-elle déjà morte… Il avait affaire à un apparatchik impuissant. Il n'avait qu'une seule carte à jouer : lui faire peur.

– Pyongyang ne réalise peut-être pas que nous sommes décidés à frapper ! insista-t-il. Rien ne nous arrêtera. Si ce bateau est arraisonné et sa cargaison confisquée, vous savez que Pyongyang *vous* en rendra responsable. Vous n'étiez pas obligés de kidnapper cette jeune femme.

Le Nord-Coréen demeura muet. Malko sentit qu'il avait touché juste et décida d'exploiter son avantage.

– Inutile de parler plus longtemps, affirma-t-il. Retournez voir votre responsable et dites-lui qu'il a très peu de temps pour convaincre Pyongyang. Une fois que le processus sera lancé, plus rien ne pourra l'arrêter. Même pas moi. Il s'agit d'une décision d'État prise au plus haut niveau.

Il baissa les yeux sur sa Breitling et enchaîna :

– Il est midi dix. Je serai de retour ici à six heures. Pour la dernière fois.

Sans attendre la réponse, il s'éloigna. Reprenant l'initiative. Il héla un taxi et se fit conduire à l'ambassade américaine. Il avait l'impression d'avoir disputé un match de boxe. Les affaires d'otages étaient toujours épuisantes pour les nerfs.

**

Une réunion au sommet était prévue entre le général Kim Shol-su, Park Jong-il, le nouveau chef du Bureau 39, l'amiral Kim Fung-ho et le Cher Leader Kim Jong-il, dans le bureau de ce dernier. Le chef du *General*

Security Bureau était inquiet. L'affaire du *Chikuzen* se présentait mal. Il savait les Américains capables d'agir brutalement sans demander de comptes à personne, et surtout pas aux Japonais.

Les gens de la Chosen Soren avaient commis une erreur en kidnappant cette Japonaise qui ne leur servait à rien et une autre en ne l'exécutant pas immédiatement. Même si cela risquait de faire des vagues. Un cadavre vous met devant le fait accompli.

Park Jong-il, le responsable du Bureau 39, arriva le premier, avec ses dossiers. Le général Kim Shol-su lui exposa la situation et l'autre se rembrunit.

– Nous avons un besoin extrême de cet argent, dit-il. En plus, je suis arrivé à passer un accord avec la banque Volodia à Vladivostok qui est prête à le prendre sous sa forme actuelle pour ensuite le virer sur nos comptes aux Bahamas.

– Ils prennent cher ?

– Deux et demi pour cent.

Sur une somme pareille, c'était énorme, mais ils n'avaient pas vraiment le choix. Ramener cet argent en Corée du Nord, avec la route de Macao coupée, n'aurait servi à rien, sinon à perdre du temps. Aujourd'hui, aucune banque n'acceptait des sommes importantes en espèces.

Un voyant rouge s'alluma sur le bureau du général, signifiant que le Cher Leader était prêt à les recevoir. Ils rejoignirent son bureau, subirent la fouille rituelle de ses gardes du corps – aucune personne, aussi haut placée soit-elle, n'était autorisée à approcher Kim Jong-il sans avoir été fouillée. Le leader nord-coréen avait sa tête des mauvais jours. Ses derniers cheveux rejetés en arrière, découvrant un front disproportionné, les yeux

cachés par des lunettes teintées et les coins de la bouche
affaissés. Il était vêtu d'une canadienne verdâtre et d'un
pantalon sans forme.

Après les inévitables et interminables professions de
foi et de soumission, le général Kim Shol-su exposa le
problème qui se posait à eux. C'est-à-dire le chantage des
Américains réclamant la libération de la Japonaise détenue par la Chosen Soren en échange du libre passage jusqu'en Corée du Nord ou en Russie du *Chikuzen*.

— Qui est cette femme ? jappa Kim Jong-il.

Silence. Personne ne s'était vraiment posé la question. Le général balbutia :

— Une collaboratrice des Américains.

— Elle est japonaise ?

— Oui. Notre estimé chef de la Chosen Soren a
envoyé des détails sur elle. Son mari est un avocat japonais très connu.

— Les Japonais l'ont-ils réclamée ?

— Non, apparemment.

— Pourquoi ?

Un ange passa, volant au ras du sol. La chemise du
général Kim Shol-su était collée à son dos par la trans-
piration. Il crevait de peur.

— Je ne sais pas, avoua-t-il piteusement. Je pense
qu'ils laissent les Américains traiter l'affaire, pour ne
pas nous heurter de front. Le camarade Choi Ju Hwal
demande des instructions urgentes, car il a rencontré ce
matin un représentant de la CIA qui s'est montré très
menaçant, et a fixé un ultimatum à six heures ce soir.

— La presse japonaise fait-elle état de cette affaire ?

— Non.

– Si cette femme est relâchée, pouvez-vous garantir qu'elle ne va pas raconter ce qui lui est arrivé ?

Le général Kim Shol-su secoua la tête.

– Non, camarade Kim Jong-il. Nous ne le pouvons pas.

– Donc, cingla le petit leader nord-coréen, ce serait une grossière erreur de la relâcher.

L'ange repassa, volant très doucement pour ne pas faire de bruit. Le général Kim Shol-su avait l'impression d'avoir perdu dix centimètres de hauteur.

– Camarade, enchaîna-t-il en réunissant tout son courage, je vous fais respectueusement remarquer que ce navire peut être arraisonné à n'importe quel moment.

– Jusqu'à quand se trouve-t-il dans les eaux japonaises ? demanda Kim Jong-il.

L'amiral Kim Fung-ho se plongea dans ses cartes où était noté l'itinéraire du *Chikuzen*. Son index tremblait ; tous ceux qui étaient là savaient que d'un mot, le Cher Leader pouvait les envoyer dans un camp de travail.

– Encore environ pour quarante heures, camarade. Ensuite, il sera dans les eaux internationales, mais celles-ci sont patrouillées par les navires japonais, et parfois américains. Nous n'avons pas la capacité militaire de protéger ce bâtiment.

Kim Jong-il demeura silencieux quelques secondes et laissa tomber :

– Éxécutez la prisonnière.

Le général Kim Shol-su sentit son sang se solidifier dans ses veines et osa dire :

– Camarade, un responsable de la Chosen Soren a rendez-vous avec un représentant des Américains aujourd'hui à six heures. S'il arrive avec une réponse négative, les Américains risquent de réagir.

Kim Jong-il ôta ses lunettes et fixa le général de son regard de myope, flou et méchant.

– Camarade général, vous ne connaissez pas les Américains ! *Jamais* ils ne réagiront à la mort d'une personne qui ne possède pas un passeport américain. Ils vont gesticuler, mais ne feront rien. Et puis, ils ont peur de moi.

– Certainement ! s'empressèrent de répondre en chœur les trois hommes.

Le leader nord-coréen laissa passer quelques instants, et ajouta avec un sourire mauvais :

– Toutefois, nous n'allons pas agir stupidement, comme ces chiens impérialistes. Voici les instructions que vous allez transmettre à Tokyo... Chaque heure écoulée est gagnée.

Le général Kim Shol-su nota scrupuleusement les ordres du Cher Leader et s'efforça d'arborer un sourire enthousiaste.

– Camarade Kim Jong-il, vous êtes vraiment le Grand Leader que nous chérissons tous. Vous nous mènerez à la victoire, comme toujours.

Satisfait de ce coup de brosse à reluire, le leader nord-coréen remit ses lunettes et les congédia. Il avait hâte d'aller assister aux préparatifs de la grande fête célébrant les cinquante ans du régime créé par son père, Kim Il-sung.

En regagnant son bureau, le général Kim Shol-su essaya de chasser de son cerveau une pensée qui aurait pu l'envoyer directement au goulag nord-coréen : le Cher Leader se trompait parfois. Lorsqu'il avait décidé, l'année précédente, de tirer une volée de missiles au-dessus du Japon, il était persuadé que les Japonais ne réagiraient pas.

« Ils sont peureux comme des lapins », avait-il tranché.

Les lapins s'étaient rebiffés, devenant quasiment enragés. Mutation génétique, peut-être. Quant aux Américains, ce n'étaient pas des Tigres de papier, même s'ils s'empêtraient souvent dans leurs contradictions.

Il s'assit et rédigea néanmoins les instructions à l'intention de la Chosen Soren.

*
* *

Philip Burton tendit un message juste reçu de Washington, à peine décrypté.

— Lisez ! dit-il à Malko.

Le message était court et limpide. Quelles que soient les considérations humanitaires, il n'était pas question de sacrifier une opération qui allait mettre la Corée du Nord à genoux financièrement pour quelque temps, uniquement pour sauver une vie humaine.

Il ne fallait pas sauver le « soldat » Nobuko.

Malko leva les yeux, ivre de rage.

— Pourquoi leur en avez-vous parlé ? Je vous avais demandé le secret.

— C'était impossible ! reconnut piteusement l'Américain. C'était une forfaiture. Je risquais de me retrouver devant un tribunal, sans parler de la fin de ma carrière.

— Que va-t-il se passer ?

— Washington a décidé de laisser le *Chikuzen* sortir de la zone maritime japonaise. Ensuite, il sera arraisonné par un de nos navires dans la mer du Japon.

– Les Nord-Coréens vont hurler au piratage.

– Ils hurleront...

Malko se raccrocha à un espoir. Son prochain rendez-vous avec le représentant de la Chosen Soren était à six heures. Si les Nord-Coréens cédaient, ce qui était peu probable, Nobuko était sauvée.

– Nous allons peut-être gagner sur les deux tableaux, avança Malko.

Il relata à l'Américain son entrevue avec le représentant de la Chosen Soren et conclut :

– S'ils rendent Nobuko tout à l'heure, rien n'empêche de faire ce que Washington désire. Et, s'ils ne la rendent pas, il restera à la venger.

Philip Burton ne dissimulait pas son soulagement d'échapper à son horrible dilemme.

– Prions Dieu qu'il la rende, dit-il. Vous y allez seul ?

– Oui.

*
* *

Malko avait le cœur serré en faisant les cent pas devant le sanctuaire Yasukuni. Une impression de calme incroyable se dégageait du parc enserré entre de bruyantes avenues. Des amoureux se tenaient pas la main, des étudiants lisaient sur des bancs, des promeneurs humaient l'air frais.

Son estomac se noua d'un coup. Le Nord-Coréen venait d'apparaître, impassible à son habitude. Il était seul et salua Malko de son habituel signe de tête. On le sentait imprégné de communisme comme d'autres le sont de la foi. Il ne perdit pas de temps.

— Nous avons reçu des instructions de Pyongyang, annonça-t-il de sa voix métallique et neutre. Contre un engagement écrit de ne pas arraisonner le *Chikuzen*, signé par l'ambassadeur des États-Unis, nous sommes prêts à ce que cette personne termine sa visite dans nos locaux. Il faudra aussi que Nobuko Funamachi s'engage à ne jamais rien révéler de ce qu'elle a vu ou entendu. Quelle est votre réponse ?

— Sur le second point, pas de problème, dit Malko. Je ne pense pas que Mme Funamachi veuille revenir sur cet épisode. Puisqu'elle est entre vos mains, demandez-lui de signer ce document. Mais, en ce qui concerne le premier point, vous savez bien que c'est *impossible*. Jamais aucun officiel américain ne signera un document pareil. D'ailleurs, l'ambassadeur des États-Unis n'a aucune qualité ou autorité pour le faire. Cependant, je vous garantis que l'accord sera observé.

Le Nord-Coréen le toisa.

— Qui êtes-vous pour parler ainsi ? Vous n'êtes même pas américain.

Malko ne perdit pas son calme.

— Mon interlocuteur dans cette affaire s'appelle Frank Capistrano. C'est le Conseiller spécial pour la Sécurité de George W. Bush. Il tiendra parole.

De toutes ses forces, il s'efforçait de paraître sincère. Une seule chose comptait : sauver Nobuko. Même s'il fallait mentir et tricher. Il avait en face de lui des gens sanguinaires et sans scrupule. Il fallait se mettre à la hauteur.

Son interlocuteur semblait hésiter.

— Très bien, dit-il, je vais transmettre votre offre. Si elle est acceptée, je reviendrai ici dans une heure en compagnie de cette personne.

— Si vous ne venez pas, lança Malko, demain le *Chikuzen* sera arraisonné.

*
* *

Nobuko avait dormi sur le bat-flanc de sa cellule, attachée aux montants de fer par les poignets et les chevilles. Elle grelottait, essayant de ne pas céder à la panique. Contrairement aux menaces de la femme qui l'avait frappée à son arrivée, elle n'avait pas été interrogée, comme si les Nord-Coréens se désintéressaient d'elle. Ce qui lui faisait reprendre espoir.

Elle était certaine que Malko était en train de remuer ciel et terre pour la sauver. Tout en sachant, en même temps, que c'était presque impossible.

Alors, elle essayait de croire au miracle.

Une clef tourna dans la serrure et une femme apparut, tenant un bol de thé et un écritoire.

Elle posa le bol par terre et désigna à Nobuko un texte déjà écrit en japonais.

— Recopiez ceci et signez-le.

Nobuko y jeta un coup d'œil et sentit son pouls s'envoler. Si on lui demandait de ne rien dire, c'est qu'on allait la libérer ! Des larmes jaillirent de ses yeux. C'était le miracle !

— Je vais être libre ? demanda-t-elle.

La femme ne répondit pas et ressortit.

Nobuo but avidement le thé vert particulièrement amer, qui lui parut délicieux, et se mit à recopier le texte avec application.

*
* *

Malko était devant le sanctuaire Yasukuni, complètement noué, depuis sept heures moins le quart. C'était la dernière chance. Si les Nord-Coréens ne libéraient pas Nobuko, le processus se mettrait en marche et rien ne pourrait sauver la jeune femme, si elle était encore vivante.

Il regarda sa Breitling. Sept heures cinq ! Mauvais signe : les Nord-Coréens étaient d'une exactitude de coucou. Il n'arrivait plus à respirer. Il décida d'attendre encore, contre toute évidence. Et soudain, il vit une silhouette familière surgir au fond de l'allée.

Nobuko marchait lentement, comme si elle était épuisée, mais elle se dirigeait droit sur lui. En le voyant, elle fit un petit signe de la main.

CHAPITRE XXIV

Malko se précipita dans sa direction et lorsqu'ils se rejoignirent, Nobuko se jeta sans un mot dans ses bras. Il sentit son corps trembler contre le sien. Pendant plusieurs secondes, elle fut incapable d'articuler un mot. Les passants leur jetaient des regards amusés, car, au Japon, les amoureux sont rarement démonstratifs.

– J'ai cru que j'allais mourir ! soupira enfin la jeune femme. Comment as-tu fait pour me faire sortir ?

– J'ai menti ! fit simplement Malko. Je ne croyais pas moi-même que cela marcherait. Je vais t'expliquer. Tu veux aller chez toi ?

– Oui, dit-elle, me changer. Je me sens dégoûtante, je ne me suis pas lavée depuis deux jours !

Ils grimpèrent dans un taxi et il demanda aussitôt :

– Ils t'ont maltraitée ?

– Si on veut, mais cela aurait pu être pire.

Elle lui raconta tout, depuis l'homme qui la poursuivait avec un sabre, et il lui dit ce qui s'était passé ensuite. Y compris les négociations.

– Je n'arrive pas à y croire ! soupira-t-elle. Ce sont des robots et ils avaient bien l'intention de me tuer. Je ne sais même pas pourquoi. Ils m'ont fait signer un papier jurant de ne pas faire état de cette affaire. Je tiendrai parole.

– J'espère que ton mari ne te fera pas de problèmes.

– Non, affirma-t-elle. Je dirai que j'effectuais une mission pour l'Agence et que je n'avais pas pris mon portable. D'ailleurs, je ne l'ai plus.

– Prends le mien, proposa Malko.

Elle s'en servit pour laisser un message à son mari et ils atteignirent l'immeuble où elle habitait à Roppongi.

– Tu veux te reposer ? demanda Malko. Tu dois être épuisée.

– Je veux passer la soirée avec toi, protesta-t-elle. Et la nuit aussi. Dès que je suis prête, je te rejoins au *Grand Hyatt*.

Après l'avoir déposée, il continua jusqu'à l'ambassade américaine. Philip Burton l'attendait dans son bureau. Le cendrier était plein, témoin de sa nervosité.

– Alors ? demanda-t-il anxieusement.

– Ils l'ont libérée ! Elle est chez elle.

L'Américain sembla rajeunir de dix ans.

– *My god ! It's fantastic. She is in good shape* [1] ?

– Apparemment, dit Malko. Demain, on lui fera quand même subir un check-up ici.

– *Jesus-Christ*, soupira l'Américain, je suis tellement soulagé ! Désormais, nous avons les mains libres.

– Comment comptez-vous procéder ?

– Je ne me fie pas aux Japonais. Ils sont trop frileux. Depuis le début de la journée, je suis en contact avec le

1. Mon Dieu, c'est fantastique. Elle est en bon état ?

QG de la Navy, à Pusan, en Corée du Sud. Normalement, nous n'intervenons pas dans la mer du Japon : on la laisse aux Japonais.

– Ceux-ci sont hors course, désormais.

– Non, la *coast guard* va suivre à la trace le *Chikuzen*, grâce à ses radars Thalès à imagerie. Ils volent à 45 000 pieds et sont invisibles. Ils nous transmettront les coordonnées du *Chikuzen* au fur et à mesure, afin de permettre son interception.

– Quand la prévoyez-vous ?

– Demain dans la journée, cela dépend de la vitesse du *Chikuzen*.

Philip Burton demeura silencieux quelques secondes puis remarqua :

– Je ne comprends pas comment les Nord-Coréens ont cédé aussi facilement. Sans véritable garantie.

– Je l'ignore aussi, avoua Malko. Ce sont des gens bizarres, incohérents parfois, gérés par un système si rigide qu'il déraille. Ou alors, ils n'avaient pas le choix.

– *Anyway, so far so good*[1] *!* conclut le chef de station de la CIA. Passez une bonne soirée.

Malko eut un choc en découvrant Nobuko dans l'encadrement de la porte. Absolument splendide. Elle qui s'habillait toujours en sombre, elle était tout en blanc ! Un haut très décolleté découvrant en grande partie les globes de ses seins, une jupe blanche moulante. Quand elle passa devant lui, il sentit sa pression artérielle grim-

---

1. De toute façon, tant que tout va bien !

per en flèche. La jupe avait une longue fente dans le dos, remontant presque en haut des cuisses. Pris d'une pulsion irrésistible, il se colla contre elle mais Nobuko se dégagea en riant.

– Attends un peu ! Nous avons tout le temps ! Je me suis faite belle pour toi.

Sans l'écouter, il s'était attaqué à ses seins et elle se mit à respirer très fort. En un clin d'œil, il se retrouva comme un singe en rut. D'un revers de main, il balaya tout ce qu'il y avait sur le bureau et y appuya la Japonaise. À travers la fente de la jupe, il arriva à saisir le string presque invisible et le tira vers le bas.

Nobuko n'eut même pas le temps de le caresser. Dur comme du bois de fer, il la courba en avant et s'enfonça dans son ventre d'une seule traite. Tellement excité qu'en quelques mouvements, il y explosa, sans pouvoir se retenir. Il resta ensuite dans la même position, pour prolonger cet instant magique. Jusqu'à ce que Nobuko murmure :

– J'ai faim ! Je n'ai rien mangé depuis deux jours…

Un peu honteux de cet accès d'égoïsme, il se retira et la laissa filer vers la salle de bains. Lorsqu'elle en ressortit, elle annonça en souriant :

– Je t'emmène au *Takamura*. Pour que tu manges de la vraie cuisine japonaise, et je suis sûre que tu aimeras le décor.

Effectivement, le *Takamura* était inattendu. Un petit escalier de pierre bordé de lanternes de papier menait à un enclos de bambous. On se serait cru à la campagne, pas au cœur de Tokyo. On les installa dans un minuscule salon et Malko commanda immédiatement du champagne.

On leur apporta une bouteille de Taittinger Comtes de Champagne Blanc de Blancs qui allait parfaitement avec les sashimis fins comme de la dentelle, les légumes confits et ensuite la viande de kobé, présentée en lamelles, comme un shashimi, et qui fondait dans la bouche. Nobuko dévorait, transfigurée. En face d'elle, Malko avait du mal à détacher les yeux de son décolleté. Elle qui ne montrait jamais sa poitrine.

— Là-bas, dit-elle, j'ai pensé tout le temps à toi. Je croyais que j'allais mourir.

— Je le craignais aussi, reconnut Malko. C'est un miracle que tu sois là ce soir !

Ils ne partirent que lorsque la bouteille de Taittinger fut vide.

Au *Grand Hyatt*, Malko ne put s'empêcher de commencer à flirter dans l'ascenseur, sous le regard horrifié d'une vieille Japonaise en kimono. Il faut dire que la jupe de Nobuko était à la limite de l'indécence.

— Tu aimes cette jupe ? demanda Nobuko. Je l'ai achetée dans une petite boutique de Shibuya qui fait des tenues très sexy. Dans ce quartier, les femmes s'habillent pour séduire les hommes…

— Tu as très bien réussi, constata Malko.

Elle alla s'allonger sur le lit, sans quitter ses vêtements, devinant son fantasme. Malko avait déjà commandé une bouteille de Taittinger Rosé. Il fallait que la soirée soit parfaite.

Lorsque la bouteille fut à moitié vide, Nobuko n'avait plus sur elle que sa jupe et son soutien-gorge. Malko, lui, s'était entièrement déshabillé. La jeune femme effleura son membre tendu d'une main légère.

— Je veux que tu me baises toute la nuit, souffla-t-elle.

Doucement, elle noua autour de la base du sexe de Malko un ruban de satin rouge. Sage précaution, il était au bord de l'explosion.

Remontant sa jupe sur ses hanches, elle se plaça à califourchon au-dessus de lui, descendant ensuite lentement vers la verge tendue. Sans le ruban qui l'étranglait, Malko aurait joui sur-le-champ. Tandis que Nobuko montait et descendait, s'empalant de plus en plus profondément, il dégrafa son soutien-gorge pour s'emparer de ses seins.

À son regard soudain devenu fixe, Nobuko comprit qu'il allait jouir et serra progressivement le ruban. Tandis qu'elle était secouée par un violent orgasme, empalée jusqu'à la garde.

Nobuko n'avait plus que ses escarpins et sa jupe blanche, enroulée autour de ses hanches. Elle avait déjà joui, mais Malko avait envie, lui aussi, d'aller jusqu'au bout.

Il allongea Nobuko à plat ventre, un coussin sous le ventre pour rehausser sa croupe, et s'enfonça en elle progressivement. Elle mit quelques secondes à réaliser qu'il s'était débarrassé du ruban de satin rouge.

— C'est mon tour ! souffla-t-il.

Elle eut un rire léger. Sa croupe bougeait doucement sous lui, comme pour mieux se visser au membre qui la trouait. La télé sans le son les baignait d'une lumière douce et changeante. C'était une merveilleuse soirée. Il se retira doucement du sexe de la jeune femme et elle dit aussitôt :

– Prends-moi doucement. Je veux jouir aussi comme ça.

Il posa son sexe contre l'ouverture de ses reins et pesa doucement. Le sphincter céda aussitôt et Malko dut se retenir de toutes ses forces pour ne pas la violer d'un seul trait. Ensuite, allongé sur elle, fiché dans ses reins jusqu'à la racine, il essaya de contrôler sa respiration, afin de contrôler son plaisir. Il parvint à se retenir assez longtemps et finalement, se laissa tomber de tout son poids puis explosa tandis que Nobuko poussait un cri bref.

Après, elle resta immobile sous lui et murmura :

– Je tombe de sommeil. Tu ne peux pas savoir comme je suis heureuse. Demain, tu me feras encore l'amour.

*
* *

C'est la télé demeurée allumée qui réveilla Malko. Il regarda les aiguilles lumineuses de la Breitling : cinq heures du matin. Bizarrement, il n'avait plus sommeil. Il se tourna vers Nobuko qui dormait, à plat ventre, dans la position où ils avaient fait l'amour. L'idée de la réveiller de cette façon le séduisit. Il se rapprocha un peu et posa la main sur sa hanche.

Ressentant aussitôt une sensation bizarre. Sa peau était étrangement fraîche.

Pourtant, la suite était à 22 °C. Il s'approcha encore et se colla contre la jeune femme. Cette fois, son pouls grimpa au ciel d'un coup. Nobuko était glacée.

Malko la prit par l'épaule et la retourna sur le dos. Elle semblait dormir, le visage paisible, et pendant quelques secondes, cela le rassura. Puis, il colla un doigt contre sa carotide droite et ne sentit rien. Aucune circulation !

Dévasté, il bondit du lit et se rua sur le téléphone.

– Envoyez d'urgence un médecin à la suite 1110, lança-t-il. Quelqu'un a eu une syncope.

Sans vouloir penser, il alla passer un peignoir. L'estomac tordu d'angoisse, le cerveau vide.

Il faisait encore nuit, mais une activité fébrile régnait sur le pont du *Chikuzen*. Un message crypté venait d'arriver de Pyongyang, avertissant qu'ils risquaient d'être arraisonnés et donnant l'ordre de résister. Les membres japonais de l'équipage traînaient les pieds, mais l'équipe de la Chosen Soren avait des armes.

Ils venaient de monter de la cale une mitrailleuse lourde de 14,5 mm « Douchka » et de l'installer sur le pont en position de tir, avec un rempart de boîtes chargeurs. Ils étaient encore dans les eaux japonaises, mais en sortiraient dans deux heures environ.

Kim Man-yu, le représentant de la Chosen Soren, rejoignit la dunette, afin de consulter la carte. Dans quatre ou cinq heures, ils seraient rejoints par le *Nodong*, un patrouilleur nord-coréen parti de Tschmongo-Shin, qui les escorterait. Certes, il n'était pas de taille à tenir tête à une frégate américaine, mais sa présence serait dissuasive.

– *Sir*, cette personne a cessé de vivre, annonça le médecin du *Hyatt*.

Depuis un moment, Malko le savait. Il avait vu assez de morts au cours de sa longue carrière pour ne pas se méprendre. Il avait l'impression d'être dédoublé.

– De quoi est-elle morte ? demanda-t-il.

Le médecin eut un geste d'impuissance.

– Je ne peux pas le dire. Une rupture d'anévrisme, peut-être. Un arrêt cardiaque. Il faudra une autopsie pour le savoir. Je suis désolé, *sir*, je dois prévenir la police.

Malko ne l'écoutait plus. Il dut attendre quatre sonneries avant que Philip Burton ne décroche.

– Nobuko est morte, annonça-t-il d'une voix brisée.

L'Américain poussa une exclamation.

– Morte ! Mais de quoi ?

– Ils l'ont sûrement empoisonnée, avec un poison retard, dit Malko. Ils ne nous ont pas crus. Ou alors, ils pensent que nous n'oserons pas aller jusqu'au bout.

– C'est affreux ! fit le chef de station de la CIA. Qu'est-ce qu'on peut faire ?

– Pour Nobuko, rien, fit Malko, amer. Sinon mettre beaucoup de fleurs sur sa tombe. Mais je ne veux pas qu'elle soit morte pour rien. Où en sont les préparatifs de l'interception du *Chikuzen* ? Est-il toujours surveillé par la *coast guard* japonaise ?

– Il l'est, affirma l'Américain. Il semble qu'il ait monté sa vitesse de croisière à quatorze nœuds et il ne va pas tarder à sortir des eaux japonaises. Il a franchi le détroit de Tsugaru et suit une course plein ouest, en direction du nord de la Corée du Nord. Le *USS Houston*, une frégate de la Navy qui patrouillait dans la mer du Japon, à la limite des eaux nord-coréennes, fait route dans sa direction à plus de vingt nœuds. Il est équipé d'hélicoptères qui vont prendre la relève des Japonais.

– Le *Chikuzen* peut-il parvenir dans les eaux nord-coréennes en leur faussant compagnie ?

– Cela me paraît impossible, affirma Philip Burton. Nous connaissons sa position avec exactitude et le suivons à la trace. La frégate *Houston* se trouve déjà *entre* le *Chikuzen* et les eaux nord-coréennes.

– Comment allez-vous suivre l'opération ?

– Un Grunman 500 de l'Agence doit décoller de Hanedo[1] dans une heure, pour gagner la zone.

– Passez me prendre, dit Malko.

Il retourna dans la chambre et regarda longuement les traits calmes de Nobuko Funamachi. Lorsqu'il se pencha sur elle pour lui embrasser le front, il sentit sur ses lèvres le froid légèrement humide de la mort.

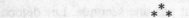

– Stoppez vos machines immédiatement et préparez-vous à être inspectés !

Les puissants haut-parleurs fixés sous le fuselage de l'hélicoptère Sea Stallion frappé de l'étoile américaine étaient parfaitement audibles de la dunette du *Chikuzen*. L'hélicoptère avait surgi de l'est, volant au ras de l'eau. Le *Chikuzen* filait à quatorze nœuds, son maximum, avec un cap plein ouest. Il lui restait environ cinquante milles nautiques à parcourir avant d'atteindre les eaux nord-coréennes.

Dans la dunette, Kim Man-yu, le représentant de la Chosen Soren, était blême. Le capitaine japonais se tourna vers lui :

1. Aéroport secondaire de Tokyo.

– Qu'est-ce qu'on fait ?

– Continuez votre route. Un patrouilleur de chez nous va nous rejoindre. Ils n'oseront rien faire.

Le Japonais obéit, terrifié. Il « prêtait » certes son bateau pour le trafic de drogue, mais n'avait jamais été confronté à une situation pareille.

Le grondement de l'hélicoptère devenait assourdissant. Il comprit vite pourquoi en sortant sur le pont. Le gros appareil s'était immobilisé en vol stationnaire au-dessus du *Chikuzen* et déroulait une échelle de corde pour y débarquer des hommes !

Kim Man-yu dégringola jusqu'au pont et hurla aux deux servants de la « Douchka » :

– Empêchez-les d'atteindre le pont ! Tirez sur eux !

Les deux hommes appartenaient au *General Security Bureau*. Ils n'hésitèrent pas une seconde. Les détonations sourdes et espacées de la mitrailleuse lourde furent étouffées par le grognement du double rotor du Sea Stallion. Mais deux des trois hommes déjà suspendus sous l'hélicoptère, touchés, tombèrent à la mer.

L'hélico s'écarta vivement. N'étant pas armé, il ne pouvait pas riposter.

Kim Man-yu le regarda se placer parallèlement au *Chikuzen*, à bonne distance, comme un gros oiseau de mer. Il devait être en train de réclamer du secours. Il fonça à la cabine radio pour appeler Pyongyang.

**

Accablé, le général Kim Shol-su raccrocha son téléphone avec un juron. Le *Nodong*, le patrouilleur qui devait escorter le *Chikuzen* jusqu'à Vladivostok, avait eu une avarie, ce qui avait retardé son départ de deux heures. Il ne rejoindrait pas le *Chikuzen* avant le début de l'après-midi.

Il chassa de son esprit une pensée antirévolutionnaire. Le Cher Leader s'était trompé : les Américains ne s'étaient pas dégonflés. À présent, ils avaient pris le chalutier japonais en compte et ne le lâcheraient plus. Il était contre le meurtre programmé de cette Japonaise. Mais maintenant, il était trop tard pour revenir en arrière.

Il examina la carte qu'on venait de lui apporter montrant les positions des différents protagonistes. Jamais le *Nodong* n'arriverait à temps. Il se décida à prévenir le secrétariat du Cher Leader qu'une catastrophe semblait imminente. Son erreur d'appréciation risquait de coûter cher à la Corée du Nord.

Malko regardait la mer du Japon sans la voir. Son cerveau était resté à Tokyo, dans la chambre du *Grand Hyatt*. Le Grunman volait au ras des flots, cap nord-ouest. Soudain, Philip Burton lui tapa sur l'épaule, désignant un point noir au-dessous d'eux et cria :

– Le *Chikuzen* !

Un hélicoptère avançait à la même allure que le chalutier, sur son tribord. La radio du Grunman crachait des messages sans arrêt. Le chef de station de la CIA se retourna et cria :

– La Navy vient de recevoir l'ordre de le couler !

– De le couler ! s'exclama Malko. Mais c'est un navire battant pavillon japonais !

– L'équipage a tiré sur l'hélicoptère du *Houston*, tuant deux Marines. Les Japonais nous ont donné le feu vert. Le *Chikuzen* est désormais considéré comme étant passé sous le contrôle de pirates. En plus, il n'est plus loin des eaux nord-coréennes, et un de leurs patrouilleurs est en route pour venir l'escorter.

– Comment allez-vous le couler ?

– Trois F-18 sont partis de Pusan. Nous allons avertir l'équipage japonais de quitter le navire.

Kim Man-yu sursauta en entendant les haut-parleurs de l'hélico lancer un nouveau message.

– Que l'équipage quitte le navire ! Le *Chikuzen* va être coulé. Ceux qui le quittent n'ont rien à craindre.

Il tournait autour du *Chikuzen* en répétant le message en japonais, en coréen et en anglais. Soudain, le Nord-Coréen vit un marin japonais enfiler un gilet de sauvetage orange et sauter par-dessus bord ! Trois autres l'imitèrent ! Fou de rage, il se mit à tirer dans leur direction, mais ils étaient trop loin.

Trois autres marins surgirent, déjà équipés, de l'intérieur du navire et foncèrent vers le bastingage. Ils sautèrent à leur tour. Pendant ce temps, le *Chikuzen* continuait à filer ses quatorze nœuds. Le Sea Stallion s'approcha des marins en train de nager et commença à descendre un filin et une nacelle.

**

La radio du bureau du général Kim Shol-su crachait des nouvelles sans interruption, désormais en clair. Des nouvelles épouvantables.

— Camarades ! hurlait Kim Man-yu, nous sommes attaqués par les impérialistes. Où est le *Nodong* ! Les Japonais ont déserté. Nous sommes seuls à bord ! Ils disent qu'ils vont nous couler. Vive notre Grand Leader bien-aimé. Vive le *juche* !

L'endoctrinement était tel qu'on couvrait toujours ses arrières, même dans les situations désespérées. Le Nord-Coréen s'empara de la Douchka et la braqua vers l'avant. Trois points noirs venaient d'apparaître, volant très bas.

— Les voilà ! hurla Kim Man-yu.

Déchaîné, il appuya sur la détente de la mitrailleuse lourde. Il y était encore accroché lorsque le premier F-18, qui avait repris un peu d'altitude, largua sa bombe de deux cent cinquante kilos, guidée par laser.

Le projectile pulvérisa un panneau de cale et alla exploser dans les entrailles du *Chikuzen*. Quelques secondes plus tard, le chalutier sembla soulevé par une lame de fond et retomba, disloqué. Il coulait déjà par l'arrière lorsqu'une seconde bombe pulvérisa sa dunette, projetant des débris partout. En moins de deux minutes, il n'y eut plus à la surface de la mer que quelques débris et les taches orange des marins japonais qui avaient sauté à temps.

*
* *

Malko regardait le ballet des F-18 qui avaient repris de l'altitude, mais demeuraient sur place, au cas où. Du

Chikuzen, il ne restait qu'une grande tache d'huile, un canot retourné et des débris. Aucune trace des Nord-Coréens demeurés à bord. Ou ils avaient été tués durant l'attaque, ou ils s'étaient noyés. À cet endroit, la mer du Japon avait une profondeur de près de mille mètres. Les Nord-Coréens n'étaient pas prêts de récupérer le trésor amassé par la Chosen Soren.

Philip Burton contenait visiblement sa joie, n'osant pas trop féliciter Malko. Ce dernier essaya de chasser de son esprit l'image de Nobuko reposant calmement dans le lit où ils s'étaient aimés. Au moins, elle s'était endormie heureuse.

Avec le temps, les morts s'estompaient, se dissolvaient dans le passé, ne revenant plus qu'épisodiquement se rappeler à votre souvenir. Mais, pour lui, Nobuko était encore vivante.

— On rentre, lança l'Américain.

Pendant une fraction de seconde, Malko éprouva une grande joie, puis la flamme s'éteignit et il réalisa qu'il n'avait plus de raisons de revenir à Tokyo.

Achevé d'imprimer sur les presses de

BUSSIÈRE
GROUPE CPI

à Saint-Amand-Montrond (Cher)
en mai 2007

ÉDITIONS GÉRARD DE VILLIERS
14, rue Léonce Reynaud - 75116 Paris
Tél. : 01-40-70-95-57

— N° d'imp. 071803/1. —
Dépôt légal : mai 2007.
Imprimé en France